KB041067

히츠지 가메이 지음
himesuz 일러스트
김보미 옮김
이세계 마법은 뒤떨어졌다!
4

레피르 그라키스

"네가 만들어준
진 덕분에
꽤 좋아졌어."

"나는 도망치고
싶지 않습니다."

리리아나 잔다이크

제도 혼수 사건의 열쇠를 쥔 4인——

야카기 스이메이

"혼수 사건의
범인을 잡아볼까
해서."

"무리해서라도
뚫고나가겠어요!"

페르메니아 스팅레이

목차 *contents*

이세계 마법은 뒤떨어졌다! 4

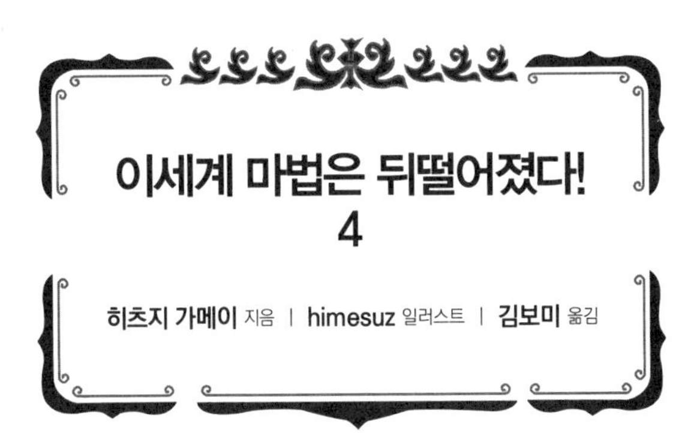

이세계 마법은 뒤떨어졌다!
4

히츠지 가메이 지음 | himesuz 일러스트 | 김보미 옮김

커버 그림, 본문 일러스트 | himesuz

프롤로그 레이지 일행, 제국 재입성

하늘을 올려다보니, 시야 가득 스카이블루가 펼쳐진다. 도시에서는 여기저기 솟아오른 빌딩에 가려 온통 푸른 하늘을 볼 수 없지만, 여기 이세계에는 그 푸름을 방해할 것은 아무것도 없다.

이날, 아스텔—네페리아의 국경에 도착한 이들을 맞이한 것은 끝없이 펼쳐진 창공이었다.

스이메이가 리리아나를 설득하러 나섰던 밤으로부터 며칠 뒤. 아스텔의 용사 레이지와 그 일행은 네페리아 제국의 국경 요새에 도착했다.

먼저 검열을 마친 레이지가 눈앞에 펼쳐진 침식 지대를 바라보고 있으려니, 뒤이어 검열을 마친 미즈키가 종종 걸음으로 다가왔다.

"레이지. 드디어 네페리아 제국에 왔네."

"응. 그러게."

싱긋 미소 짓는 미즈키에게 레이지는 부드러운 표정으로 대답한다. 크란트 시를 떠나서, 하드리어스 영내를 말을 타고 이동하여, 아스텔, 네페리아, 사디어스 연합 자치주를 가로지르는 대로를 지나 이곳까지 왔다.

국경 전까지는 무성한 녹음이 펼쳐졌지만, 이 앞은 녹지가 적어지고 강에 침식된 독특한 지형으로 바뀐다. 제도 주변까지 가면 녹음은 많아지지만, 지금까지 자주 봤던 울창한 숲은 당분간 볼 일이 없다.

그때 미즈키가 어쩐지 진지한 투로 말을 걸어온다.

"전에도 생각했지만, 여기 지형 말이야, 꼭 그랜드캐니언 같아."

그렇게 말하는 것은 사진이나 영상으로 자주 봤던 절경을 떠올려서일까. 분명 미즈키 말대로 그랜드캐니언도 강에 침식되어 생긴 협곡이다. 여기도 눈앞에 거대한 골짜기가 입을 벌리고 있으며, 아래로는 좁지만 상당히 깊어 보이는 강이 흐르고 있다.

"레이지는 여기를 어떻게 생각해?"

"응? 음. 그 정도로 험준한 느낌은 아니지만, 확실히 비슷하긴 해."

"그치? 아아~ 또 여길 지나가야 하다니. 싫어~."

"싫어?"

"왜 저번에 지나갈 때 신발 망가졌었잖아……."

"그러고 보니 그랬네."

미즈키는 기운 없는 표정으로 고개를 푹 숙이고 자신의 발을 쳐다본다.

"발도 아프고."

"그건 마법이 있으니까 괜찮잖아."

레이지는 낙관적으로 말하지만, 미즈키의 얼굴은 여전히 불만스러운 표정. 이 앞은 대부분 정비된 길이지만, 말에서 내려서 걸어야 하는 구간이 있다. 그런 구간은 대개 울퉁불퉁한 암석 표면이 그대로 노출되어 있어, 산길에 익숙하지 않은 미즈키는 저쪽 세계에서 신고 온 운동화를 망가뜨렸다. 꽤 아끼던 운동화였는지 낙담했었는데, 그 뒤에 바꿔 신은 신발도 불편해서 몹시 고생했다.

“하지만 레이지, 마법으로 일일이 통증을 완화시키는 것도 귀찮은 일이다?”

“그런가. 효과가 떨어지면 또 술을 써야 하니까.”

“맞아. 거기에 비하면 레이지는 좋겠다. 다리 같은 거 안 아프잖아?”

“그렇지…… 나한테는 가호가 있으니까.”

“있잖아, 그거 나한테도 좀 나눠주면 안 돼?”

미즈키는 몹시 애교 섞인 미소를 띠며 달라붙어 조르지만.

“무리야.”

“치사해, 치사해!”

미즈키는 투덜거리면서 귀엽게 볼을 부풀린다. 가엾지만 레이지로서도 무리한 것은 무리한 것이다. 나눠줄 수 있는 것이라면 미즈키가 말하기 전에 나눠주었을 것이다.

문득 레이지는 협곡으로 시선을 돌린다. 다시 온 소감은 어딘가 감개무량한 데가 있었다.

“여길 다시 지나는 것도 어쩐지 묘한 기분이 들어…….”

그렇다, 끓어오르는 감회에 젖어들어 숙연해지자.

“——그러게요. 뭐니 뭐니 해도, 일전에 레이지 님이 뛰쳐나가신 곳이니까요."

"응?! 아, 하하하……."

뒤쪽에서 들려오는 목소리에 레이지는 황급히 뒤돌아본다. 검열을 마친 티타니아가 웃는 얼굴로 레이지에게 말을 걸어왔다.

레이지는 난처해서인지 당황해서인지, 어색하게 웃을 뿐이다.

"티아, 그 일은 지난번에 용서해준 거 아니었어?"

"네. 하지만 어느 정도 푸념은 들어주셔야죠?"

"맞아. 티아 말대로 나도 그 정도는 감수해야 한다고 생각하는데?"

"어휴. 미즈키이……."

친구에게 버림받고 원망하는 레이지 옆에서, 미즈키와 티타니아는 웃으면서 "그치~" 하고 입을 모은다.

그때, 동행자인 여검객 루카가 요새 안에서 나왔다. 자세히 보니 그녀는 손에 낯선 꾸러미를 들었다. 머지않아 티타니아가 있는 곳까지 와서.

"공주 전하, 잊으신 물건입니다."

"어머, 루카? 무슨 일이야――?!"

미즈키와 함께 웃던 티타니아가 루카를 보자마자 순간 얼어붙었다. 왜 놀라는 것일까. 물건을 깜빡하는 건 그리 이상한 일이 아니다. 그렇다면.

미즈키가 고개를 갸웃한다.

"무슨 일이야?"
"아, 아아아아아아무것도 아니에요, 미즈키!"
미즈키가 묻자 허둥지둥하는 티타니아. 레이지는 그런 그녀의 옆을 지나 먼저 루카가 든 짐을 본다. 짐은 막대 형태처럼 길쭉하고, 만져보니 금속성의 소리가 났다.
"……이거, 검이네. 티아 거야?"
"앗――?! 레이지 님, 언제?!"
"이런 걸 가지고 있었구나. 검이라니, 좀 의외다."
"이건 그……그러니까…… 저기……."
"아―?! 저기저기―! 혹시 그거 왕가의 보검 같은 거? 실전에서 쓰기에는 적합하지 않지만, 왕족이 길을 떠날 때 지녀야 하는 권위 있는 물건 같은 거!"
"아?! 그거예요! 미즈키가 말한 대로예요! 그런 거예요!"
"……티아, 어쩐지 아까부터 엄청 필사적인 것 같은데……."
"그건 레이지 님 기분 탓이에요!"
그렇게 말하며 이마에서 땀을 뻘뻘 흘리며 부정하는 티타니아. 좀처럼 진정하지 못한다. 전에 없이 당황한 모습이다. 그런 그녀의 옆에서 미즈키가 무언가 생각났다는 듯이 하늘을 올려다보았다.
"검이라…… 그러고 보니, 레이지의 검도 꽤 망가졌잖아."
"응, 그렇지……."
미즈키가 말한 대로라는 듯이 레이지는 난감한 표정으로

허리에 찬 검을 뽑는다. 칼집부터 드러난 검은 여기저기 이가 빠져 있었다. 마족과의 전투 후에 라쟈스와 싸운 것이 그 원인이다. 애초에 벼락치기로 익힌 검술로 검에 부담을 줬던 데다가 라쟈스의 주먹과 격돌했을 때 오리할콘의 칼날이 떨어져나갔다.

그때, 티타니아가 짐짓 헛기침을 하면서.

"제도에 가면 대장장이가 있어요. 거기서 손을 보거나 새로 장만하는 게 좋겠어요. 가능하면 사디어스 연합이나 자치주에 도착할 때까지 버텨주었으면 했지만……."

체념한 듯한 표정의 티타니아에게 레이지가 묻는다.

"티아. 연합에 있는 대장장이는 솜씨가 훌륭한 편이야?"

"네. 사디어스 연합이 여러 나라가 모여 만들어졌다는 건 전에 말씀드렸지요. 옛날에 연합 전체를 대표하는 종주국을 결정할 때 각국의 대표가 검으로 승부를 했어요."

"아! 그래서 지금도 검과 관련된 것이 발달한 거네!"

"네, 검술, 도공, 뛰어난 검객에 대한 대우도 다른 나라와는 차원이 달라요."

레이지는 오리할콘의 검을 들어 올려 먼 곳을 향한 듯한 시선으로 바라보았다.

"검의 나라라…… 나도 거기서 검술을 익히고 싶어. 뛰어난 검객 밑에서."

그렇게 말하고서 "헤헤" 하고 농담인 척 얼버무리는 레이지에게, 티타니아가.

"현재 연합에는 칠검이 세 분이나 계세요. 연합에 가게 된다면 만나보는 것도 좋을지도 몰라요."

"그 칠검이라는 말은 자주 들었는데, 그렇게 강해?"

"칠검은 대륙의 북방과 중앙에서 가장 강한 검객들에게 붙여진 칭호예요. 그 실력은 혼자서 천 명의 병사에 필적한다고도 알려져 있어요."

"천 명이라니, 굉장해! 일기당천! 완전 리얼 여, 여포다~ 잖아!"

티타니아의 말을 들은 미즈키는 중2병이 도졌는지 꽤 흥분했다.

"지금 가는 제국에도 외로운 그림자, 『고영(孤影)』이라 불리는 검객이 계세요. 야전, 기습전에서 많은 무공을 세운 제국 굴지의 검객이죠. 제국 남방의 인접국에서는 그 강인함과 신출귀몰함을 칭송해, 말 안 듣는 아이들에게 불러주는 노래까지 만들어졌을 정도예요."

"그 노래라는 건 말을 안 들으면 그 사람이 온다, 그런 거지? 그거 굉장하네."

일화를 들은 레이지가 감탄하자 티타니아는 어째선지 갑자기 전문가 같은 표정을 짓는다.

"검객 얘기를 했지만 저는 딱히 레이지 님이 누군가의 밑에서 검술을 배울 필요는 없을 것 같은데요."

"왜 그렇게 생각하는데?"

"레이지 님은 검 실력이 좋으니까요. 기초는 이미 성에서 익혔고, 괜히 누군가의 검술을 배우는 것보다는 그대로 발전시키는 게 좋을 것 같아요.”

“티아, 그런 걸 알아?”

“네? 아, 그, 그냥 그런 느낌이 들었어요! 레이지 님은 용사기도 하고요!”

“……레이지 말대로 오늘따라 티아는 좀 이상해.”

“그러니까 그건 기분 탓이라니까요!”

“……뭐, 수행을 하든 안 하든, 사디어스 연합에 가는 건 당분간은 무리겠지만.”

뽑아든 검을 다시 칼집에 넣은 레이지가 그렇게 말하자, 미즈키와 티타니아가 굳은 표정으로 레이지를 바라본다. 그리고.

“제도에서 그 황녀의 움직임을 견제하라고 했지. 티아는 그거, 어떻게 생각해?”

“글쎄요. 그 남자, 대체 무슨 꿍꿍일까요.”

티타니아로서는 드물게도 내키지 않는다는 듯이 콧방귀를 뀐다. 역시 그녀는 하드리어스가 몹시 마음에 들지 않는 듯하다. 이전에 크란트 시에서 제국으로 가라는 말을 들었을 때도 펄쩍 뛰며 항의하러 가겠다고 했다.

결국 그레고리 때문에 체념할 수밖에 없었지만.

“……그 남자, 다음에 만나면 반드시 이를 갈게 해주겠어요.”

“우왓, 티아 의욕이 엄청나네.”

"당연하죠!"
그녀로서는 하드리어스를 화나게 만드는 것은 이미 확정인 듯하다. 주먹까지 쥐고 전에 없이 투지를 불태우고 있다. 그런 그녀에게 레이지는.
"티아는 처음부터 그 사람을 싫어했는데, 하드리어스 공작과 무슨 일이라도 있었어?"
"네……? 아 네, 여러 가지로……."
시선을 피하며 눈을 맞추지 않는 티타니아. 티타니아가 모호하게 대답하자, 그녀의 뒤에서 대기하던 루카가 입을 열었다.
"그건 이전에 공주 전하께서 하드리어스 공작과 승부를 하셨을 때――."
"루, 루카――?!"
"응? 승부? 티아가 하드리어스 공작과 승부를 했었어?"
"와, 어떤 승부?"
레이지가 흥미진진하단 듯이 묻자 티타니아는 대답할 상황이 아니라는 듯이 루카를 향해 소리를 질렀다.
"루카!! 오늘 좀 경솔하군요!"
그렇게 소란스러운 와중에 드디어 검열을 마친 그레고리와 로프리가 말을 끌고 다가왔다. 그들을 발견하고 손을 흔드는 미즈키와 초조한 표정으로 루카를 바라보는 티타니아.
그런 그녀들을 부드러운 표정으로 바라본 뒤 레이지는 제도로 가는 방향으로 고개를 돌렸다. 길을 떠나기에는 좋은 날씨지만 하드리어스의 지시가 마음에 걸렸다. 과연 이 앞에 무엇이 기다리고 있는 것일까.

제1장 지오 마리피엑스

스이메이의 집에 페르메니아가 합류한 뒤로 야카기 저택에서는 각자의 임무가 정해졌다.

레피르는 집을 지키며 고양이를 돌보거나 방을 청소한다. 페르메니아는 요리를 한다. 당연히 집주인 스이메이에게도 할당된 업무가 있었다.

영걸 소환 마법진 연구나 페르메니아를 상대로 한 마술 강습이 그것이었지만, 그 외에도 목욕물을 데우거나 장부 관리를 하고 있다.

이 시간도 평소라면 욕조에 물을 받고 데우는 것이 보통이고, 레피르와 목욕 애호가로 변한 페르메니아가 재촉하는 때이기도 하다.

그래, **평소라면**.

그 말대로 현재 스이메이는 그것을 할 수 없는 상태였다. 리리아나를 설득하러 나섰던 밤으로부터 벌써 며칠이 지났지만 지금까지도 스이메이는 자택 요양 생활을 면치 못하고 있다.

그날 밤, 암마법의 폭주와 죄 많은 형상과의 전투로 스이메이는 아스트랄 보디를 심하게 소모했다. 거기에 키 큰 그림자의 방해 공작이 더해지는 바람에 패닉을 일으키고 도망간 리리아나를 쫓지 못했다.

예기된 충돌은 키 큰 그림자가 수적 열세로 판단하고 철수하면서 무마되었다.

그 후, 스이메이는 엘리어트 일행의 질문에 대답한 뒤 집으로 돌아왔다. 그리고 페르메니아와 레피르에게 여러모로 도움을 받게 되었다.

아니, 현재진행형으로 도움을 받고 있다는 것이 맞는 표현이다. 지금도 각자의 업무 외에 바쁘게 움직여주고 있으므로.

거실 침대에서 상반신을 일으킨 스이메이는 물주전자를 갈아주러 온 페르메니아에게 고마움과 미안함을 담아 말한다.

"미안해."

"무슨 말씀이세요. 몸이 회복될 때까지 푹 쉬세요."

미소로 화답하는 페르메니아에게 스이메이는 천천히 대답한다.

"아니, 그러지도 못해."

"그러지도 못한다는 건…… 아."

그녀도 눈치챈 것일까. 그렇다, 스이메이가 무엇을 걱정하는지는 말할 필요도 없다. 그날 밤부터 리리아나를 그 상태로 두고 있는 것이다.

그때, 리리아나는 엘리어트 일행에게 얼굴을 보이고 키 큰 그림자의 명령에 따라 모습을 감추었다. 키 큰 그림자와 합류했는지는 모르지만, 그녀가 좋지 않은 상황에 처한 것만은 틀림없다. 혐의를 받기에는 충분한 상황이므로.

잡혔다는 이야기는 듣지 못했는데 지금은 어떻게 된 것일까. 스이메이는 여러 번 그런 상상에 마음을 졸였다.

그때 문뜩 깨달았다. 페르메니아가 입을 일자로 꾹 다물고 눈을 반쯤 뜬 채 지켜보는 것을. 책망하는 듯한 눈빛에 담긴 것은 결코 비난만이 아니었다. 그 눈동자에는 걱정과 엄격함, 그리고 불안이 섞여 있다.

그것을 본 스이메이는 체념한 모습으로.

"알았어. 회복할 때까지 기다릴게."

"그렇게 해주세요. 스이메이 님은 리리아나 잔다이크가 걱정되겠지만, 저와 레피르는 스이메이 님이 걱정되니까요."

"그래."

"……신중한 줄 알았더니, 너무 무모해요."

"응, 그런 말 자주 들어."

"웃을 일인가요……. 계속 그런 식이면 또 레피르에게 설교를 들어야 할걸요?"

페르메니아의 쓴소리에 스이메이는 쓴웃음을 지었다.

그렇다, 집에 돌아와서 몸이 안정된 뒤에 들었던 것은 작은 레피르의 불같은 설교였다.

너는 걱정만 끼친다, 더 이상 바보 같은 짓 하지 마라, 같은 말은 기억에 생생하다.

그러나 레피르 말이 맞았다. 스이메이는 어쩌다 사건에 휘말려들면 신중함을 잃는 경우가 종종 있다. 이번 일도 그렇지만 레피르 때는 그것이 현저히 드러났을 터다. 고치고 싶지만 천성인 탓에 고치기가 어렵다.

페르메니아와 그런 대화를 하는데 마침 층층이 쌓은 짐을 들고 레피르가 거실로 들어왔다.

"끙차, 끙차."

고군분투하는 목소리. 무겁지는 않아 보이지만 앞이 방해돼서 내는 소리일 것이다. 그러나 아무래도 위태롭다.

그 모습에 페르메니아가 상냥한 말투로.

"레피르. 한꺼번에 너무 많이 들면 위험해요. 조금 내리면 어때요?"

"괜찮아, 페르메니아. 살짝 키를 넘길 정도의 짐은 아무것도 아니지. 원래 모습이었을 때는 키보다 큰 검을 다뤘으니까…… 끙차, 끙차."

"레피, 조심해."

"응, 고마워."

스이메이가 레피르에게 조심하라고 말하자 페르메니아가 의아한 표정으로 바라본다. 스이메이의 모습이 평소와 다른 것을 눈치챈 듯하다.

"……스이메이 님."

"아, 이거. 몸을 낫게 하려고 대부분의 기능을 그쪽에 집중하다보니 머리도 잘 안 돌아가."

현재 스이메이의 모습을 자세히 관찰하면 막 잠에서 깬 것처럼 멍한 상태인 것을 알 수 있다. 마술을 사용하여 아스트랄 보디를 회복하는 데 전념하고 있어서 이런 상태를 취할 수밖에 없다.

페르메니아가 걱정스러운 표정을 짓는다. 역시 불안한 것일까. 위로하듯이 손을 포갰다.

"겉보기에는 잘 모르겠는데, 꽤 심각한 건가요."

"보통의 상처라면 마술로 금세 치유되지만, 이번에 소모한 것은 아스트랄 보디(정신의 껍질)라서, 피지컬 보디(육체)처럼 마술로 간단히 치유할 수는 없어."

"……신체는 간단히 치유할 수 있는 거네요."

"뭐, 그렇지—."

어눌한 투로 받아넘긴 스이메이의 곁에 짐을 다 옮긴 레피르가 다가온다. 그러고는 질렸다는 얼굴로 머리맡에 걸터앉았다.

"신체의 부상은 별문제도 아니라는 거네. 아무렇지도 않게 굉장한 말을 하고…… 흐음, 아스트랄 보디였군. 전에도 들은 기억이 있는데, 넌 그것에 대한 방어나 내성은 없는 거야?"

"암마법이 너무 특수해. 우리 세계의 마술사나 심지어 데모니스트(악마 숭배자) 중에도 그런 위험한 저주를 쓰는 사람은 없어. 그렇게 생각하는 게 보통이야. 뭐, 결국엔 내 준비 부족이었다고 해야 할지 방심이라고 해야 할지. 아—."

얼빠진 목소리를 낸 스이메이는 다음 말을 잇지 못한다. 사고 능력도 둔해진 탓에 제대로 말이 나오지 않는다.

"……질문은 그만하는 게 좋을 것 같아요."

"그래. 어려운 질문은 나중에 할게."

"미안. 그렇게 해줘."

상황을 헤아리고 배려해주는 두 사람에게 스이메이는 감사의 뜻을 전한다. 그러자 페르메니아가 생각났다는 듯이 손뼉을 치면서 의자에서 일어났다.

"아참! 스이메이 님, 식사를 준비했어요. 지금 들고 올게요."

페르메니아는 그렇게 말한 뒤 종종걸음으로 부엌으로 가서 식기를 들고 나왔다. 밥그릇 모양의 나무 그릇 안에는 모락모락 김이 피어오르는 흰죽에 싱싱한 콩이 들어 있다.

"자, 스이메이 님. 콩 수프예요. 드세요."

스이메이는 새하얀 수프가 든 그릇을 건네받았지만 잘 보고 있는 것일까. 눈을 가느스름하게 뜬 채로 수프를 한술 떠서 천천히 입으로 가져간다.

그러나 사고 기능까지 회복에 쓰고 있는 탓에 팔의 움직임이 불안하다.

"스이메이. 불안해."

"미안."

"스이메이 님. 그릇과 숟가락 주세요."

"응."

스이메이는 페르메니아에게 그릇과 숟가락을 건넨다.

그러자 페르메니아는 수프를 숟가락으로 떠서 웃는 얼

굴로.

"자, 스이메이 님. 아—앙."

"헉, 페르메니아? 아무리 그래도 스이메이에게 그게 무슨……?"

"아—앙."

페르메니아의 행동에 스이메이는 아무런 의문도 품지 않는다, 아니, 품을 수 없다. 페르메니아가 시키는 대로 아—앙, 하고 입을 벌려 숟가락을 입에 넣고 수프를 삼켰다.

한편 레피르는 평소라면 생각할 수 없는 스이메이의 모습을 보며 벌어진 입을 다물지 못한다.

"……스이메이, 그렇게까지 무방비해진 거야?"

평소의 스이메이라면 부끄러워서 절대 못 할 행동이다. 그러나 이렇게 순순히 시키는 대로 하는 것은 그런 것까지 생각할 여유가 없다는 뜻이다.

"우물우물…… 메니아, 미안해."

"아니에요."

웃으면서 대답하는 페르메니아에게 레피르가 무언가에 홀린 듯 몸을 들이민다.

"페르메니아, 페르메니아, 나도 해볼래."

"네, 여기요."

"그럼 스이메이. 아—앙 해."

"아—앙."

스이메이는 레피르의 아—앙에도 순순히 입을 벌린다. 저

항하는 모습도 싫어하는 기색도 전혀 없다. 꾸벅꾸벅 졸면서 입을 우물거리고 있다. 그런 스이메이를 뚫어지게 바라보던 두 사람은 흥미롭다는 듯이 얼굴을 마주보았다.

"뭐지. 뭔가 좋아, 지금 이거. 스이메이가 귀여워."

"네, 확실히."

평소의 스이메이라면 미소녀들의 정성 어린 간호를 받고 흥분했을 것이다. 그러나 굳이 따지자면 지금 흥분의 도가니 속에 있는 것은 두 소녀. 나중에 스이메이는 민망함에 쥐구멍에라도 숨고 싶겠지만…… 그녀들이 알 바는 아니었다.

"레피르, 다음은 내가."

"응, 페르메니아, 교대로 하는 거다?"

그릇을 깨끗이 비울 때까지 스이메이는 교대로 수프를 받아먹었다.

제도 필라스 필리아의 남쪽에 위치한 거성, 그로슈라.

제도에서는 가장 높은 건축물이자, 황제가 귀족들의 조언을 들으며 정무를 집행하는 정청의 역할을 겸한 제국 정치의 중심이기도 하다. 원래는 성채 도시인 제도의 본성이었기에 견고하여 여러 번 함락 위기를 넘긴 역사도 있다. 그 장엄한 분위기는 외국까지 널리 알려졌을 정도.

집정 공간은 바닥에 진홍빛 카펫이 깔려 있고 문장기가 걸려 있으며 호사스럽다.

이 방의 존재는 이른바 황제 권위의 상징이다. 그리고 그곳에 온 사람들 모두에게 엄격한 태도를 강요하는 곳이기도 하다. 그러나 그 방은 현재 그런 긴장된 공기 외에 천박하고 비천한 감정들로 채워져 있다.

성에 불려 온 로그 잔다이크는 집정 공간에 떠도는 불온함을 피부로 느끼면서도 언제나의 굳은 표정으로 왕좌에 앉은 황자 앞에 무릎을 꿇었다.

"정보부 통신 대좌 로그 잔다이크, 부름에 응해 찾아뵙습니다."

로그가 고개를 숙인 채 소환된 자로서의 예를 갖추자 원로 하나가 "고개를 들라"라고 말한다.

로그는 그 말에 따라 고개를 들었다. 눈앞의 자리에 앉아 내려다보는 우아한 복장을 한 청년은 네페리아 제국 제1황자 레나트 필라스 라이젤드. 그 차가운 용모에 걸맞게 흐트러짐 없는 판단으로, 온갖 욕망이 득실대는 그로슈라에서도 황제 부재 시의 정무를 완벽히 수행하는 재인이다.

레나트 앞에서 로그는 다시 한 번 예를 갖춘다.

"그간 안녕하셨습니까, 레나트 황자 전하. 송구합니다만, 금일 정무는 황제 폐하께서 보시는 날이 아닌지요."

현재 제국의 정무는 네페리아 황제가 고령인 점과 대를 이를 황자의 정무 기반을 다지기 위해 황제와 제1황자인 레나트가 차례로 집행하고 있다. 이날은 황제가 이곳 집정실에서 정무를 집행한다고 알고 있던 로그의 물음에 레나트는 옅은 미소를 띠며 황제가 있을 곳을 잠시 바라본다.

"음. 폐하께서는 홍옥궁에 계신다. 오늘은 정무를 돌볼 기분이 아니시다 하여 내가 대신 나오게 됐어. 정말 못 말리는 분이야."

그러고는 크크크 웃는 레나트에게 로그는 고개 숙여 예를 취한다. 별저인 홍옥궁에서 여색에 빠져 있을 황제를 생각하면 황자도 내심 한숨을 쉬고 싶으리라. 그렇게 생각하며 로그가 때를 기다리고 있자 레나트는 소리 죽여 웃던 것을 뚝 멈추었다.

작아져가는 웃음소리의 잔향이 공기의 변화를 예감케 한다. 본론으로 들어갈 것임을 눈치챈 로그는 더욱 공손한 자세로 레나트의 다음 말을 기다린다.

호사스러운 의자 팔걸이에 팔을 올려 턱을 괴는 레나트.

"그래, 로그. 오늘 그대가 여기 온 이유를 알고 있나?"

"……리리아나의 일인 줄 압니다."

"그래. 혼수 사건의 하수인이 그대의 딸이 아닐까 하는 이야기다. 전날 현장에서 도주한 뒤로 종적이 묘연한데 그 뒤의 행방은 파악했나?"

"아니오. 수색에 힘쓰고 있습니다만 아직 소재 파악은 되지 않고 있습니다."

"집에도 돌아오지 않았고?"

로그가 "그러합니다" 하고 짧게 대답하자, 대기하고 있던 원로 하나가 목소리를 높였다.

"귀공이 숨긴 것은 아닙니까? 당신의 딸이지 않소."

"아닙니다, 결코 그런 일은……."

"그래요? 헌병 말로는 이 사건의 표적은 귀족 중에서도 신분이 높은 자들뿐이라고 들었소만. 벼락출세를 한 귀공이라면 딸을 이용해서 모략을 꾸미는 것도 전혀 불가능한 이야기는 아니지 않소?"

완곡한 표현조차 없는 원로의 말. 로그가 더 높은 곳으로 오르기 위해 걸림돌이 되는 자를 제거하는 것이라고 주장하고 있다.

그러나 로그는 그것을 인정하지 않고.

"피해를 입은 분은 지위가 높은 분만이 아니라고 들었습니다."

"뻔뻔하군! 그건 자신이 의심받지 않도록 귀공보다 지위가 낮은 자도 노린 거겠지!"

원로가 어딘가 작위적인 목소리로 규탄하자, 그 말에 동조하는 듯한 목소리가 뒤따른다. 리리아나의 혐의가 짙은 지금의 상황에서는 로그의 편인 귀족도 큰 목소리를 낼 수 없다.

원로들의 규탄이 과열되자 레나트가 들으란 듯이 한숨을 내쉰다.

"……그만해라. 아직 하수인이 리리아나로 밝혀진 게 아니다."

"예."

레나트의 말에 방 안의 웅성임이 거짓말처럼 잦아들었다. 가장 처음 로그를 비난했던 원로도 바로 물러나고 동조의 목소리를 높이던 귀족들도 금세 입을 다문다.

레나트와 중립 입장인 귀족들에게 나쁜 인상을 주는 것이 목적이었다는 듯한 깔끔한 마무리다. 아니, 실제로는 그런 것이리라. 로그는 소리 죽여 웃는 기척을 느꼈다.

분위기가 진정된 것을 보고 레나트가 입을 연다.

"이런 이야기는 소용없다. 먼저 혐의자인 리리아나를 찾고, 사건 조사에 전력을 다해야 해."

"지당한 말씀입니다."

조금 전의 원로는 레나트의 말에 곧바로 동의한다. 그러나 마치 속셈이 있다는 듯이 자신의 의견을 덧붙였다.

"하오나, 먼저 결정해야 할 일이 있다고 생각합니다."

"결정해야 할 일……?"

"흠, 책임 말인가."

원로의 말에 로그는 눈썹을 찌푸렸지만 레나트는 말의 진의를 눈치챈 듯하다. 레나트는 로그를 차가운 시선으로 바라보았다.

"수사가 진행되면 그대의 딸도 곧 잡히겠지. 만약 그때 리리아나가 하수인으로 밝혀진다면, 어떻게 책임질 생각인가."

"기다려주십시오. 아직 리리아나가 범인으로 밝혀진 것

은…….”

“——그랬을 경우에 어떻게 책임질 것인지, 지금 결정하라는 겁니다.”

원로 중 하나가 레나트의 말을 요약하듯 로그에게 말했다.

책임을 논하는 것은 너무 성급하다. 문득 로그가 시선을 돌리자 목소리를 높인 원로가 빙긋 웃는 것이 보였다.

그들이 레나트에게 중상모략을 펼친 것은 이미 명백했다.

그럼에도 레나트는 로그를 중요하게 여겼는지 조금 전의 요약에 첨언을 한다.

“로그, 그대와 그대의 딸은 제국의 큰 힘이다. 나도 사실이 아니라고 믿고 싶지만, 그대도 알다시피 나라에는 지엄한 규율이 있다. 그러니 그때의 일도 정해두어야 해.”

레나트의 말에 이어 원로가 입을 연다.

“제국 군무 요강 제12조, 제3항. 그 무게를, 대좌인 귀공이 가볍게 생각하지는 않겠지. 그때는 귀공도 마땅한 처벌을 받아야 하지 않겠소?”

“…………..”

“로그, 그대의 대답은 무엇인가?”

레나트의 물음에 로그는 잠시 침묵한 뒤 입을 연다.

“……여식의 잘못은 저의 잘못. 군의 지위를 반납하고 십이 우걸의 자리에서도 물러나겠습니다.”

“알았다.”

레나트가 승낙하자 또 기다렸다는 듯이 원로가 작위적인

목소리로 말한다.

"그렇지요. 대좌의 딸도 직접 매듭을 짓는 것이 좋지 않겠습니까?"

"하지만 그건 너무 가혹하지 않습니까?"

"지금 같은 정세에 이런 사태를 일으켰습니다. 타당한 일입니다. ……안 그렇습니까? 대좌."

"……알겠습니다."

원로의 다그침에 로그는 깊이 머리를 숙였다.

그 모습을 잠시 지켜보던 레나트는 나서야 할 때라는 듯이 입을 연다.

"……폐하께서도 조속히 사건이 해결되길 바라신다. 마족 침공이 활발한 이때, 나라의 불안이 해소되지 않고 있는 것은 바람직하지 않아."

그 말에 원로가 찬성의 뜻을 밝힌다.

"그렇습니다. 우리도 조사에 본격적으로 개입해야 할 것입니다. 하지만 이번 사건 조사에는 성청의 용사가 개입한 상황입니다."

"개입하기 힘들다는 건 알고 있다. 하지만 이대로라면 진척되지 않는 것 또한 사실. 그래서 앞으로의 사건 수사에 변경이 있을 계획이다."

"변경이라 하시면?"

"그래. 지금까지는 헌병과 정보부가 함께 은밀히 수사했지만, 수사 본영을 통합한다. 당분간은 그 지휘를 이 사람에게 맡기기로 했다.”

레나트가 “들라”라고 말하자 문이 열린다. 그리고 레나트의 옆으로 걸어 나온 사람은——.

★

방문객을 알리는 노크 소리가 제도의 야카기 저택에 울려 퍼진다.

얼마 뒤 현관에서 돌아온 페르메니아가 전한 말은 어떤 의미로 예상한 것이었으며, 스이메이로서는 드디어 올 것이 온 상황이었다.

“스이메이 님. 제도의 헌병이 왔어요.”

문제가 생겼음을 직감하고 심각한 표정을 짓는 페르메니아에게 스이메이는 태연한 태도로 한마디, “알았어”라고 답한다.

현재 스이메이는 며칠간 회복에 전념한 것이 효과가 있었는지 꽤 상태가 호전되었다. 본래 컨디션을 회복하려면 아직 멀었지만 일상생활을 하는 데는 문제가 없다.

움직이지 못했던 기간을 만회하기 위해 먼저 무엇부터 하면 좋을지 생각하던 참이었다.

마찬가지로 걱정이 되는 것일까. 옆에서 페르메니아의 보고를 듣고 있던 레피르도 심각한 표정으로 물어 온다.

“헌병이. 스이메이, 어떻게 할 거야?”

"그러게…… 우선은 만나봐야지."
"하지만 만나면……."
"알고 있어."
그렇게 대답한 뒤 스이메이는 현관으로 향한다. 상황에 따라서는 나쁜 상황이 전개될 가능성도 있지만 마냥 기다리게 할 수는 없다.
현관 끝에 서 있던 헌병에게 말을 걸자 그는 방향을 틀어 정중하게 인사한다.
말쑥한 제복 차림에서 느껴지는 깔끔한 인상대로 행동거지가 똑 부러지고 말씨도 정중했다.
"안녕하십니까. 저는 제국 국가 제3헌병대 소속 대원입니다. 스이메이 야카기 씨입니까?"
"네. 무슨 용건으로 오셨습니까?"
"본론만 말씀드리면 지금부터 저희와 함께 가주셨으면 합니다."
짐짓 시치미를 떼며 묻는 스이메이에게 헌병은 정중하게 대답했다. 저희라고 말한 대로 문 밖에는 여러 명의 기척이 느껴진다. 필시 헌병 처소로 데려가서 당시 상황을 미주알고주알 캐물을 것이다. 스이메이는 난처하다는 듯이 지금 이 시점에서 할 법한 말을 늘어놓는다.
"그건…… 죄송하지만 아직 몸 상태가 좋지 못합니다. 후일 다시 와주시면 안 되겠습니까?"
"그게…… 그럴 수도 없는 상황입니다."

"무슨 말씀이지요?"

"네. 출두 요청에 응하지 않을 경우 강제로 데리고 오라는 상부의 명령을 있었습니다."

강제라는 표현은 불온하다. 그러나 그렇게 말하는 헌병도 난처한 듯 관자놀이를 손가락으로 문질렀다. 그것은 곧 지금 스이메이의 상태가 좋지 못하다는 것은 이해한다는 뜻이다. 그래서 너무 강하게 나오지 못하는 듯하다.

그러나 헌병이 그렇게 말한 이상 어차피 동행은 피할 수 없다. 여기서 마술을 써서 넘긴다 해도 다른 헌병이 찾아올 것이다. 근본을 해결하지 않으면 상황은 변하지 않는다.

"저희도 사정은 알고 있습니다. 부탁드릴 수 없을까요?"

헌병은 재차 정중한 태도로 묻는다. 그러자 스이메이의 뒤에 있던 레피르가 소매를 끌어당겼다. 스이메이가 얼굴을 가까이 대자 그녀는 굳은 표정으로 말한다.

"……스이메이. 예감이 안 좋아."

"응, 나도 그래. 하지만 따라가는 수밖에 없어."

"괜찮아?"

"지금 수색 현장이 어떻게 되어 있는지도 보고 싶고."

그것은 리리아나의 행방과 별개로 파악해두고 싶은 것이었다. 지금도 페르메니아에게 듣고 있지만 현 단계의 수사 상황에 대해서는 알지 못한다. 움직여보려던 참이었기에 마침 잘됐다 싶기도 했다.

그렇게 말했지만 역시 레피르는 납득이 가지 않는 모양으로 입을 삐죽 내밀었다.

그런 그녀를 납득시키기 위해 나선 것은 페르메니아. 맡겨두라는 듯이 듬직하게 앞으로 나온다.

"레피르. 내가 따라 갈게요. 걱정 말아요."

"……응, 알았어. 스이메이를 잘 부탁해."

가까스로 쥐어짜낸 의기소침한 목소리가 들려온다. 그것은 걱정과 별개로 서글픈 마음이 들어서이리라. 레피르도 지금 상황이 답답한 것이다. 작아진 탓에 유사시에는 몸을 뺄 수밖에 없고, 이제껏 해왔던 일조차 제대로 하지 못하고 있다. 돌아서는 찰나에 언뜻 보인 입가에는 그녀의 속내를 표현하듯 확실한 분함이 드러났다.

스이메이는 그런 그녀의 쓸쓸한 등에 마음을 빼앗긴 채 페르메니아와 함께 집을 나섰다.

헌병들에게 이끌려 거리로 나온 스이메이와 페르메니아. 앞뒤를 헌병에게 막혀 **연행**되는 썩 유쾌하지 않은 상황이지만, 죄인이나 용의자가 아니기에 실질적으로 헌병들의 태도는 정중하며 아직까지 심한 취급은 받지 않고 있다.

페르메니아의 말에 따르면 제국의 군인과 헌병에게는 엄격한 규율이 있어서 대개는 상대에 대한 대응도 좋은 편인 듯하다.

이전에 제국에 처음 왔을 때 레피르에게 그런 말을 들었던 것을 떠올린다. 제국군에는 엄격한 규율이 있어서 타국보다 헌병의 질이 우수하다고. 그런 말을 들으면 문득 떠오르는 것은 독일군의 엄격한 규율일까. 어쩌면 이 나라도 그 나라와 마찬가지로 군사 국가로서 근대화의 길을 달리고 있는지도 모른다.

제도 필라스 필리아는 거리의 구조나 사람들의 생활을 보더라도 아스텔 왕도와는 달리 근대적이다. 타국과 비교해도 빼어난 수준이라고 한다.

만약 이대로 저쪽 세계와 같이 산업이 발전하여 제1차 산업혁명, 제2차 산업혁명을 거친다면 저쪽 세계의 전철을 밟을 가능성도 있다.

아직 자연이나 신비와 융화되어 있지만 어떻게 될지 모른다. 어느 쪽이 좋은지는 우열을 가리기 힘들지만――.

"스이메이 님. 바깥 공기는 오랜만이죠."

"응? 아아, 그러게."

페르메니아의 밝은 목소리에 스이메이는 동의한다.

페르메니아 말대로 스이메이의 바깥출입은 오랜만이었다. 아스트랄 보디를 소모한 뒤로 거의 누워 지내다시피 했기에 기분 전환 삼아 산책도 하지 못했다.

오랜만에 나온 거리는 어딘가 어수선한 것처럼도 보였다.

제도의 주민들의 안절부절못하는 모습. 거동 하나하나에 주변을 살피는 모습은 마치 보이지 않는 존재를 경계하는 듯하고, 거리를 뛰노는 아이들도 기분 탓인지 겁을 먹은 것처럼 보인다.

그런 소감을 말하려 하자 눈치챈 듯한 페르메니아가.

"스이메이 님이 요양 중일 때 리리아나 잔다이크가 지명수배를 당했어요. 그래서 제도는 계속 이런 분위기고요."

"……예상은 했지만 결국 이렇게 되었네."

스이메이의 목소리는 예상했다는 것과는 모순되게 침울했다.

"용의자의 정체가 확실해졌으니까요. 위험이 가까이에 있다는 실감이 커진 거죠."

"하지만 같은 나라의 군인인데 이렇게 겁내다니……."

"리리아나 잔다이크는 원래부터 정체불명의 마법을 쓴다는 것과 제국 십이 우걸이라는 지위, 그리고 군부에서도 특이한 입장에 놓여 있어서 제국 내부에서도 두려움의 대상으로 인식되었어요. 그렇게 생각하면 이런 변화도 자연스러운 흐름이겠죠."

"사람들도 결국 올 것이 왔다고 생각하는 건가."

페르메니아는 긍정한다. 그 긍정에 스이메이는 한숨을 쉬었다.

"아직 어린애인데…… 아니, 어린애라서일까."

보통 강해지기 위해서는 그만한 세월이 필요하다. 그러나 리리아나는 어린 나이에도 불구하고 마법사로서의 역량이 뛰어나다. 그것이 사람들의 두려움을 강하게 부추겼을 것이다. 더군다나 그 위압적인 언동은 그런 생각에 박차를 가한다.

리리아나는 원래부터 적이 많다. 게다가 이번 사건으로 사람들 전부를 적으로 만들 것이다. 함부로 외출을 할 수도 없다. 이 세계는 개인의 도덕이 육성되지 않았기에 사람들 앞에 나타나면 어떤 일이 생길지 모른다.

키 큰 그림자가 숨기고 있을 가능성도 있지만, 그것도 좋은 상황은 아니다. 그날 밤에 키 큰 그림자가 리리아나에게 했던 말은 어딘가 부추기는 듯한 느낌이었다. 이용당한 것이라고 가정한다면, 내쳐질 가능성도 함께 생각해야 한다.

스이메이가 공연히 먼 곳을 응시하자, 문득 페르메니아가 마술을 이용하여 말을 걸어온다. 들리는 목소리는 변함없다. 그러나 소리는 주위로 새지 않는다. 속삭임의 마술이다.

"……스이메이 님은 리리아나 잔다이크를 몹시 걱정하시네요. 그녀와 대화를 나눈 건 몇 번 정도라고 들었는데 왜 그렇게까지 신경을 쓰세요?"

"이상해?"

"네? 아뇨, 딱히 그런 건 아니지만……."

"괜찮아. 나도 이상하다는 거 알아."

스이메이는 어색한 미소 짓더니 문득 멀리 하늘을 올려다보면서.

"……뭐랄까. 이 세계에는 어쩔 수 없다고 하면서 체념해야 하는 것들이 있잖아? 나는 그게 싫어. 포기하지 않으면 행복해질 수 있는데 말이야. 불행한 건, 싫잖아?"

"스이메이 님……."

그렇다. 이 세계에 그런 마음이 있다는 것을 용납할 수 없다. 아무런 구원도 없이 눈물 속에 사라져야 하는 마음이 있다는 것을. 그래서 슬픔은 늘어갈 뿐이었다. 그 소녀도 그런 굴레 속에 묶여 있었으므로.

스이메이는 그날 밤 들었던 말을 머릿속에서 떠올린다.

——사람들이 내게 원하는 게 싸움뿐이라면.

그래, 리리아나가 했던 그 말은 다름 아닌 자신의 불행을 한탄하는 말이다. 그것은 모두에게 배척당하고 머물 곳은 커녕 자신의 존재조차 위태로운 자들이 하는 말이다.

스이메이가 리리아나의 행방을 떠올리고 있는데, 갑자기 페르메니아가 말을 걸어온다.

"스이메이 님이 저쪽 세계 돌아가고 싶어 하는 건, 저쪽 세계에도 싸울 이유가 있어서겠네요."

"뭐, 그렇지……."

그렇게 짧고 모호한 대답을 하면서 주위를 둘러본다. 그러자 깨닫는 것이 있었다.

"그러고 보니, 계엄령은 내려지지 않은 건가?"

거리의 분위기는 평소와 다르지만 주민이 거리를 돌아다는 데는 제약이 없어 보인다.

성벽으로 부지 면적이 제한된 이세계의 도시는 현대와 달리 흉악범과 마주칠 확률이 높다. 보통은 용의자가 잡힐 때까지 불필요한 외출은 자제시키거나 집단으로 행동하도록 한다. 그러나 거리는 표면적으로 평소와 다름없으며, 상공관계의 사람이나 드워프까지도 평소처럼 활발히 활동하고 있다.

"그건 구세교회에서 거행하는 용사…… 엘리어트 님의 퍼레이드도 있기 때문이에요. 예정일이 다가와서 지금 계엄령을 내리는 것은 아무래도 곤란하겠죠."

"과연……."

페르메니아의 말에 스이메이는 납득이 갔다. 지금 계엄령을 내리면 향후 있을 퍼레이드에 지장이 있을 것으로 판단하고, 그렇게까지는 하지 않은 것이다.

지금 주민의 활동을 막는다면 모처럼 대중을 고무시킬 기회를 날릴 수도 있다. 퍼레이드를 보러 외국인이 와 있는 만큼 제도의 수익에도 타격이 생긴다. 그럴 바에야 어느 정도는 묵인하자는 방침일 것이다.

대강 상황을 파악한 스이메이는 헌병에게 묻는다.

"저기, 슬슬 어디로 가는 건지 알려주시겠습니까?"

"필라스 필리아의 남쪽 광장입니다."

"남쪽 광장?"

헌병을 대답에 스이메이는 눈썹을 찌푸린다. 분명 추가 조사를 위해 헌병 처소로 가는 것이라고 생각했는데, 광장이라면 연행의 의도가 짐작되지 않는다.

헌병, 연행, 광장이라는 말이 겹쳐지자 기요틴이라는 단어가 뇌리를 스치지만, 설마 그것은 아닐 것이다.

"광장에는 왜 가는 거죠?"

"그곳에서 그라체라 황녀 전하께서 기다리고 계십니다."

"……?"

헌병의 말에 스이메이는 역시나 눈썹을 찌푸릴 수밖에 없었다. 불확실한 상황에 또 불확실한 요소가 겹쳐진 것이다. 당연히 이해될 리도 없다.

기다린다는 것은 호출했다는 것이다. 그러나 지금까지 그런 존귀한 인물과 인연을 맺은 기억은 없다. 그렇다면 어째서 그런 인물이 자신을 기다리는 것일까. 스이메이가 의아하게 생각하는데, 페르메니아가 얼굴을 가까이 붙여 온다.

"그라체라 황녀 전하는 네페리아 황제의 셋째 딸이에요. 일단 전장에 나섰다 하면 땅을 갈라 적진의 발 디딜 곳을 초토화시킨다 해서, 지오 마리피엑스라는 이명이 붙었을 정도죠. 그만큼 흙 속성 마법의 명수로, 제국 최강의 마법사로 일컬어지고 있어요."

"과연…… 하지만 왜 그 제국 최강의 마법사가 나를 부르냔 말이야."

그 황녀와 이번 연행의 관련성을 찾을 수 없다. 혹시 다른 건인가 하는 생각도 들지만, 도무지 짐작 가는 것이 없다.

그런 의문에도 헌병은 대답해주지 않는다. 말하지 못하는 것일까, 모르는 것일까. 어느 쪽인지는 모르나 헌병 역시 난처하다는 듯한 표정으로.

"황녀 전하께서는 당신에게 묻고 싶은 것이 있다고 하십니다."

"무엇을요?"

"제가 그걸 말하는 것은……."

꺼려진다는 것일까. 핵심은 불러들인 자가 말을 할 때까지 기다려야 한다는 것이다.

헌병에게 질문하는 것은 일단 멈추고, 스이메이도 속삭임의 마술을 사용하여 페르메니아에게 묻는다.

"메니아. 그 그라체라 황녀는 어떤 여자야?"

"방금 말씀드렸듯이 제국 최강의 마법사예요. 도리에 어긋난 행동을 태연히 행하는 과격파로. 꽤 거친 성격으로 알려져 있어요."

"……그러고 보니 레이지가 라자스를 쓰러뜨렸을 때도 있었다고 했지?"

"네, 저도 마침 함께 있어서 잠깐 대화를 나누었어요. 만만치 않은 분이니 조심하시는 게 좋겠어요."

"그래……."

스이메이는 점점 보이기 시작하는 남쪽 광장에서 폭풍의 존재를 예감하며, 턱을 문질렀다.

레피르의 말대로 불길한 예감이 들어 견딜 수 없었다.

★

제도 필라스 필리아 남측에 있는 공원은 통칭 『귀족 광장』으로 불릴 만큼 이용자 대부분은 신분이 높은 자들이다.

상류 구획의 중심에 위치하며 조성 당시 부근에 사는 귀족들이 출자했기 때문에 다른 곳에 비해 구조가 화려하다. 벽돌 바닥과 화단은 깔끔하게 정돈되어 있으며, 처음 만들어진 당시 그대로다. 중앙 광장과 다르게 주변에 점포가 없고 주택가와 인접해 있어 얼핏 그들의 주거 구역을 하나의 고급 저택으로 보고 공원을 안뜰로 삼은 듯한 느낌이다.

규모도 크다. 바닥 전체에는 녹색 계열의 벽돌이 깔려 있고, 부채꼴로 퍼지는 계단이 있으며, 정원수가 심겨 있다. 순수하게 고위층 사람들이나 그 자녀들의 쉼터로 활용되는 듯하다.

그러나 현재는 헌병과 군인에게 점거되어 있으며, 완전히 비상시 양상을 띠고 있다. 이유는 명확하지 않지만 그것은 귀족들도 마찬가지인 모양으로, 자신들의 생활을 방해받는 것을 항의하러 왔다가 헌병들에 의해 정중히 돌려보내지고 있었다.

그런 삼엄한 분위기 속에 스이메이 일행이 도착하자, 헌병은 광장에서 대기하라고 한 뒤 광장 끝에 설치된 천막 안으로 들어갔다. 스이메이는 그곳에 그라체라가 있을 것이라고 추측하며 페르메니아와 함께 지정받은 장소로 향하자, 아는 얼굴이 있었다.

몸의 라인은 남자답지 않게 부드러우며, 금발에 푸른 눈, 가지런하게 자란 긴 속눈썹이 그런 인상을 더욱 두드러지게 했다. 언뜻 소녀의 순수함마저 엿보이는 미소년 용사 엘리어트 오스틴.

화단의 붉은 벽돌에 우아하게 걸터앉아, 수행 마술 신관인 크리스터와 이야기를 나누고 있었다.

"너는."

스이메이가 무심코 말하자, 목소리를 들은 엘리어트가 일어선다.

"오, 너도 부름을 받았나 보네."

그는 한순간 놀란 표정을 지우고, 금발을 슥 쓸어 올린다. 그리고 살짝 입가를 일그러뜨리며 물어 왔다.

"다친 데는 좀 괜찮아졌어?"

"뭐야, 걱정해주는 거?"

"설마. 그럴 리 없잖아."

"그렇겠지."

엘리어트와 가벼운 농담을 주고받고 있자니, 그다지 좋지 않은 시선이 느껴졌다. 그 시선의 출처를 찾아 고개를 돌리자 크리스터가 무뚝뚝한 표정을 짓고 있다. 가벼운 대화를 주고받는 것조차 그녀는 못마땅한 듯하다. 녹색의 땋은 머리를 튕기며 신경질적으로 반응했다.

한편 페르메니아를 발견한 엘리어트가 잽싸게 말을 건다.

"펨 씨도 오랜만이네."
"아, 네. 오랜만입니다."
"너무 예의 차릴 거 없어. 좀 더 편하게 대해도 돼. 그건 그렇고, 그 플래티나 블론드는 여전히 아름답네."
밝게 웃는 엘리어트는 스이메이 때와는 다르게 무척이나 다정한 말투다. 아무래도 페르메니아의 어색함을 긴장한 것이라고 착각한 모양이다.
물론 페르메니아는 이전에 갑작스럽게 댔던 가명으로 불려 양심의 가책을 느낀 것뿐이지만, 엘리어트가 그것을 알 리 없다.
엘리어트가 두세 번 말을 걸자 옆에서 들으라는 듯한 헛기침이 울려 퍼졌다.
"엘리어트 님."
책망하는 듯한 크리스터의 목소리에, 엘리어트는 눈치가 없는 건지 알면서도 짐짓 시치미를 떼는 건지 "왜?" 하고 되묻는다. 그러자 크리스터는 새침한 표정으로 자중을 촉구했다.
"너무 친근하게 대하시는 거 아닌가요?"
"나는 펨 씨랑 사이좋게 지내려는 것뿐인데? 우리 동료가 될지도 모르잖아. 안 그래?"
"그건……."
틀린 말은 아니므로 당황하는 크리스터. 크리스터를 보는 엘리어트의 입가에 짓궂음이 느껴졌다.

"후후, 크리스터는 질투가 많아. 다른 여자애를 칭찬하거나 사이좋게 지내려고 하면 바로 이러지."

"무, 무무, 무슨 말씀이세요, 엘리어트 님?! 저는 딱히!"

"딱히, 뭐?"

라고 말하며, 엘리어트는 크리스터를 놀리면서 다음 말을 기다렸다. 옆에서 보면 선남선녀가 장난치는 모습으로밖에 보이지 않는다.

……몸도 완전히 회복되지 않은 채로 갑자기 불려 나와 이런 모습을 보고 있자니, 스이메이도 살짝 부아가 치민다. 스이메이는 엘리어트를 세모눈을 뜨고 노려보았다. 그리고.

"폭발……."

"뭐?"

"시끄러. 아무것도 아니다."

그렇게 말하면서도 스이메이는 "폭발해라, 폭발해라……" 라고 저주처럼 중얼거린다. 그 말뜻을 모르는 셋은 고개를 갸웃할 뿐이었다.

짜증을 숨기지 못하는 스이메이를 내버려두고 페르메니아가 두 사람에 묻는다.

"두 분께서는 여기에 어쩐 일로?"

"……음, 아직 못 들었어?"

"네, 헌병이 시키는 대로 따라온 것뿐이에요. 그라체라 황녀 전하가 기다린다는 말은 들었지만, 자세한 건 아직……."

"그렇군. 사실은……."

페르메니아는 물었지만 스이메이는 이 광장에 도착했을 때 깨달았다. 이곳에 자신과 엘리어트가 있다는 것은 십중팔구 혼수 사건과 관련된 것이라고. 지금 현재 이 남자와의 접점은 그것뿐이다. 불려 온 이유는 같다.

그때 무언가를 눈치챈 크리스터가 엘리어트에게 속삭이듯 말을 건다.

"엘리어트 님."

"……그래, 드디어 납신 건가."

크리스터의 귓속말에 엘리어트가 뒤돌아본다. 그를 따라 스이메이와 페르메니아도 그쪽을 바라본다. 광장 끝 천막에서 몇 사람을 거느리고 한 여자가 걸어왔다.

나이는 이십 대일까 말까. 단아하다기보다 여걸이라는 표현이 어울리지만, 외모는 아름답다. 복장은 다른 군인에 비해 화려하며 기조는 붉은 서머와인 색. 어깨에는 안쪽에 자수가 들어간 제국군 코트를 걸쳤고, 보기에는 이곳에 있는 군인들 중 누구보다 직위가 높은 듯하다.

문득 그 모습을 발견한 페르메니아가 "그라체라 황녀 전하" 하고, 경계 어린 목소리를 흘린다. 아무래도 호출한 자인 듯하다. 웨이브 진 긴 금발을 뒤로 넘기는 동작도 황녀라고 불리기에는 몹시 거칠다. 다만 스이메이는 그 외에도 그녀의 푸른 눈동자에 어쩐지 좋지 않은 빛이 깃들어 있음을 느꼈다.

그녀가 가까워짐에 따라 주변의 공기가 서서히 변해간다.

삼엄하다, 무겁다, 그런 단어가 머릿속을 스치는 것은 그녀가 발산하는 위압 탓일까 타고난 신분 탓일까. 다만 지배자의 기질을 가진 사람임에는 틀림없어 보였다.

스이메이가 재빠르게 분위기를 살피자 크리스터가 예를 갖추듯 무릎을 꿇었다.

엘리어트가 선 채로 목례만 한 것은 용사이기 때문일 것이다. 카멜리아 왕궁에서 레이지가 했던 것과 마찬가지다.

스이메이도 페르메니아와 함께 그 자리에 무릎을 꿇는다.

"——다들 모였군."

광장의 완만한 계단을 배경으로 눈앞에 선 그라체라는 나른한 목소리로 그렇게 말한 뒤, 가늘고 긴 눈으로 예를 표하는 자들을 흘겨본다.

그리고 먼저 엘리어트에게 시선을 고정한 채.

"네놈과는 사건 수사를 보고하러 온 뒤로 처음 보는 것 같군, 소환 용사."

"안녕하셨습니까, 그라체라 황녀 전하. 지금처럼 바쁜 시국에 이리 급히 불러주시다니, 대단히 기쁘군요."

눈에는 눈 이에는 이, 라는 것일까. 그 무례한 시선에 엘리어트는 "잘도 불렀겠다"라는 재치 있는 비아냥으로 대응했다.

그것은 당사자도 눈치챈 모양으로, 한순간 눈을 가늘게 뜨더니 마음에 들지 않는다는 듯 시선을 돌린다.

"네놈도 여전하군."

두 사람의 인사가 끝나자, 크리스터가 차가운 목소리로 여쭙는다.

"그라체라 황녀 전하. 소환 용사인 엘리어트 님을 약속도 잡지 않고 부르시다니, 무슨 생각이신지요?"

크리스터의 말대로라면 그것은 용사를 함부로 본 행위다. 호칭에서도 분명히 드러났지만——그러나 그라체라는 그 질문을 일축한다.

"감히 일개 마법 신관이 나를 가르치는 것이냐?"

돌아온 것은 고압적인 시선. 크리스터도 지지 않고 시선을 되받지만, 엘리어트가 수습하듯 크리스터의 어깨에 손을 얹는다. 불리해. 그렇게 말하는 듯한 엘리어트의 행동에 그녀는 "……죄송합니다"라고 말하며 마지못해 물러났다.

그라체라가 스이메이 쪽을 향한다.

"……네놈이 용사와 대결을 벌인다는 남자인가."

"예."

스이메이가 머리를 숙인다. 그러나 특별히 다음 말은 하지 않고 그보다 옆쪽에 흥미가 있는 듯 시선을 돌린다.

"……설마 그 곁에 백염이 있을 줄은 몰랐네."

페르메니아는 "그간 안녕하셨습니까" 하고 두 사람을 따라 무난하게 예를 갖춘다.

그러자 문득 크리스터가 스이메이 쪽을 바라보았다. 크리스터는 백염이라는 별명이 누구를 가리키는지 알 것이다. 뒤늦게 가명임을 깨닫고 험악한 얼굴로 바라보지만, 페르메니아는 될 대로 되라는 식으로 무시하며 그라체라에게 집중한다.

"아스텔의 마법사인 귀공이 제국에는 어쩐 일로 왔지?"

"체류 신청은 통과했습니다."

"나는 귀공이 왜 제국에 있는지 물었는데?"

짜증 섞인 물음에 페르메니아는 준비해둔 변명이 있는 듯하다. 마치 어쩔 수 없다는 듯 한숨을 내쉰 뒤 대답한다.

"……아르주나 여신의 신탁에 따라 스이메이 님을 보좌하고 있습니다."

"호오? 귀공은 일전에 알마디아우스 폐하의 칙명을 받았다고 한 것 같은데? 그 말은 거짓이었나?"

"폐하께 보고드렸을 때, 뜻대로 하라고 하셨습니다."

"흠…… 그래. 그래서 그 보좌 상대가 그자란 말이군."

"그렇습니다."

"과연. 말은 되는군…… 여신도 종종 엉뚱한 신탁을 내리니까. 이번 건에도 여신이 관계된 거라면, 없을 법한 일도 아니지."

그라체라는 일단 납득한 것일까. 페르메니아를 여전히 의심하는 시선으로 쳐다보았지만, 그보다 중대한 일이 있는 듯 더 이상은 묻지 않는다.

"바로 본론으로 들어갈까. 오늘 네놈들을 부른 이유는 다른 게 아니야. 네놈들이 범인 검거를 두고 승부 중인 혼수 사건의 수사를 내가 맡게 됐어."

"무슨……."

"무……."

혼수 사건과 관련된 일이라는 것은 예상했지만, 역시나 그랬다. 표정이 심각해진 스이메이와 페르메니아. 한편 엘리어트 일행은 이미 들어 알고 있었던 듯 동요하지 않았다.

엘리어트는 그라체라를 가볍게 우러러보며 진지한 얼굴로 묻는다.

"그라체라 황녀 전하. 그런 이야기라면 굳이 우리를 여기까지 부르실 필요는 없지 않습니까? 우리에게 알릴 것 없이 수사는 그쪽에서 진행하면 됩니다."

"아니, 그게 그렇지 않달까. 사건의 신속한 해결을 위해서 네놈들을 내 지휘하에 둘 거거든."

"무슨――?!"

"이런……."

엘리어트도 징용은 예상하지 못했는지 눈이 휘둥그레져서 말을 잇지 못한다.

스이메이도 숙이고 있던 얼굴을 들고 신음을 흘렸다.

그런 두 사람이 놀라는 것은 알 바 아니라는 듯 그라체라는 강경하게 동의를 구한다.

"이의는 없겠지?"

"당연히 있습니다."

"호오? 어째서지? 네놈들의 승부를 고려해서 내린 결정인데?"

엘리어트가 일언지하에 거절하자 도발하는 듯한 표정으로 입가를 끌어올리는 그라체라. 반발을 즐기는 성격일까. 이쪽의 승부를 고려했다는 것은 수색을 계속하게 하면 교회 측도 불만을 제기하지 않을 것이라는 계산이 서서일 것이다.

이론이 있다며 목소리를 높인 것은 엘리어트지만 크리스터가 대신 대답한다.

"그라체라 황녀 전하. 엘리어트 님과 이 남자는 아르주나 여신의 말에 따라 사건을 수사하는 것입니다. 엘리어트 님과 이 남자를 지휘하에 둔다는 것은 즉, 승부를 방해하는 것입니다."

"그게 무슨 문제지? 그 승부는 나와 상관없는 일인데."

"그것은 아르주나 여신의 뜻에 반하는 발언입니다. 일국의 왕족이 아르주나 여신의 말을 무시하는 것은 옳지 않다고 생각합니다만?"

"글쎄. 이번 사건은 귀족들 문제이기 이전에, 제국의 문제. 아르주나의 말을 무시하게 된 건 유감이지만, 결국 제국 사람들에게 이번 사건은 단순한 가십에 불과해. 다음 피해자가 언제 나올지도 모르는 상황에서는 조속히 사태를 종식시키는 것이 최선이라고 생각하는데?"

"…………."

제 아무리 크리스터라도 피해자라는 말이 나오면 주춤할 수밖에 없는 것일까. 입을 꾹 다문다.

그러나.

"……왕족에게 이렇게까지 반발하는데 누구 하나 나서는 사람이 없군."

"용사님은 여신이 보낸 성인이니까요. 지금은 정당성이 떨어지는 그라체라 황녀 전하의 발언이 불손에 해당하죠. 수행원인 크리스터 씨도 그 비호 아래 있고…… 그리고 보세요. 그 증거로 헌병이나 군인 쪽이 두려워하고 있어요."

페르메니아의 말에 따라 스이메이는 주변을 둘러본다. 그녀 말대로 헌병이나 군인뿐만 아니라 그라체라의 수행원까지 창백한 얼굴이었다.

그라체라의 시선이 스이메이 쪽을 향한다.

"네놈 생각은?"

받아들이느냐, 거부하느냐. 그 물음에 스이메이 역시 거부의 뜻을 밝힌다.

"저도 거절하겠습니다. 물론 사건은 빨리 해결되어야겠지만, 그쪽에 협력해야 할 이유는 없습니다."

"이것은 공적인 징용이다. 네놈은 지금 제도에 머물고 있지? 이 제국에 머무는 이상, 우리에게 협력하는 것은 당연한 일이다."

"거부하면 감옥에라도 가는 겁니까?"

"흠…… 그것도 좋은 방법이군. 하지만 그건 지나친 횡포지."

그라체라는 한 호흡을 쉰 뒤, 묘안이 떠올랐다는 듯이 턱에 손을 댄다.

"그래. 네놈들이 그렇게까지 말한다면 징용에 조건을 다는 건 어때?"

"조건이라면?"

"네놈들을 지휘하에 두겠다고 했지만, 우선은 나도 네놈들의 실력을 확인해야겠다고 생각하던 차다. 어때? 나와 승부를 해서 이기면 자유롭게 수사하게 해주지."

"으……."

"무슨……"

고자세를 유지하며 더욱 불합리한 조건을 제시하는 그라체라에게 엘리어트와 크리스터가 신음한다. 그라체라는 제국 최강의 명수. 실력에는 자신이 있기에 그런 조건을 내민 것이다.

그러나 엘리어트는 그 사실을 모르는지 의아한 표정을 짓는다.

"황녀 전하가 직접 싸우시는 겁니까?"

"내가 싸우는 건 이상한가?"

"그런 건 아니지만……."

엘리어트의 의문대로 실력 검증은 보통은 부하를 시켜서 하는 법이다. 그러나 어쩌면 그것이 그녀의 눈에 깃든 좋지 않은 기운의 정체일 것이다. 스이메이가 그렇게 짐작하자 크리스터가 엘리어트에게 귓속말을 하는 모습이 보였다.

그라체라에 대한 정보를 알려주는 것이리라. 머지않아 방심할 상대가 아니라는 사실을 안 엘리어트가 진지한 표정을 짓는다.

그 모습을 본 그라체라가 당돌한 미소를 지었다.

"자. 우선은 용사의 실력을…… 확인해볼까?"

"상당히 자신 있으신가 보군요."

"글쎄. 자기 실력을 정확히 알고 있다는 거겠지?"

이 자신감은 과신이 아니라고 단언하며 그라체라는 엘리어트의 말을 잘라버린다. 그러자 엘리어트는 자세를 비스듬히 앞으로 내밀며 투기를 불태웠다.

"엘리어트 님? 서, 설마 진짜 싸우시려고요?!"

"응, 황녀님의 여흥에 맞춰주는 것도 재밌을 것 같은데? 거절해도 쉽게 보내줄 것 같지도 않고."

"엘리어트 님……."

"크리스터. 넌 물러나 있어."

엘리어트는 불안한 표정을 짓는 크리스터를 밖으로 물러나게 했다.

스이메이와 페르메니아도 영향권 밖으로 재빠르게 피했다.

"용사, 시시한 싸움은 하기 없기야."

그라체라는 그렇게 말한 뒤 옆에서 대기하던 수행원에게 곤틀릿을 받아 손에 낀다. 어깨에 걸친 흰 코트와 잘 어울리는 은색 장갑으로, 손가락 마디 부분은 검은색 광택이 도는 소재로 마감되어 있다. 마술로 만들어진 물질에 관해 잘 아는 스이메이에게도 기억 속에 그것과 부합하는 물질은 없었다. 아무래도 금속이 아닌 듯한데——.

"메니아, 저 곤틀릿에 사용된 검은색은 뭐야?"

"블랙 우드(흑강목)예요. 북방 원산지의 나무인데, 강철처럼 단단해요. 금속에 비해 가볍고 마력에도 강한 소재라서, 마법사의 보호구나 때때로 무기로도 사용되고 있어요."

"호오……."

처음 접하는 소재에 스이메이는 흥미가 일었지만, 지금은 그라체라와 엘리어트의 싸움이다. 수행원과 호위들이 물러나자, 부채꼴로 퍼진 계단 위로 뛰어오르는 그라체라. 곤틀릿이 잘 끼워졌는지 확인하듯 양 주먹을 맞부딪치자, 낮고 둔탁한 소리가 광장에 울려 퍼졌다.

한편 엘리어트는 그 자리에서 그라체라를 올려다본 채 빛나는 오레이칼코스 검을 빼 든다. 마력에 호응한 검신이 햇빛에 반사되는 것과 동시에 엘리어트는 칼끝을 벽돌 바닥에 내리친다.

"코르 아밍(무장전개)."

은방울이 울리는 듯한 건언. 농밀한 마력과 술식이 엘리어트의 몸을 감싸고, 머지않아 그의 몸은 단단한 은색 갑옷에 감싸였다.

눈길을 끄는 들통 형태의 헬멧에 전신을 감싸는 금속판. 섬세한 용모의 엘리어트에 비해 거칠고 중후한 장비다. 기동력을 포기한 듯한 장비처럼 보이지만, 갑옷은 술식과 마력으로 생성된 것. 무게는 보는 것과 다를 것이다.

이것이 엘리어트 세계의 신비인 것일까. 물질을 구현하는 방식이지만, 술식의 특징은 스이메이가 모르는 것이다. 비슷한 마술은 있을지라도 저쪽 세계에는 존재하지 않는 체계의 마술이다.

갑옷에 문양과 색이 입혀지자, 엘리어트는 마지막으로 방패를 구현화한다. 기하학적 문장이 들어간 카이트 실드다.

엘리어트의 마술 행사를 보고, 그라체라가 감탄한 표정을 짓는다.

"호오? 그것이 용사의 세계에 있는 마법? 재미있는 기술이군."

"영광입니다. 하지만 재미있는 것만은 아닙니다."

투구를 써서인지 웅얼거리는 소리가 들린다. 확실한 자신감을 내비치며 몸을 낮춰 자세를 잡는 엘리어트. 그 모습을 보고 그라체라는 선수를 친다.

"우선은 사전 연습으로── 흙이여! 그 몸을 완고한 자갈로 이루어 우리의 적을 부숴라! 스톤 레이드!"

이전에 페르메니아가 사용한 적이 있는 자갈을 퍼붓는 흙 속성의 마법이다. 그러나 최강의 흙 마법사라는 명칭은 허울만은 아닌 듯, 한 번에 만들어낸 자갈의 양도 크기도 비교가 되지 않는다. 그라체라의 주위에 날카롭고 예리한 자갈이 떠올랐다.

엘리어트는 쏟아지는 자갈을 카이트 실드로 막으면서 방어 자세를 취했다.

쇄도하는 자갈은 방패에 튕겨져 나가고, 엘리어트는 무사했다. 자갈 공격이 그친 것을 보고 엘리어트가 마술을 행사한다. 중얼거리는 듯한 영창 뒤에 검이 번개를 휘감고, 검 끝에서 불꽃이 튀었다.

마력의 움직임을 간파한 그라체라가 날아든 불꽃을 피하며.

“역시. 실력자군.”

“과찬이십니다—— 내가 찬양하는 고귀한 지령(知靈)에게 비니. 응답하여 오라, 포스그란트!”

엘리어트가 건언을 왼다. 겉으로 드러나지 않았지만, 마력과 동시에 신체 능력을 강화하는 술식이 그의 몸에 더해졌다.

“마술 행사…….”

페르메니아는 엘리어트의 마술에 눈이 휘둥그레졌다. 그 이유는 아마도 여러 마술을 병행하여 사용해서일 것이다.

지금 그는 한 번에 행사하더라도 한 개, 고작해야 두 개라는 이 세계의 마법 행사 이론을 벗어난 상태였다.

지속 효과가 있는 마술을 여러 개 사용함으로써 전투 능력 향상을 꾀한다. 전투 방법으로서는 보편적이며 흔한 기술이지만, 이쪽 세계에서는 신기한 것이리라.

그라체라가 엘리어트에게 돌진한다. 이 세계 마법사로서는 드물게 그라체라는 접근전에 능하다. 중무장을 한 엘리어트에게 거침없이 돌진하여 곤틀릿을 낀 주먹으로 공격한다. 이미 신체 강화를 마친 듯, 신체 강화 마술을 시행한 엘리어트에게 뒤지지 않는다. 공격과 동시에 흙 마법 행사를 시행한다.

그에 맞서 엘리어트는 방패와 천둥을 부여한 검을 사용하여 견고한 전투를 펼쳤다.

"용사님의 전투법, 멋져요."

"과연 용사라는 느낌일까."

"스이메이 님도 그렇게 생각하세요?"

"응. 기본에 입각한 훌륭한 전투법이야."

스이메이는 페르메니아의 의견에 동의한다. 이 싸움을 보고 있으면, 엘리어트의 자신감도 지나친 호언은 아니었다.

검술은 물론 마술로 만들어낸 갑옷은 내구력이 상당하며, 신체 강화 마술과 부여 마술은 지속 시간은 짧지만 효과는 크다.

그 반면 지나치게 표준적이라 단조로운 측면도 있지만——.

"방패와 갑옷에는 각기 다른 방어 마술. 거기에 신체 강화술, 마법 공격. 완벽한 전투법이에요."

"그래. 접근전도 마술전도 커버하고, 견실하기까지. 하지만——."

마력의 양, 마법의 영창 속도 및 효과는 그라체라 쪽이 유리하다. 엘리어트는 천둥의 마술뿐이지만, 그라체라는 격투술과 동시에 흙 마법을 여러 개 행사하고 있다.

"이 세계의 마법사들은 격투술은 그다지 안 쓰는 것 같던데.”

“그라체라 황녀 전하가 특수한 경우예요. 마법사이면서도 저만큼 격투술에 뛰어난 사람은 드물어요.”

스이메이와 페르메니아가 그런 대화를 하고 있는데, 싸움은 교착 상태에 접어들었는지 그라체라와 엘리어트가 거리를 벌리고 자세를 잡았다.

그때 그라체라가.

“역시 보이는군.”

“……뭐가 말입니까?”

“네놈의 그 갑옷과 방패. 양쪽 모두 실체는 있지만, 방패는 마법으로부터 몸을 지키는 용도이고, 갑옷은 그 이외의 공격으로부터 몸을 지키는 것이지?”

“…………..”

그라체라가 의기양양한 표정으로 말하자 엘리어트는 아무 말이 없다. 투구 너머로 어떤 시선을 그녀에게 보내고 있는 것일까.

“스이메이 님, 그런 거예요?”

“응. 저 여자 말이 맞아. 틀림없어.”

스이메이와 페르메니아가 이야기하는 도중, 크리스터가 비명 같은 소리를 내지른다.

“엘리어트 님!”

엘리어트의 방패가 그라체라의 강력한 권격에 의해 날아갔다.

방패를 주우러 가는 것을 방해하듯 그라체라가 앞을 막아섰기에 엘리어트는 방패와는 반대 방향으로 물러났다.

"……스이메이 님. 용사님의 방패가 사라지지 않아요."

"술식을 해방하는 마술을 사용하지 않는 한, 사라지지 않도록 되어 있겠지. 마력을 항상 통하게 해야 유지할 수 있는 술이라면, 맨몸이 될 가능성이 있으니까."

"역시. 그렇군요."

페르메니아는 납득한 뒤 다시 묻는다.

"스이메이 님은 그라체라 황녀 전하와 용사님 중 누가 이길 것 같으세요?"

"확실히는 몰라. 하지만 유리한 건 저 황녀님일 거야. 접근전이 치열할 땐 마술의 역량이 승패를 좌우해. 그걸 뒤집을 무언가가 없다면 물량으로 눌리고 말겠지."

"뒤집을 무언가……."

"저 용사는 아직 마력을 모아두고 있어. 쓰지 못하는 건지 여기서는 쓰고 싶지 않는 건지……."

스이메이는 아직 무언가를 남겨둔 것이라고 추측했다. 용사의 전투법은 아직 여력이 남아 있다. 그러나 그라체라의 전투 능력도 상당하다.

이 모습을 보면, 용사와 비등한 힘을 가진 자가 있음에도 용사를 소환한 것에 의문을 품을 수밖에 없는데——.

격전 가운데 엘리어트의 검에서 천둥의 표식이 사라진다. 효과를 상실할 때가 온 것일까. 엘리어트가 다시 검에 천둥을 부여하려고 한 그때였다.

"――흙이여! 그대는 나의 포악의 결정! 파란의 위세로 쳐부숴라! 그리고 산화를 기리는 비석이 되어라! 크리스털 레이드!"

그라체라가 마지막 공격에 들어갔다. 큰 기술이다. 벽돌 바닥을 뚫은 결정이 그라체라를 감싸는 것과 동시에 그녀가 팔을 뻗었다.

쇄도하는 결정의 기둥. 방패는 엘리어트에게서 멀리 떨어져 있고, 마술 방어도 늦었다. 크리스터의 비명이 울려 퍼졌다.

"스이메이 님!"

"결정 난 건가……."

자욱하게 피어오르는 모래 먼지. 시야는 흐릿했지만 누구의 승리인지는 자명했다.

피어오른 모래 먼지가 바람에 의해 흩어진다. 주변에 가득했던 모래 먼지가 걷히자, 무릎을 꿇고 헐떡이는 엘리어트와 조금 전보다 열의도 흥미도 상당히 사그라든 듯한 표정으로 그를 내려다보는 그라체라가 있었다.

결국 싸움은 예상대로 그라체라의 승리였다.

머리카락을 넘기고 팔짱을 끼는 그라체라.

"……그럭저럭. 싸움의 기술은 높지만, 아스텔의 용사가 한 수 위인 것 같군."

아스텔에서 레이지와 함께 싸웠을 때를 떠올렸는지 의기양양한 표정으로 평가하는 그라체라. 팔짱을 끼고 서 있는 그녀의 모습을 보고 엘리어트는 굴욕을 느꼈을 것이다. 갑옷 차림 그대로였지만 주먹이 파르르 떨리는 것을 알 수 있다.

그라체라는 수행원이 준비해둔 음료를 들이켠 뒤 엘리어트를 다시 바라본다.

"그럼, 사건이 해결될 때까지는 내 명령에 따르도록."

"윽……."

"설마 이제 와서 용사라는 자가 딴 말을 하시려나?"

"……아닙니다, 받아들이죠."

도발적인 말투였지만, 엘리어트는 그라체라의 제안을 받아들였다. 그러나 그 얼굴에는 괴로운 빛이 어려 있었다.

엘리어트는 갑옷과 방패를 없애고 일어선다. 크리스터가 달려와 말렸지만, 엘리어트는 한 번 결정한 사항을 번복할 생각은 없는 듯하다. 더욱 매달리는 크리스터에게 고개를 저으며 타일렀다.

그라체라가 스이메이 쪽을 향했다. 길게 찢어진 눈을 날카롭게 뜨고 바라보았다.

"그럼 다음은 네놈이다."

상황이 상황이니만큼 스이메이도 다시 무릎을 꿇지는 않

는다. 시선을 정면으로 되받는다.

"나는 싸우고 싶지 않은데요?"

"네놈에게 거부권은 없어. 내 진영에 들어올지 싸울지, 둘 중 하나다."

스이메이의 말을 거만한 말투로 일축한 그라체라에게 페르메니아가 외친다.

"그라체라 황녀 전하, 기다려주세요! 아무리 그래도 횡포가 지나치세요!"

"그래서 어디에다 호소라도 할 생각인가?"

"그, 그건……!"

"너무 걱정할 거 없어. 살짝 과격한 승부일 뿐이니까."

그라체라는 힘으로 복종시키는 상황으로만 끌고 가면, 어떻게든 된다는 생각일 것이다. 페르메니아가 알마디아우스에게 호소할 가능성이 있다고 해도, 그녀는 꿈쩍도 하지 않을 분위기다.

두 사람이 시선을 마주치고 있는 사이에 스이메이가 앞으로 나선다.

"메니아, 물러나 있어."

"하지만 지금 스이메이 님은!"

"지금은 무슨 말을 해도 듣지 않을 거야. 눈에 갈망이 가득해."

스이메이는 턱짓을 한다. 스이메이가 가리키는 대로 그라체라를 바라본 페르메니아는,

“그라체라 황녀 전하의 눈에, 갈망……?”

의아하다는 듯 말끝을 흐리는 페르메니아. 그녀는 눈치채지 못한 듯하지만 저 푸른 눈동자에 비친 것은, 갈망이다. 투쟁을 추구하는 자, 아니 그보다 스릴을 추구하는 자가 가질 법한, 싸움에 중독된 눈동자.

스이메이가 그것을 알면서도 앞으로 나가자, 그라체라는 지루하다는 듯이 불손한 미소를 짓는다.

“의욕이 생겼나 보군.”

“절대 내 뜻은 아니지만요.”

흥이 난 그라체라에게 질린 목소리로 대답하자, 크리스터와 함께 물러나 있던 엘리어트가 의아한 표정으로 바라본다.

“이봐, 넌 분명…….”

다 나은 것이냐는, 물음. 그 물음에 스이메이는 괴롭다는 듯한 말투로 내뱉었다.

“너 때도 그렇고, 이번 일도 그렇고, 진짜 **여기**에 온 뒤로는 재수 없는 일뿐이야.”

그렇게 말하며 손을 휘휘 저으면서 앞으로 나간다. 한편 그라체라는 이미 준비되었다는 듯이 사나운 기운을 발산했다. 그리고 대뜸 품평이라도 하는 듯한 시선으로.

“아쉽군.”

“무엇이 말입니까?”

“당연히 얼굴이지.”

뻔한 도발일까. 그렇게 생각한 스이메이가 표정을 딱딱하게 굳히자, 그라체라는 그것을 어떤 식으로 받아들였는지 통쾌하다는 듯 웃었다.

"큭, 기분 나빠 마. 확실히 화려함은 없지만, 으레 네놈 같은 부류가 방심할 수 없는 법이지. ――어쩌면 십이 우걸에 필적할지도 모르고."

"…………."

순간적으로 날카롭게 변한 음성에, 스이메이도 눈빛에 힘을 준다. 일단 무시당하는 상황은 아닌 듯하다. 리리아나가 십이 우걸이었기에, 이미 스이메이가 그녀와 싸운 것을 알고 있다면 지금 이 태도 변화도 당연한 것일까.

"질문이 늦었지만 네놈은 사건의 범인을 추적했던 모양이지?"

"글쎄요, 누구에게 들었는지 모르지만 기억이 나지 않는데요."

"범인은 리리아나 잔다이크였다는 말이야."

"분명 그 아이는 거기 있었지만, 범인이라는 확증이 없어요."

"확증은 없다니, 이상한 말이군? 네놈은 그때 현장에서 싸우지 않았나?"

느긋한 어조로 말하는 스이메이에게 압박하듯 다그쳐 묻는 그라체라. 주위의 공기가 순간 중량을 띤 것처럼 무거워졌지만, 스이메이는 대수롭지 않은 듯 시치미를 떼며 대답한다.

"글쎄요, 그날 밤 일은 기억이 흐릿해서."

"철저히 시치미를 떼겠다는 건가?"

"……흥."

"뭐……?"

"――그만 좀 물어, 이 집요한 여자야."

슬쩍 속을 떠보는 그라체라에게 혼신의 썸 다운(지옥에나 떨어져라). 구두 조사로 배려하는 것을 날려버리자, 주위가 술렁이기 시작했다. 여기저기서 원성이 쏟아지지만 알 바가 아니다. 리리아나라는 비밀 사항이 있는 지금, 집요한 추궁은 귀찮을 뿐이다.

그리고 이쪽의 정보를 캐내려는 것은 즉, 저쪽도 리리아나의 행적이나 중요한 정보를 파악하지 못했다는 것이다. 체면 불고하고 힘으로 복종시키려는 것은 그 바탕에 초조함이 깔려 있어서다.

스이메이의 폭언을 들은 그라체라는 고압적으로 웃으면서.

"……후, 그게 네놈의 본성인가. 그 불손한 말투는 불경죄에 해당하는데?"

"알 게 뭐야! 체포할 수 있으면 해봐!"

"훗! 기세는 좋군!"

그라체라는 그 기세 그대로 맹렬히 돌진한다. 엘리어트 때와는 완전히 딴판으로 첫수는 격투술로 압박할 모양이다.

스이메이는 그라체라의 주먹을 피하고, 상단차기를 팔로 막는다. 그 자리에서 뛰어올라 그라체라의 두부를 향해 돌려차기를 날린다. 곤틀릿에 의해 공격이 막히자, 추격하지 않고 후퇴한다.

그 사이에도 그라체라는 쉬지 않고 주먹을 날린다.

"크윽!"

"어떻게 된 거지? 움직임이 둔한데?"

그 말대로 확실히 지금 자신의 움직임은 매끄럽지 못하다. 아스트랄 보디가 소모되어 다친 곳이 없어도 생각처럼 움직일 수 없다.

접근전은 피하기도 벅차다.

"제법인걸. 하지만──."

그라체라가 뒤로 물러난다. 그 움직임의 정체는 물론.

"──흙이여! 그대 그 몸에 마의 빛을 품은 역탄! 나의 적을 순식간에 파멸시켜라! 스톤 이리데선스!"

그 말이 끝남과 동시에 오팔과 같은 비결정성의 광물이 공중에 출현한다. 태양광과 마력광을 받은 광물 덩어리는 내부의 유색 효과에 의해 무지갯빛을 발산하며 떠오르고, 신비로운 빛을 품고 이쪽의 눈을 공격한다. 순간순간 변하는 각기 다른 파장의 빛은 강렬하다. 자극에 약한 자라면 발작을 일으킬 것이다.

눈부심의 효과를 십분 발휘한 바위 덩어리는 쉽게 상대를 현혹시키지만, 이쪽은 마술사다. 눈을 가늘게 뜬 채 방어 마술을 전개한다.

"Secandum excipio(제2성벽, 국소전개)!"

날아드는 바위 덩어리는 금빛 마법진으로 방어했다. 그라체라는 역시나 신기한 것을 본 것처럼 눈이 휘둥그레진다. 그러나 금세 표정을 원래대로 되돌리고.

"……호오, 안 먹히는군."

효과가 없었지만, 그라체라의 표정에는 아직 여유의 빛이 감돈다. 마력, 술식의 구축 등 신비적 부분에서도 아직 여유가 있다는 듯. 그렇게 생각하는 것이 틀림없다. 땀도 흘리지 않고 침착한 모습으로 볼 때, 더블 캐스트(이중 영창), 다중 행사를 해낼 능력이 있다. 제국 최강의 마법사라는 수식은 그냥 붙은 것이 아닌 걸까.

그러나――.

'왜 하필이면 땅 속성이냐고…….'

불현듯 입안에 퍼진 괴로움에 스이메이는 얼굴을 일그러뜨린다. 사전 정보와 엘리어트와의 싸움으로 알고는 있었지만, 그런 신음은 막을 수 없었다.

땅에 속한 마술로 생성한 것은 다른 4대, 5대 속성의 마술로 생성한 것과 비교하면, 당연하게도 최대의 질량과 경도를 가진다. 그것은 모래, 흙, 바위, 광물 등이 주된 것이기에 방어하는 쪽에 직접적으로 영향을 끼친다.

물론 마력이나 술식으로 짠 것이라면 제2성벽 술식 방어, 땅을 융기시킨 것이라면 제1성벽 물리 방어로 막을 수 있다. 그러나 땅 속성의 마술은 단순한 술이라도 충격은 크다. 주위에 미치는 피해도 무시할 수 없다. 무엇보다 움직이는 것 자체가 괴로운 지금 상태에서는, **하필이면**, 이라는 말이 나오지 않을 수 없다.

할 수 있는 것이라면 여유로운 표정을 가장하는 정도일까.

"괜찮겠어? 그런 화려한 마법만 쓰면 장소에 피해가 클 텐데?"

"상관없어. 이 주변은 부자들만 사는 구역. 조금 망가지는 걸로 그들 재정에 문제가 생기진 않아. 네놈도 조심할 거 없어."

"……부숴달라는 말투군."

"그편이 우리 제도가 넓어지고 좋지."

귀족이 사는 곳을 부숴달라는 것은 신분 높은 자가 할 말이 아니다. 표정을 살펴도 안색에서는 아무것도 읽을 수 없다. 이 여자의 말이 무엇을 내포하고 있는지 알 수 없다. 다만 그 작전은 통하지 않는다는 것만은 잘 알 수 있었다.

다시 그라체라가 돌진한다. 그러나 이번에는 조금 전과는 완전히 딴판으로 가벼운 풋워크, 아니——.

"빠, 빨라!"

외친 것은 페르메니아다. 그라체라의 움직임을 보고 놀란 것이리라. 눈앞의 여마법사는 움직임에 속임수를 섞어 이쪽을 환혹했다. 그런데 그 이동 거리와 속도가 심상치 않다.

"흙 마법인가."

"그래. 맞췄다고 칭찬해줄 만한 건 아니지만——."

이쪽의 거리감에 혼란을 주고, 한 걸음이면 뛰어들 수 있는 위치까지 와 있다. 그러나 마술사의 눈을 얕보면 곤란하다. 대강 그라체라의 위치를 가늠하여.

——탕.

스이메이는 손가락을 튕긴다.

"아닛——?!"

풋워크 중에 눈앞에서 터진 공기에 그라체라는 그대로 헛발을 디뎠다. 지탄 마술의 효과는 발을 묶는 것에 그치지 않았다. 머리와 신체에 충격이 전해졌는지 그라체라는 비틀거렸다.

그 틈을 보고 스이메이는 단숨에 공격을 가한다. 틈을 주지 않고 핑거 스냅을 구사하여 지탄의 마술을 발현시킨다. 사방에서 작열하는 폭풍에 방어 마술은 타이밍이 늦어 팔로 방어할 수밖에 없는 그라체라. 견디지 못하고 거리를 벌렸다.

"윽, 영창도 없이 마법을……!"

그러나 지탄의 마술만으로는 부족했다. 다음 마술을 준비하려 했지만, 후유증 회복에 마력을 분배한 탓에 마술 구축이 지연된다.

'젠장——.'

속으로 욕설을 내뱉는데, 멀리서 그라체라가 뭐라고 중얼거리기 시작한다. 주문 영창. 땅 속성의 마술이라고 판단하고, 주위의 변화에 집중한다. 땅의 요동을 융기의 전조로 보고 즉시 회피. 곧이어 그라체라는 솟아오른 땅을 부순다. 무수한 자갈탄이 쇄도한다. 쏟아지는 암괴. 그러나 스이메이는 그것마저 견뎌낸다.

"――그렇다면 이건?!"

그라체라는 그렇게 외치며 코트를 휘날렸다.

"――나는 바라니. 저편에서 날아와 여기서 마주할 것을. 나의 외침은 세상의 도리를 멀어지게 하고, 어떠한 조건도 뛰어넘는 힘이 되어라―― 열려라! 데비기코넥티!"

"그렇게 몇 번이고 같은 마법이 통할 거라―― 아닛?!"

마지막 말이 놀라서 뒤집어진다. 그라체라가 구사한 마법에 조금 전과 다른 위화감을 느끼고 온 감각을 그것에 집중한다.

――마법에 엘리멘트의 개재(介在)가 느껴지지 않는다.

그 차이를 깨달은 순간, 공중의 일부 영역이 모호한 상태가 되었다. 거기서 돌연 거대한 바위 덩어리가 출현하고, 스이메이는 그것을 술식 방어(제2성벽)로 방어한다.

그러나 어째서인지 방어 마술이 통하지 않는다. 거대한 질량에 금빛 요새의 성벽이 비명을 내지른다. 게다가 마법으로 위에서 힘을 가했는지 이 상태로라면――.

"크읍――."

"스이메이 님!!"

피했지만 일부가 몸을 스쳤다. 충격으로 몸이 튕겨 날아간다.

거대한 굉음과 함께 광장 한 귀퉁이가 뭉개지고 먼지가 피어오른다. 한편 스이메이는 거대한 질량에 튕겨져, 뜻하지 않게 저공비행을 했다.

곧바로 태세를 정비하기 위해 사상 조작. 어느 정도 힘을 가진 마술사라면, 영창을 끼워 넣지 않더라도 머릿속에 그리는 것만으로 사상을 조작할 수 있다. 단조로운 것에 한하지만, 일각을 다투는 상황에서는 유용한 기술이다.

머릿속에 그리는 것은 커다란 손에 의해 당겨진 자신의 모습. 그 순간 스이메이의 몸은 보이지 않는 힘에 의해 당겨지듯 부자연스럽게 옆으로 날아가 안전권에 착지. 중력을 완전히 무시한 움직임 직후, 전신에 통증이 찾아왔다.

"으윽……."

"피했군. 뭐, 그 정도 실력은 되어야겠지만."

스이메이의 이상한 움직임에 눈썹을 찌푸리면서도, 그라체라는 특별히 신경 쓰지 않는 모습. 보통의 마법사와는 달리 불가사의를 허용하는 도량은 있는 듯하다.

한편 크리스터와 엘리어트가 그라체라가 사용한 마법을 보고 신음을 흘렸다.

"말도 안 돼, 너무 심하잖아……."

"저런 마법을 이런 데서 쓰다니, 무슨 생각인 거야."

한 말은 각자 달랐지만 공통된 것은 두 사람 모두 마법의 강도에 놀랐다는 사실. 눈이 휘둥그레질 만큼 거대한 바위덩어리를 출현시켜 상대를 압도한다.

그러나── 스이메이는 금빛 요새를 대기시키면서 재빠르게 생각한다. 그것은 당연히 그라체라가 사용한 마법에 대해서다. 지금 그 마법은 '이 세계의 마술 체계는 전부 엘리멘트의 개입이 있어야 성립한다'라는 이치에 어긋난다. 그렇다면 이 마법은 무엇일까. 엘리멘트의 개재도 없고, 땅에서 생겨난 물리 공격도 아닐 터인데, 술식 방어가 전혀 먹혀들지 않았다.

몇분 전의 상황을 정확히 떠올린다. 위화감 그리고 모호해진 공중의 경계. 거대한 질량의 구현은 상식을 뛰어넘을 만큼 빠르다. 그리고 조금 전 문득 눈에 띈 것──.

"──역시. 그 마법은 코트 안쪽에 있는 자수를 이용한 거지?"

"──호오?"

스이메이의 혜안이 그라체라의 마법을 간파하자, 그녀의 눈동자가 날카롭게 변했다.

"재미있군. 왜 그렇게 생각하는지 들어볼까."

말과는 반대로 표정은 전혀 재미있지 않은 듯 진지하다. 한 마디도 놓치지 않겠다는 듯한 그 영리한 표정에 스이메이는 거칠게 말한다.

"말투는 마음에 안 들지만── 그 마법은 일반적인 마법과 다르게 엘리멘트를 사용하지 않았어. 소환술을 바탕으로 한 마법이지?"

그 말에 반응한 것은 엘리어트.

"소환술? 너 무슨 말을 하는 거야. 이 세계에 소환술은 존재하지 않을 텐데?"

"아니, 있어. 너를 이 세계로 부른 오버 테크놀로지(영걸 소환의 마술)가."

"아……."

"조금 전의 마법은 분명 그 일부 술식을 사용해서 특정 저쪽과 이쪽을 묶는 술식을 이용한 전이 마술이야."

"전이, 마술……."

페르메니아, 그라체라, 크리스터 셋은 그 말에 어리둥절해했다. 그러나 납득했다는 표정으로 감탄하는 한 사람이 있었다.

"——역시, 전이계 술인가. 지금 나타난 거대 바위는 다른 장소에 보관되어 있었고, 조금 전의 마법 행사로 출현시켰단 거지?"

"맞아. 그게 아니면 지금 상황은 설명되지 않아……."

"술식으로 만들어낸 것을 위장했을 가능성은?"

"없어. 땅 속성과 비슷한 마술은 땅 자체를 움직이는 술이 아니면 마술로 구현화한 것에 땅 속성이라는 역할을 부여해서 현계(現界)시킨 거야. 대개는 신비로 구성되어 있어서 술식 방어로 막을 수 있지만, 지금 그건 완전히 중량뿐인 물리적 공격이었어."

땅 속성으로 분류되는 마술로 발생시킨 물질은 기본적으로 모호해지기 쉽다. 마술을 사용해서 모은 물질인지 술식을 이용해서 그 장소에서 구축한 물질인지에 따라, 물리 공격에 치우친 것과 신비적 힘에 치우친 것으로 나뉘게 된다. 신비적 힘에 의해 구축된 물질이라면 그 술식을 방어하고 분해해버리면 그만인데, 그 물질을 분해하려면 공격적인 마술을 사용해야 한다. 방어를 하는 데도 방향을 딴 데로 돌리거나 감속시키는 등, 또 다른 방향에서 접근해야 하는 것이다.

그라체라가 조금 전 사용한 마법은 후자에 해당한다. 미리 마법진 위에 설치한 거대 바위를 연동하는 식으로, 마법진에 의해 이쪽과 저쪽을 연결하여 이동시킴으로써 상대를 공격하는 것이다.

……공격 방법은 지극히 단순하다. 그러나 이 마술을 '비틂이 없다', '고작 이동시키는 것뿐'이라고 생각하는 것은 안일하다. 몇백 톤 규모의 물질을 그 크기 그대로 꺼낼 수 있는 것이다. 그 위력만큼은 쉽게 짐작이 가능하다.

물론 스이메이는 그보다 위력이 강한 전차포도 방어할 수 있다. 그러나 그것은 탄의 크기가 방어할 수 있는 정도이기에 가능한 것이다. 크기가 너무 크면 비록 위력은 보잘 것 없더라도 방어할 수 없다.

물론 앞에서 설명한 대로 다른 접근이 가능한 상태라면, 위태로운 상황도 아니지만——.

"아니, 잠깐. 그게 전이 마술이라면 행사에 필요한 절차가 너무 적은데?"

"그래서 안감의 자수가 필요한 거야. 저기에 마법진과 술식 대부분을 베껴놓아서, 술식도 영창도 적은 거고. 아마 가지고 오는 측의 마법진에도 특별한 게 있을 거야."

"아무리 그래도 뭔가 안 맞는 것 같은데?"

"그게 영걸 소환 마법진의 묘한 구석이지. ——다만, 전이할 때 안감은 꼭 드러내야 하는 것 같지만."

"그래, 그래서 눈치챘구나……."

그렇게 말하며 엘리어트는 그라체라를 괴로운 표정으로 바라본다. 그 목소리에는 뜻밖의 분함이 섞여 있었다.

"나와 싸울 때는 제대로 안 했다는 거네……."

한편 그라체라는 여전히 시치미를 떼는 표정으로.

"……어쩐지 그쪽으로는 의견이 잘 맞는 모양이군."

"그건 나도 의외야."

스이메이의 말에 그러고 보니, 하고 엘리어트도 의아한 표정으로 바라보았지만, 더는 말하지 않았다. 스이메이가 이끌어낸 진실에 그라체라가 질린 목소리로 입을 열었으므로.

"잘 모르는 단어도 섞여 있었지만, 간파당한 것만은 확실한 것 같군."

그라체라는 콧방귀를 뀌더니 날카로운 눈빛으로 노려보았다.

"하지만 제국 기술의 정수를 모아 만든 마법을 한눈에 꿰뚫어 보다니. 네놈은 누구지?"

"그건 그쪽이 알 바 아니야."

"훗. 백염이 함께 있는 것이 의아했는데, 그건 곧 네놈은 라자스인가 하는 마장과 그 군대를 무너뜨린 인물과 관련이 있단 건가."

"응? 마족 장군을 무너뜨린 건 아스텔의 용사 아닌가?"

"웃기시긴. 진상은 백염에게 들었을 텐데. 그리고 그 남자는 아직 애송이——."

말을 마치기도 전에 팽창하기 시작한 그라체라의 위력이 그 말끝을 지웠다.

지금부터 전개라는 뜻일 것이다. 통상의 엘리멘트를 사용하는 마법이 주체지만, 신행법과도 닮은 땅을 조종한 가속과 쿠하츠(空鉢) 술을 연상시키는 전이 마술을 사용한다.

"……뭐야, 그 도사 같은 전투법은."

"모르긴 몰라도 그 용사라는 자보다는 기개가 있는 것 같군. 늦었지만 이름을 묻지."

"스이메이 야카기다."

"……호오, 특이한 이름이군."

"특이해서 미안하네."

마음속의 초조를 숨기면서 악동처럼 행동하는 스이메이. 힘든 싸움이다. 몸 상태가 좋았다면 대처법 따위 얼마든지 있다.

이 마술의 대처법으로는 금빛 요새 방어와 병행하여 이동 마술을 이용하는 방법과 자신을 기체화하는 방법이 있다. 그러나 아스트랄 보디가 온전하지 않은 지금, 더블 캐스트는 몸에 큰 부담을 준다. 비교적 의지하기 쉬운 기체화 마술도 자신이 모호한 상태가 되는 것이므로 상당히 위험한 행위에 해당한다.

——그러나 그 거대 바위를 이동시키는 전이 마술을 세 개 이상 짧은 간격으로 발동시키는 것은 불가능하다. 술자의 역량 이전에 마술 법칙이 그것을 허용하지 않기 때문이다.

그러나 그것을 안다고 해도 현재의 스이메이로서는——.

다시 허공의 일부가 모호해진다. 떨어지는 거대한 암괴. 도망친다 해도 피할 수 없다.

"으윽——."

"스, 스이메이 님!"

충격으로 뇌가 흔들린다. 다시 일어날 새도 없이 다음 마법이 행사된다.

"아직이다——."

암괴를 주먹으로 부수어 자갈 공격을 하는 그라체라. 그야말로 러시. 그 여세를 몰아 땅을 융기시키고 공격해 온다.

순식간에 스이메이의 몸은 상처투성이가 되었다. 그 모습을 본 페르메니아가 새파랗게 질린 얼굴로.

"아, 아아……."

더 참지 못하고 그라체라를 향해 외친다.

"그라체라 황녀 전하! 제발 멈춰주세요!"

그러나 그라체라가 그 말을 들어주지 않았다. 마지막 일격이라는 듯 주문을 땅에 퍼붓자, 융기한 지면이 탑의 형상으로 변하여 스이메이를 향해 치솟았다.
충격으로 먼지가 자욱이 피어오른다. 그라체라는 그 모습을 슬쩍 쳐다본 뒤, 한마디.
"……끝인가."
그러나 시선을 거두기에는 아직 일렀다.
피어오른 분진이 걷히자 그곳에는 거칠게 숨을 몰아쉬는 스이메이가 서 있었다.
페르메니아의 안도하는 표정이 스이메이의 눈에 비친다.
"……마음대로…… 끝내지 마."
"아직 쓰러지지 않았군. 하지만 그 상태로 싸우는 건 무리일 텐데. 그만 포기하고 협력하는 게 어때."
단념하지 않는 상대에 대한 질림일까, 그라체라를 그렇게 말한다. 그러나 도발도 비난도 아닌 안타까움이 섞인 그 말을 듣고 웃음을 터뜨린 것은 스이메이였다.
"포기? 내가? 후, 후후……."
광장에 울려 퍼지는 기분 나쁜 냉소. 마치 무지를 비웃는 듯한 스이메이의 도발적인 태도에 그라체라의 눈매가 날카롭게 변했다.
"……뭐가 웃기지?"
"싸울 수 없다고? 어디의 누가, 싸울 수 없다는 거야?"
"어째서 그렇게 꿋꿋할 수 있는지 모르겠지만, 그건 자명한것 같은――."

그라체라가 입을 연 그 순간이었다. 그 다음 말이 그녀의 입에서 나오는 것보다 빨리 공간이 흔들리기 시작했다.

"이건 흙 속성 마법? 아니야……."

그라체라는 순간적으로 떠오른 추측을 소리 내어 말했지만, 그 추측은 틀렸다. 당연히 그것은 마술, 마법에 의해 발현된 사상, 현상의 범주에 속하지 않기 때문이다.

어떤 흔들림인지도 불분명한 현상은 서서히 그 강도를 더해간다. 그 이상 진동은 거대 마력 현계에 의한 신비 역장 요동이다.

흔들림과 비례하여 부풀어 오르는 스이메이의 마력. 마력로 회전률 증가에 따른 영향은 순식간에 나타났다. 이미 5백 미터 사방이 그 소용돌이 안에 있었다. 발생한 힘에 의해 벽돌 바닥이 말려 올라가 부서졌다. 주위에는 미주 전류처럼 발생한 미세 번개가 소음을 울렸다.

스이메이는 마음을 굳혔다. 더 이상 자신의 몸을 사린다면 막다른 골목에 부딪히게 될 것이므로. 그렇다, 이곳은 광장의 정중앙. 도망칠 곳은 없다. 전력을 아껴 타파할 수단이 없다면, 전력을 다해 부딪치는 수밖에 없다.

——Archiatius overload(아르키아티우스 오버로드).

그러나 스이메이가 목구멍까지 올라온 그 말을 소리 내어 말하는 일은 없었다. 건언을 외칠 준비를 마치고, 마력로를 완전히 해방하려 한 그때. 눈동자에 불을 켠 스이메이에게 페르메니아가 있는 힘껏 매달렸으므로.

"스이메이 님!"

등을 껴안은 페르메니아를 스이메이가 뒤돌아본다.

"메니아?! 무슨."

"안 돼요, 스이메이 님! 그만하세요! 이런 거리에서 힘을 해방하면 안 돼요!"

"하지만……."

"스이메이 님! 진정하세요! 마력 해방은 몰라도, 스이메이 님이 마술 행사를 하면 주위, 아니, 이 일대에 있는 사람들이……."

"윽……."

확실히 주위에 미칠 영향을 생각하면 그냥은 끝나지 않을 것이다.

마력이 일으키는 바람에 밀리면서도 필사적으로 달라붙는 페르메니아. 그녀의 호소에 스이메이는 마력로 해방을 망설인다. 그녀의 말이 맞다. 힘 조절할 여유도 없는 지금 상태에서 그라체라를 무너뜨리기 위해서는 필연적으로 전력 마술 행사를 해야만 한다.

그렇게 되면 피해 범위는 광장에만 그치지 않는다.

몸의 통증과 분함으로 이를 갈면서 스이메이는 마력로 회전을 줄인다. 그 순간 스이메이의 온 몸에서 힘이 빠져나갔다. 그 탈력감을 이기지 못하고 스이메이는 그대로 페르메니아에게 몸을 기대는 신세가 되었다.

"흐…… 메니아……."

"후퇴해요! 괴로우시겠지만 저를 꽉 잡으세요!"

스이메이의 상태가 좋지 못하다고 판단하고, 페르메니아는 스이메이를 업고 후퇴하기로 한다. 신체 강화는 이미 마쳐두었다. 페르메니아는 스이메이에게 배운 질주 마술을 순식간에 시행한다. 그때, 도발적인 목소리가 날아들었다.

"생각대로 되게 둘 것 같아?"

"아뇨! 무리해서라도 뚫고 나가겠어요!"

그라체라에게 그렇게 선언한 페르메니아가 주문을 짠다.

"——널리 바람이 닿게 하여, 흔들림 속에 비친 그 불꽃을 곁으로! 나의 목소리여, 닿아라! 그대 하얗게 물든 아이심! 나의 목소리여, 닿아라! 그대 모든 재액을 떨치는 아이심!"

공중에 빛이 스친다. 그 빛은 원 도형과 문자 기호를 그려 나가고 마법진을 구축한다. 완성된 마법진은 이전에 페르메니아가 구사했던 마법에서는 상상도 못할 만큼 강한 열을 품고 있었다.

"무슨——?!"

이를 목격한 그라체라가 서둘러 물러난다. 날아올라 착지하자마자 페르메니아가 건언을 외친다.

"Truth flare(백염치)!!"

꽃잎이 펼쳐지듯 솟아오른 흰 불꽃이 두꺼운 띠 형상으로 퍼지더니, 그라체라를 간헐적으로 습격한다.

그것을 땅을 융기시켜 방어하는 그라체라. 머지않아 흰 불꽃은 잦아들었지만 총 여덟 개의 불꽃이 그 역할을 다했을 때는 스이메이와 페르메니아는 광장 밖, 그라체라의 마법이 닿지 않는 곳까지 벗어나 있었다.

……뒤에서 그라체라가 혀를 차는 소리가 들려올 것만 같은 가운데, 스이메이는 페르메니아에게 용서를 구한다.

"……미안해."

"아무 말 마세요. 스이메이 님은 부상 때문에 정신적으로 약해져 있어요."

"다치는 건 익숙하다고 생각했는데…… 한심해."

준비되지 않은 채로 힘을 해방한 것, 패배를 뜻하는 후퇴를 반성하며, 페르메니아에게 고마움을 전한다.

"……덕분에 살았어. 고마워."

그리고 스이메이는 의식을 잃었다.

페르메니아의 흰 불꽃이 사라지자, 불에 탄 벽돌과 탄내가 가득한 참상만이 남았다. 그라체라는 눈을 감고 마력을 거두어들였다.

스이메이와 페르메니아를 놓친 뒤 꼼짝하지 않는 그녀 옆에 수행원이 다가왔다. 수행원은 몸을 숙이며 물었다.

"쫓으시겠습니까?"

"됐어. 녀석들은 내버려둬도 좋아."

"괜찮으시겠습니까? 조금 전 저 남자의 언행은 불경죄로 잡아넣을 수도 있습니다."

"확실히 그렇지만, 그자는 부상을 입었어. 게다가 그자에게는 백염이 함께 있다. 너무 강하게 나가면 그때야말로 아스텔과 불필요한 마찰을 일으키게 돼."

"하지만."

"너희만 가서 잡아 올 수 있다면 그러라 하겠지만, 그건 역시 불가능하지 않겠어?"

그라체라는 수행원에게 그렇게 말한 뒤 코트를 펄럭인다. 곁눈질로 본 수행원의 얼굴은 그 말은 곤란하다고 말하고 있었다. 잡으러 가게 될 상대는 그라체라가 비장의 마법을 써야 할 만큼 강하다. 십이 우걸급의 실력자를 여럿 동원한다고 해도 체포는 힘겨울 것이다. 수행원도 자신의 실력이 남에게 뒤지지 않는다고 자부한다. 그러나 잡아 오겠다고 말한다면 그것은 거짓말이다.

"또, 너무 심하게 하면 오라버니가 화를 낼 테니까."

질린 듯 한숨을 토한 뒤, 곧바로 엘리어트 일행 쪽을 바라보았다.

"그럼, 네놈들은 함께 갈까."

"……알겠습니다."

"후, 의외로 이해가 빠르군."

"저 역시 제 뜻은 아닙니다만. 이 말도 덧붙이죠."

"역시 건방져."

그렇게 내뱉은 뒤 그라체라는 천막으로 돌아간다. 그 뒤를 엘리어트와 크리스터가 뒤따른다. 크리스터는 시종일관 심각한 표정이었지만, 엘리어트가 승낙한 이상 어쩔 도리가 없다.

문득 그라체라가 걸음을 멈추었다.

"……성에 차진 않지만, 오늘은 이걸로 끝내는 수밖에."

쌀쌀맞은 말투 속에 확실한 불만을 담아, 반쯤 파괴된 광장에 눈길을 주는 그라체라. 그녀의 마법이나 페르메니아의 불꽃 마술로 파괴된 곳도 많지만, 무엇보다 광범위하게 영향을 미친 것은 스이메이의 마력이었다. 마력의 여파는 광장 바깥까지 미쳐 있으며, 그 참상을 만든 강력한 힘의 잔재는 아직도 피부로 느낄 수 있을 만큼 짙게 남아 있다.

그것이 아직 시작 단계에 불과했다는 것은 그라체라도 알았다. 그 때문에 손을 땀으로 적신 채 유감 섞인 한숨을 내쉰 것이다.

제2장 행복한 꿈은 분명 이곳에

──목소리가 들린다.

사라져, 사라져, 하고 외치는 어린 목소리가.

그것은 거부의 목소리. 이 세상 모든 것에 절망한 듯한, 그런 목소리.

비통한 울림에 이끌려 문득 눈을 뜬다. 아지랑이에 휩싸인 듯 희미한 누군가의 모습과 만신창이가 된 아이의 모습이 있다.

그 아이는 어디선가 본 적이 있는 얼굴이다. 아직 순진함이 남은 얼굴. 늘 차가운 표정으로 마음속의 불안을 감추는 갸륵함이 있다.

그러나 지금 그 얼굴에는 눈물 자국이 남아 있고, 텅 빈 눈동자는 괴로움을 품고 있다.

습격당한 것일까. 습격당하고 있는 것일까── 아니, **곧 습격당하는 것일까**. 벌레처럼 짓밟혀 그런 식으로 처참한 모습이 될 때까지.

그것이 그녀가 받을 보답이라면, 도대체 보답이란 무엇일까. 그것은 구원받지 못할 사악한 존재에게 주어져야 마땅한 것 아닐까.

소리 내어 외치고 싶지만 목이 막힌 것처럼 목소리가 나오지 않는다.

그저 그 광경을 지켜보고 있는데, 아이의 통곡이 멎었다. 이윽고 그녀가 분노하듯 몸을 떨자, 그 모습은 검게 변색하고 검은 포말과 함께 팽창한다.

받아들여서는 안 될 것을 끝내 받아들이고 만 것일까.

원래의 모습을 찾아볼 수 없을 만큼 거대해져서 주위의 것을 삼키기 시작한다. 주변에 흐르는 마력도, 그녀를 괴롭힌 누군가도, 건물까지도. 검은 덩어리가 되어 끝없이 팽창해서 거리를, 사람을 공격한다.

들리는 것은 슬픈 목소리. 왜냐고, 분노에 차 묻지만, 아무리 기다려도 돌아오지 않는 대답에 절망한다.

왜 자신뿐인 거냐고. 왜 이런 꼴이 되어버린 거냐고. 하늘에 있을 가장 높은 존재에게 답을 구하듯이. 그 대답을 얻는다 해도 원래의 모습으로는 돌아갈 수 없지만, 그저 텅 빈 가슴을 채우려는 듯이.

우는 목소리가 귓가를 맴돈다. 도움을 바라는 마음의 목소리가, 원망의 목소리가 되어.

어째서 누구도 저 아이를 도와주지 못한 것일까. 기댈 곳 없는 고독한 절망을, 어째서 이 세상은 옳다고 하는 것일까.

세상이 그것을 옳다고 해도, 우는 목소리는 분명히 존재한다.

——그래서 받아들일 수 없다.

세상이 그것을 옳다고 해도, 구원받지 못하는 자는 분명히 존재한다.

——그래서 그런 결과에 불복한다.

세상이 그것을 옳다고 해도, 이 가슴속에 부는 바람은 결코 멈추지 않는다.

——그래서 그런 목소리가 들리는 것이다.

일어나.
일어나서 네가 이루어야 할 것을 이루러 가.
그런 목소리가 귓가에 나지막이 울려 퍼진다.

——이것은 저주다. 아버지를, 그리고 어머니를 괴롭힌 이 저주로부터 자신은 죽을 때까지 자유롭지 못할 것이다.

★

남쪽 광장에서 탈출에 성공한 페르메니아는 추격자가 따라붙을 것을 고려하여 도주 경로를 큰길에서 뒷골목으로 옮겼다. 그리고 야카기 저택으로 향하는 골목을 달렸다.
우선 스이메이를 바깥에 설치된 의자에 앉히고 테이블에

몸을 기대게 했다.

그때 걱정이 되서 밖에서 기다린 듯한 레피르가 안색을 바꾸고 달려왔다.

"페르메니아! 도대체 무슨 일이야?"

스이메이와 페르메니아를 번갈아 바라보며 레피르가 당황해 묻는다. 페르메니아는 괴로운 얼굴로 남쪽 광장에서 있었던 일을 설명했다. 남쪽 광장에는 엘리어트가 있었다는 것, 그라체라가 범인 수색을 위한 강제 징용을 하려 한 것, 그리고 그 명령을 피하기 위해 스이메이가 그라체라와 마술전을 벌인 것.

페르메니아에게 상황을 전해 들은 레피르는 심각한 표정으로 신음했다.

"……아무리 스이메이라도 부상당한 몸으로 그라체라 황녀를 상대하는 건 무리였어……."

"맡겨달라고 했지만, 스이메이 님과 그라체라 황녀 전하의 싸움에는 도저히 끼어들 수가 없었어요. 도망치는 것밖에는……."

"아니, 그라체라 황녀를 상대로 스이메이를 업고 도망친 건, 페르메니아니까 가능한 일이야. ……그라체라 그 여자, 너무 제멋대로잖아."

갑자기 어조가 변한 것은 분노 때문일까. 그곳에 없는 제국 황녀를 노려보듯 레피르는 주먹을 꽉 쥐었다.

"레피르?"

“……아, 아무것도 아니야. 그것보다 페르메니아. 스이메이 상태는 어때?”

“외상은 그렇게 심하지 않지만, 아마도 마력을 한꺼번에 사용한 것 같아요. 단지…….”

“……많이 아픈가 봐.”

테이블에 엎드린 스이메이는 눈을 감은 채 신음한다. 마치 끔찍한 악몽이라도 꾸는 것처럼.

“증상은 심하지 않기 때문에 괜찮을 것 같긴 하지만…….”

“그럼 쉬게 하는 수밖에 없겠네…….”

그때 레피르는 문득 골목 입구 쪽에서 기척을 느낀다. 혹시 추격자일까. 불길한 예감을 느끼면서 레피르는 위협하듯 큰 목소리로 묻는다.

“누구야!”

한편 그 기척의 주인공은 그 목소리를 듣고 놀란 것일까. 살짝 보이던 그림자가 움찔 움직인다. 이윽고 골목에서 나온 것은.

“이거…… 놀라게 한 것 같네요.”

그렇게 말하며 나타난 것은 제립 대도서관의 사서인 엘프 남성, 로미온이었다.

그와 한 번 만난 적이 있는 페르메니아가 생각난 듯 말을 건다.

“제립 대도서관의 사서님이시죠? 여긴 어쩐 일이세요?”

“아, 조금 전 길에서 우연히 봤거든요. 스팅레이 씨가 야카기 군을 업고 있길래, 혹시 그 범인이라는 자와 무슨 일이 있었나 하고 걱정이 돼서.”

“그러셨군요…….”

페르메니아 쪽으로 다가온 로미온이 물어온다.

“야카기 군은 정신을 잃은 것 같은데, 어떻게 된 겁니까?”

“남쪽 광장에서 그라체라 황녀 전하와 싸우셨어요.”

“세상에, 지오 마리피엑스와 말입니까? 대체 어쩌다가…….”

로미온이 깜짝 놀라며 묻자 스이메이는 의식이 되돌아왔는지 테이블에 엎드린 상태에서 얼굴을 든다.

“스이메이!”

“정신이 드셨군요!”

페르메니아와 레피르가 기쁨의 환성을 지른다. 한편 의식이 끊겼던 스이메이는 현재 상황을 파악하려 주변을 둘러본다.

“으…… 여기는? 집이야?”

“네, 집 앞이에요. 방금 왔어요.”

설명하는 페르메니아에게 스이메이는 다시 고마움을 전한다.

“응, 미안해. 여기까지 데리고 왔구나. 어라――? 사서님도 있었네요.”

“네. 조금 전에. 우연히 길에서 보고 걱정이 돼서 와봤습니다.”

"……그랬군요."

스이메이는 표정을 굳힌 채 대답한다. 그러자 로미온이 스이메이를 향해서.

"야카기 군, 몸 상태가 꽤 심각해 보이는군요. 내가 한번 봐도 되겠습니까?"

그렇게 묻는 이유는 전직 마법의이기 때문일까. 진지한 얼굴로 스이메이를 보는 로미온.

"괜찮습니다. 내 몸은 내가 잘 아니까요. 정신을 잃은 건 한꺼번에 마력을 너무 많이 방출한 탓입니다."

"그렇습니까……."

스이메이는 로미온의 제안을 딱 잘라 거절하고 일어났다. 골목 입구를 향해 걷기 시작한다. 레피르가 황급히 불러 세웠다.

"스이메이! 어딜 가려고?"

"리리아나를 찾으러. 녀석들이 본격적으로 움직이고 있어. 내가 빨리 찾아야 해."

"스, 스이메이 님? 그 몸으로 어딜 가시려고요!"

무리하는 스이메이를 붙잡는 두 사람을 보고, 로미온은 의아한 듯 묻는다.

"……혹시, 혼수 사건의 범인을 찾는다는 겁니까?"

"……네."

"야카기 군. 그만두세요. 그런 몸으로 어쩌려고요. 지금 당신은 너무 무모합니다. 몸이 완전히 회복될 때까지 범인 수색은 미뤄두는 편이 좋아요."

"…………."

로미온의 지적을 듣고, 멈춰 서서 침묵하는 스이메이. 그의 뒤에서 뒤따르듯 페르메니아와 레피르가 다시 만류의 말을 던진다.

"로미온 씨 말이 맞아요. 스이메이 님, 지금은 자중하세요."

"그래, 스이메이. 이 사람 말이 맞아. 무리하면 안 돼."

"……알았어."

세 사람의 말에 체념했는지 스이메이는 돌아서서 의자에 앉았다. 그런 스이메이에게 로미온이 걱정스러운 표정으로 말한다.

"……그럼 난 이만 갑니다. 야카기 군. 아무쪼록 무리하지 마세요."

그 말에 스이메이는 등을 진 채 손을 들어 대답했다. 그 모습을 본 로미온은 페르메니아와 레피르에게 가볍게 인사한 뒤 다시 골목을 나섰다.

……잠시 뒤.

"……갔어?"

뒤돌아본 스이메이가 페르메니아에게 로미온의 소재를 묻는다. 전에 없이 낮은 음성. 날카로운 시선으로 등 뒤의 골목을 바라보면서.

"네? 네, 로미온 씨는 가셨어요."

"그래."

스이메이는 그렇게 말하며 의자에서 일어난다. 집으로 돌아갈 분위기가 아니다. 그 사실을 눈치챈 페르메니아가 심각한 표정으로 바라본다.

"스이메이 님? 설마……."

"스, 스이메이! 안 가는 거 아니었어?"

"…………조금 쉬었다가. 진짜 지금 움직이지 않으면 위험할지도 몰라."

"왜 지금인데? 왜 그렇게 초조해하는 건데? 평소의 너답지 않은 거, 알아?"

"당연히 초조해. 그 위험한 여자뿐이라면 그나마 다행이겠지만. 아무래도 그렇지만은 않은 것 같아. 미안한데 두 사람도 흩어져서 리리아나를 찾아줘. 부탁할게."

그런 그의 목소리에는 긴박함이 섞여 있다.

……도움을 청하는 말은, 조금 전과 마찬가지로 타인을 걱정해서 나온 말. 그 말에 레피르는 한숨을 쉬었다.

"……하아."

"안 될까?"

"그런 게 아니야. 하지만——."

"——뭐랄까, 스이메이 님의 말은 뒤죽박죽이에요. 왕성에서는 위험한 건 싫다고 하셨다가, 제도에서는 스스로 위험한 일에 뛰어드시니."

한숨 섞인 목소리는 페르메니아의 것. 레피르와 눈빛을 교환한 뒤의 지적이었다.

그 지적에 스이메이는 기세가 꺾인 듯 머뭇거린다.
“그, 그건 알아…… 하지만 누구에게나 피할 수 없는 순간이라든가, 반드시 나서야 하는 순간이 있는 거잖아?”
“그건 그렇지만…….”
“나에겐 지금이 그런 순간이야. 그러니까 나는 가야 해.”
그 말을 들은 레피르가 찌푸린 얼굴로 쓴소리를 날린다.
“뭐, 스이메이는 움직여야 할 때를 분별해서 행동하니 좋은데 말이야, 그게 아니라면, 또 설교를 들어야 할 거야.”
“으…… 레피, 설교는 제발.”
“안 돼. 저번에 한 걸로는 부족해. 너랑은 한번 진지하게 대화할 시간을 갖는 게 좋겠어.”
“알았어. 나중에 언제든 시간 낼 테니까 지금은…… 도와줄 거야?”
스이메이는 다시 한 번 둘에게 묻는다. 레피르는 엄격한 태도를 취하면서도.
“몸이 좋아질 때까지는 무리하지 않는다는 게 조건이야.”
“그래. 알았어.”
한편 페르메니아도.
“물론 저도 도울게요.”
“미안해. 그리고 고마워.”
페르메니아에게 고마움을 전하며 스이메이는 자신의 몸에 치료 마술을 시행한다. 환부에 손을 대자, 그곳에 옮은 초록빛이 생기고 빛의 알갱이와 초록빛 안개가 피어올랐다.

문득 생각난 듯이 스이메이가 페르메니아에게 묻는다.
"그러고 보니 조금 전에 메니아는 쫓아오는 자는 없다고 말했는데, 로미온 씨가 따라오는 건 깨닫지 못한 거야?"
"네? 아, 네. 레피르가 눈치채기 전까진 몰랐어요."
"나도 눈에 보이는 범위에 와서야 알았어."
"그래……."
두 사람의 대답을 듣고 스이메이는 깊은 생각에 잠긴다.
그때 레피르가.
"그리고 스이메이. 조금 전에 그라체라뿐만이 아니라는 건 뭐야?"
"그녀 말고도 움직이는 녀석이 있을지도 모른다는 거야. 아직 확증은 없지만."
"그럼 그 인물은요? 범인인 거예요?"
"그건 좀 더 확신이 생기면 말할게. 미안하지만 그때까지 기다려줘."
치료를 끝마친 스이메이는 골목 입구를 향해 걸음을 옮겼다.

★

제도 필라스 필리아는 성채 도시로 축조되었기에 그 구조가 복잡하다. 지구별로 정리되어 구획이라는 개념이 존재한다. 언뜻 잘 정돈된 도시처럼 보이나 실제로는 좁은 골목이나 막다른 길이 도처에 있어 구조를 모르면 공격하기가 쉽지 않다. 고대에 만들어진 덫, 집의 유무에 관계없이 지어진 벽, 오래된 수도, 위험한 장소는 여전히 그대로다.

불편한 구조지만 그것은 외부인뿐 아니라 내부인에게도 마찬가지다. 도시를 둘러싼 성벽은 높고, 출입구는 북쪽과 남쪽에 하나씩. 도시 안팎으로 야간 출입은 엄격히 제한되며, 구획별로 헌병이 상주한다. 시선을 달리하면 감옥 같은 곳이라고도 할 수 있다.

끝없이 도주해야 할 운명인 그녀로서도 그렇다.

──검은 로브를 눌러쓰고 제도 주민들의 눈을 피해 숨어 다닌 지 대체 얼마나 되었을까. 용의자 수배 전단이 나돈 탓에 거리의 분위기는 어딘지 모르게 어수선하다. 그 거리를 밤낮없이 도망쳐야만 하는 리리아나. 충분히 쉬지도 못한 채 마력의 잔여량을 걱정하며 예측할 수 없는 나날을 보내고 있다.

이미 말했듯 미로 같은 골목이기에 경로는 신중히 선택해야 한다. 조심성 없이 눈에 띄기 쉬운 큰길로 나가는 것도 용납되지 않는다.

헌병이나 일부 군인뿐만 아니라 주민까지도 그녀에 대해 이야기하고 경계하고 있다. 길가에서 귀를 기울이면, "인간 병기가 혼수 사건의 범인이었다", "제도 안에서 도망 다니고 있다", "거리에서 날뛸지도 모른다" 따위의 말들이 여기저기서 들려온다. 특징이 알려진 이상, 로브만으로는 몸을 감출 수 없다.

"…………."

리리아나는 지난 일들을 돌이켜 생각하며 구름 낀 하늘을 올려다본다. 로그의 실각을 노리는 귀족들을 습격한 것, 스이메이 야카기와 싸운 것, 그리고 그날 밤, 키가 큰 그림자의 말을 따르고 만 것.

……그것으로 정말 괜찮았던 걸까. 잡힐 것이라는 공포와 목적을 달성하지 못한 것에 대한 걱정. 그리고 스이메이 야카기의 다정함을 뿌리치고 도망쳤다.

자신에게는 이유가 있었다. 소중한 사람을 위해서 그 사람에게 위협적인 존재를 제거하는 것이다. 그러나 만약 그때 자신이 저지른 죄를 인정하고 암마법을 버리고 그와 친구가 되었다면, 어쩌면 올바른 길로 돌아갈 수 있었을지도 모른다는, 그런 부질없는 생각이 뇌리를 스친다.

그날 밤, 암마법을 쓰는 자신을 걱정하고 그곳에서 빼내려 했던 사람. 특별히 많은 대화를 나눈 사이는 아니다. 그럼에도 줄곧 쌀쌀맞게 대했던 자신을 위해서 암마법에 맞서다가 상처투성이가 되었다. 생각해보면 지금까지 그런 사람은 없었다. 어둠의 힘이 폭주했을 때도 그 몸을 돌보지 않고 구해주었으며, 안도의 미소를 지어주었다.

자신에게 웃으며 다가와준 것은 그가 처음이었다. 그때 그가 내민 손을 떠올리면, 표현할 수 없는 감정들로 가슴이 옥죄어온다. 그것이 마지막이 아니었을까, 하고. 자신에게

베푼 상냥함은 그게 마지막인 것은 아닐까, 하고.

"스이메이 야카기……."

저도 모르게 그의 이름을 불렀다. 어쩌면 그것은 진심으로 그가 오기를 바란 것일지도 모른다.

이 뒤늦은 그리움이 후회라는 것은 안다. 그러나 원컨대 다시 한 번——.

——싸워라, 리리아나. 그래야 너는 필요한 존재가 될 수 있다.

"흐윽……."

어느새 키가 큰 그림자의 말이 다그친다. 싸우라고. 그러지 않으면 자신이 있을 곳은 어디에도 없다고. 아무도 필요로 하지 않는다고. 자신의 인생은 누군가를 다치게 해야만 의미 있는 것이라고. 강하게.

그 목소리를, 자신은 뿌리칠 수가 없었다. 건물 벽에 기대어 웅크리고 있자, 머지않아 흔들리던 마음도 제 상태로 돌아왔다. 조금 전까지 가슴속을 점거했던 그리움과 슬픔도 어디론가 사라져버렸다.

"난…… 대좌님을 위해서."

싸워야만 한다고. 그 그림자의 말처럼. 어둠의 힘을 가진 자신은 결코 누구에게도 받아들여질 수 없으므로.

그래, 자신은 태어난 순간부터 사람들에게 외면당했고,

같은 마을 사람들뿐 아니라 부모도 늘 꺼림칙한 시선으로 자신을 바라봤다.

제도에 와서도 마찬가지였다. 어디를 가든 증오의 시선이 쏟아지기는 마찬가지였다.

그렇다면 그도, 스이메이 야카기도 분명 그럴 것이다. 자신이 방심하는 순간 태도를 바꿀 것이다. 그는 지금 혼수 사건의 범인을 찾고 있다.

그러니 자신은 싸워야만 한다. 로그라는 유일한 안식처를 지키기 위해서.

……키 큰 그림자는 아직 접촉해 오지 않는다. 도망가라고 한 뒤로 한 번도 연락해오지 않았다. 버려진 것일까. 그런 걱정이 머릿속을 스치지만, 그렇다고 멈출 수 있는 일도 아니다.

"——뭐지?!"

그런 생각을 하고 있는데 순간 움찔 몸이 반응했다. 그것은 몸이 알려주는 위험 신호다. 등 뒤에 누군가의 기척이 있다. 들켜서는 곤란하다. 서둘러 그늘로 몸을 숨긴다.

자신을 부르는 목소리나 낌새는 없었다. 들킨 것은 아닐까. 조심스럽게 얼굴을 내밀어 지금까지 있었던 곳을 살핀다.

그곳에 있는 것은 헌병이나 군인은 아니었다.

"아빠, 엄마, 빨리 가요~!"

눈에 들어온 것은 정답게 걸어가는 가족. 아버지와 어머니, 그리고 그들의 아직 어린 아들. 어디를 가는지 걸음을 재촉하는 소년에게 아버지는 "알았다, 알았어"라고 하며 쫓아가 소년의 손을 잡는다. 어머니는 "앞을 잘 보고 걸어야지, 위험해"라고 말하며 뒤에서 그 모습을 다정한 눈길로 지켜보고 있다.

표정에는 한결같은 미소. 어수선한 제도의 분위기 속에서도 모두 즐거운 듯 웃고 있다.

——곧 있으면 용사님의 퍼레이드야. 오늘은 어디를 갈까. 큰길에서 쇼를 하고 있어. 그런 목소리가 들려온다.

"아빠, 과자 먹고 싶어요."

"녀석도 참, 방금 집에서 먹었잖아……."

"먹고 싶어요~."

"거참……."

"아들, 떼쓰면 못써."

"치이……."

"할 수 없지. 나가서 뭐가 있는지 볼까."

아버지의 말에 소년은 "앗싸~!" 하고 두 손을 힘껏 뻗으며 좋아한다. 그 모습을 지켜보던 어머니는 어처구니없다는 듯 한숨을 내쉬었지만, 결코 화가 난 얼굴은 아니었다.

"…………쳇!"

어느새 자신은 도망치고 있었다. 그 광경이 지금의 자신과 너무나도 동떨어진 것이었기에. 그리고 더 이상 견딜 수 없었기에.

뒤에서 들려오는 가족의 즐거운 목소리가 마음을 어지럽

힌다.

한시라도 빨리 그곳에서 멀어지고 싶었다. 그러지 않으면 그 지극히 평범한 가족의 모습이 자신 안에 깃든 어두운 무언가를 불러내게 될 것이므로.

정신없이 뛰다보니 어느새 중심가였다. 수배 중인 처지에 너무나도 무모한 행동이었지만, 마음의 안정은 되찾을 수 있었다.

안도의 한숨을 토해낸다. 이제 이곳에 그 가족은 없다. 소녀의 재잘대는 목소리도, 아버지의 애정 어린 목소리도, 따뜻한 눈길로 지켜보던 어머니의 웃음소리도. 많은 사람들의 발소리와 갖은 소음이 뒤섞인 이곳에서는 들리지 않는다.

드디어 되찾은 안정. 그러나 그 시간도 길게 지속되지는 않았다.

"——어이, 거기 흑 로브."

"뭐지——?!"

서늘한 음성에 뒤돌아보자, 헌병 몇 명이 서 있었다.

……들켰다. 마음속으로 신음하자, 대장인 듯한 헌병 하나가 앞으로 걸어 나온다.

"순찰 중이다. 수배 중인 자와 키가 비슷하군. 모자를 벗어봐라."

"………….."

"뭐야? 안 벗어? ……설마 너!"

명령에 불복하자 헌병들이 가까이 다가온다. 반사적으로

뒷걸음질 친다. 그것을 도망이라고 판단했는지 헌병은 다른 헌병에게 호령했다.

"잡아라!!"

목소리에 맞춰 호각이 울린다. 머지않아 통로 이쪽저쪽에서 그 소리를 들은 헌병들이 우르르 몰려왔다. 길 한복판에서 순식간에 포위되었다. 갑작스러운 범인 체포에 주변은 한층 더 소란스러워진다. 헌병이 자신을 빙 둘러싸고, 시민들이 다시 헌병들을 둘러쌌다.

헌병들은 마법을 경계하여 함부로 덤비지 못했다. 그러나 아무리 기다려도 이쪽이 마법을 행사하지 않자 그들은 지팡이를 들고 달려들었다.

그것을 가벼운 발놀림으로 피한다. 마법은 간단히는 쓸 수 없다. 마력도 얼마 남지 않아 낭비할 수 없었다. 하지만 이 상태로는 대응 수단이 적어 행동의 폭이 좁아진다. 그렇게 생각하자 초조감에 몸 안쪽부터 뜨거워지기 시작한다. 위험해. 머릿속에 떠오르는 말은 그것뿐이다.

그런 생각에 사로잡혀 있었던 탓인지 헌병이 휘두른 지팡이에 맞고 만다.

"꺄앗!"

밀쳐지면서 후드가 벗겨졌다. 감춰진 얼굴이 드러나고, 그 얼굴을 본 헌병들이 숨죽이는 소리가 들렸다.

"……역시."

대장인 듯한 남자가 신음했다. 그에 맞춰 헌병들 틈으로 보이는 뒤쪽에서 웅성임이 인다. 들려오는 것은 “저, 저건 수배 중인……”, “인간 병기다……”, “사건의 범인이야……” 같은 두려움에 질린 목소리. 주위의 헌병도 마치 마족이나 마물을 보는 듯한 시선으로 자신을 바라본다.

둘러보니, 도처에서 그런 시선이 쏟아지고 있었다.

“우으…….”

……어째서 다들 늘 그런 눈빛으로 자신을 바라보는 것일까. 그런 불길한 것을 보는 듯한 눈으로. 자신은 아무것도 하지 않았는데. 좋아서 이런 능력을 가지고 태어난 게 아닌데. 누군가의 불행 따위는 바란 적이 없는데.

“히익──?!”

그런 공포에 질린 비명과 동시에, 다시 주변 사람들의 안색이 일변한다. 어째서인지 더욱 겁에 질린 표정이다. 그들의 표정이 변한 이유를 생각하기도 전에, 주변에서 그 대답이 쏟아졌다.

“뭐지, 저 눈은…….”

“괴, 괴물! 괴물의 눈이다!”

별안간 터진 비명. 어느새 오른쪽 눈을 가리고 있던 안대가 땅에 떨어져 있었다.

지팡이에 맞고 안대의 끈이 끊어진 것이다. 그 탓에 어둠의 힘에 의해 변색된 섬뜩한 눈동자가 그대로 드러났다.

반사적으로 주위를 둘러본다.

어느새 모든 사람들의 눈에는 놀람과 공포의 빛이 어려

있었다.

——그래, 그것은 언젠가 자신을 재액이라 부르며 두려워하고 멀리했던 마을 사람들의 눈빛처럼 공포에 질린 눈. 거무튀튀한 감정이 깃든 눈, 눈, 눈, 눈, 눈——.

"아, 아아아아아아아아아아아아아아아아아아아아아아아아아아아아아아아!"

가슴 깊은 곳, 과거의 기억 저 아래 묻어두었던 트라우마가 봇물처럼 터져 나온다. 두 번 다시 떠올리고 싶지 않았던 그날의 기억. 자신을 모든 사람의 불행의 근원이라고 단정했던 그 악의가.

"잠깐!"

"놓치지 마라!"

달리기 시작했다. 뒤에서 날카로운 목소리가 달라붙는다. 자신을 쫓는 무수한 발소리. 사람들을 뚫고 나올 수 있었던 것은 사람들의 신경이 노출된 오른쪽 눈에 쏠려 있었기 때문이다. 그대로 골목으로 뛰어들어 하염없이 달린다.

"하아, 하아……."

……어디를 어떻게 도망쳐 왔는지 알 수 없다. 골목 어딘가에서 더 이상 뛸 수 없어 거친 숨을 몰아쉬었다. 어쨌든, 따돌린 걸까. 아니——.

'아직 누군가가, 있다…….'

등 뒤에 기척이 있다. 헌병들 중 누군가가 따라붙은 것일까. 그러나 그 예상과 달리, 기척은 한없이 옅었다. 이 능란한 기술은 헌병의 것이 아니다.
뒤돌아보니 건물 그늘에 검은 그림자 하나가 뻗어 있었다. 그 그림자는 건물 그늘에서 점점 뻗어 나온다. 이윽고 그림자가 멈춘 뒤, 나타난 것은.
"——여기 있었구나, 리리아나."
"대, 대좌님……?"
양아버지이자 상관인 로그 잔다이크였다. 그의 모습을 보니 가슴이 뜨거워진다. 혹시 돌아오지 않는 자신을 찾으러 와준 걸까.
그러나 그는 허리에 찬 검을 빼들었다.
"리리아나, 각오는 되어 있겠지?"
"네……?"
당황한 목소리가 새어 나온다. 어찌된 일인지 알 수 없었다.
"리리아나."
"잠시만요. 각오라니…… 무슨."
뜻일까. 자신에게 도대체 무슨 각오가 필요한 것일까. 자신을 데리러 왔으면서 왜 그런 딱딱한 표정인 것일까. 물어도 대답은 돌아오지 않는다. 그저 차갑고 딱딱한 발소리만이 가까워질 뿐.
"대좌님…… 무슨……."
"당연하지 않으냐. 나는 내 책임을 다하러 왔다. 죄를 지은 너를 벌하기 위해서."

"그런…… 대좌님, 그런……."

왜냐고, 묻고 싶었다. 자신은 로그를, 눈앞에 있는 사람을 지키기 위해서 궂은일에 뛰어들었는데. 그런데 어째서 자신이 벌을 받아야만 하는 것일까.

"대좌님! 저는 대좌님을 위해서."

"변명은 듣고 싶지 않다. 너도 제국의 군인이라면, 자신의 죄를 깨달아라."

"아, 아니…… 그런…… 대좌님……."

뒷걸음질 치는 자신에게 가차 없이 날아드는 칼날. 그 칼끝이 자신에게 떨어진다. 살해당하고 마는 것일까. 그렇게 생각한 순간 몸이 멋대로 움직였다.

——죽고 싶지 않아.

그런 생에 대한 집착이 자신의 몸을 움직였다. 어느새 로그의 검을 피하고 있었다.

"……리리아나."

로그가 자신의 이름을 중얼거린다. 돌아본 표정은 그림자에 가려 보이지 않았다. 아니, 보고 싶지 않았다. 그까지 불길한 것을 보는 듯한 표정이라면, 마음이 이상해져버릴 것 같았기에.

로그의 대범하면서도 완만한 움직임이 눈에 비친다.

다시 칼날에 비친 빛이 번쩍였다. 눈을 찌르는 빛 뒤에, 칼끝이 다가왔다.

……이대로 살해당하는 것일까. 대좌님이라 부르고, 아버

지라 따르는 남자에게. 이 세상에서 가장 소중한 사람에게.

"싫어…… 싫어어어어어어어어어어어어어어!"

"——윽?!"

로그의 칼끝이 바로 옆의 벽을 도려냈다. 상황을 돌아볼 새도 없이 자신은 다시 달리기 시작했다.

로그로부터 도망쳐, 좁고 어둑한 골목을 하염없이 달리다가 벌써 몇 번을 넘어졌을까. 몸은 온통 진흙에 상처투성이고, 옷은 너덜너덜한 넝마가 된 지 오래다.

다다른 곳은 어둠에 휩싸인 황폐한 거리. 주변은 높은 건물의 외벽에 둘러싸여 있고, 잔뜩 찌푸린 날씨에 차단된 하늘에서는 빛 한 점 닿지 않는다.

어둡고 악취가 진동하는 상태는 마치 제도의 모든 오물이 이곳에 모여든 듯하다. 도망치고 도망친 끝에 다다를 곳은 이곳뿐이다. 로그에게 버림받은 자신에게는 더 이상 돌아갈 곳이 없다. 사람들의 눈에 띄지 않게끔 어둡고 으슥한 곳에서 무릎을 끌어안고 떠는 수밖에.

——그래, 그 사람에게 버림받으면, 자신은 이대로 죽어갈 것이다.

그렇게 생각하자 자연히 눈물이 쏟아진다. 슬픔의 절규도, 괴로움의 오열도 나오지 않는다. 그저 눈가에 맺힌 눈물만이 빰을 타고 흐를 뿐이다. 지금까지의 생활은 전부 가짜였다고, 결국 자신은 고독한 존재라고, 어쩔 수 없이 통감하는 듯이.

생각해보면 철이 들 무렵부터 사람에게 외면당할 뿐이었다. 자신을 본 사람들은 모두 태어나선 안 될 아이였다고 입을 모아 말했다.

어째서 자신인 건지, 자신뿐인 건지. 얼마나 그렇게 생각했을까. 단지 어둠의 힘을 타고 났을 뿐인데 어째서 그렇게까지 사람들에게 외면당해야만 하는 것일까, 라고. 나쁜 짓 따위 할 생각 없었는데. 누군가를 다치게 하는 일 따위, 사실은 하고 싶지 않았는데. 그러나 사람들은 처음부터 그런 눈으로 자신을 바라보았다.

문득 조금 전 보았던 가족을 떠올린다. 제도의 거리를 걷던 그들은 모두 행복한 표정이었다. 아버지도 어머니도 소년도. 그것이 당연한 일이라는 듯이.

아버지와 어머니, 그리고 그 아이. 그런 가족의 존재 방식은 자신도 그들과 다르지 않았을 터인데. 어째서 그 미소를 여신은 자신에게 나누어주지 않은 것일까. 떼를 쓰는 것이 아니다. 아주 조금, 아주 조금만이라도 좋으니 자신에게도 아버지와 어머니가 있는 그 따뜻한 울타리를 나누어주기를 바랐다.

소년은 아버지에게 과자가 먹고 싶다고 졸랐다. 아버지는 난처해했지만 들어주었다. 어머니도 말로는 주의를 주었지만 표정만은 한없이 다정했다. 그저 그 모습이 따뜻했다. 그 모습이 눈부셨다. 부러웠다.

자신은 단 한 번도 부모에게도 로그에게도 그렇게 조른 적이 없었는데. 어째서 그 소년에게는 그것이 허락된 것일까. 고생도, 괴로움도, 슬픔도 전혀 모르는데.

"아……."

들려오는 발소리에 목소리가 새어 나온다. 누군가가 왔다. 이런 어둡고 외진 곳에. 길을 잃은 사람일까, 아니면 부랑자일까. 거리를 순찰하는 헌병일까. 그도 아니면 로그일까.

뒤돌아본다. 이윽고 희미한 빛에 비친 그 모습이 선명해진다.

그래, 그것은 아는 얼굴이다――.

"당신들, 은……."

"설마 이런 곳에 있을 줄이야. 인간 병기. 아니, 범죄자 씨."

"들은 대로군요. 아니, 우리의 운이 좋은 거겠죠."

그것은 넘치는 잔학성을 숨기려고도 하지 않는 목소리. 나타난 것은 로그를 싫어하는 귀족에게 고용되어 접근해 온 마법사들이었다. 그래, 그 거친 말투의 남자와 정중한 말투의 남자. 두 사람 모두 내려다보는 시선에 음산한 빛을 띠고 있다. 날카롭게 번뜩이는 눈.

"여긴, 왜 온 거죠?"

"너무 당연한 거 아닌가?"

"당신은 우리에게 심한 모욕을 줬습니다."

"그러니 그 대가를 치러줘야겠어!"

마법사들이 다가온다. 여기가 종착점이다. 더 이상 도망칠 곳은 없었다. 일어설 새도 없이 정중한 말투의 남자가 마법을 짠다. 바람 마법에 의해 떠오른 주변의 물질들이 돌풍과 함께 날아왔다.

"윽, 크윽!"

견디지 못하고 쓰러진다. 아픔을 느낄 새도 없이 다음 공격이 날아온다.

주문을 왼 것은 거친 말투의 남자. 난폭한 음성으로 짜인 마법은 불꽃을 생성하고 진을 치듯 자신을 에워싼다.

"아, 아……."

단번에 죽일 생각은 없는 듯, 불꽃의 열기로 공기를 빼앗고 서서히 고통을 준다. 숨을 쉴 수 없는 고통에 허우적대는 모습은 물에서 건져 올려진 물고기, 날개가 뜯긴 벌레와 같다. 목구멍을 파고드는 뜨거운 공기와 살을 태우는 불꽃의 열기.

괴로움에 목을 잡고 쓰러진다. 얼마나 호흡곤란에 시달렸을까. 어느새 자신을 괴롭히던 불꽃은 사라지고, 마법사들이 자신을 내려다보고 있었다.

그리고 시작된 통증. 그들은 머리며, 팔, 등, 다리를 마구 짓밟는다. 마치 길바닥에 버려진 쓰레기를 차듯이.

발길질 사이로 그들의 비웃는 얼굴이 눈에 비쳤다. 자신을 괴롭히는 것이 진심으로 즐겁다는 듯한 얼굴. 머릿속이 증오로 가득 찼다.

그때 문득 누군가에게 들었던 말이 머릿속을 스친다. 악의에 사로잡히지 말라고. 증오에 몸을 맡겨서는 안 된다고. 한 번이라도 그랬다가는 자신은 자신이 아니게 된다고.

"이봐, 어떻게 된 거야? 저번처럼 마법은 못 쓰는 건가?! 그래?!"

"아무래도 마력이 바닥난 것 같군요. 최연소 십이 우걸도 영락하고 말았네요."

그러나 이런 세계라면 자신을 지킬 필요는 없다. 그렇지 않은가. 자아에 집착한다고 해도, 자신이 원하는 것을 손에 넣은 수는 없으므로.

"그 눈은 뭐야! 괴물이라는 건 그냥 별칭이 아니었어. 진짜 괴물이었잖아?!"

거친 말투의 남자가 킥을 날렸다. 뒷골목의 길바닥에 내동댕이쳐진 몸은 벽에 부딪혀 멈춘다. 더 이상 통증은 없었다. 고통도 잊었다. 자신 안에 타오르는 증오의 불길만이 현재의 자신을 괴롭히는 전부였다.

"오? 뭐야? 해볼 셈인가? 그렇게 엉망진창이 되어서? 으하하하하하하!"

"이렇게 두들겨 맞고도 일어서다니…… 너 같은 괴물은 그냥 넙죽 엎어져 있는 게 딱 어울린다고."

비웃는 목소리는 거슬리기 짝이 없었다. 어떤 힘을 써서라도 날려버리고 싶었다.

"나는……."

……그렇게 한다면, 결국 자신은 없어질 것이다. 그러나 이런 고통뿐인 세상이라면 사라진다 해도 미련은 없다. 어둠에 사로잡히면 그만이다. 그렇게 하면 모든 것이 끝난다. 그날 밤 포악을 떨치던 형상처럼, 파괴하고 상실하면 그만이다. 귀족도, 눈앞에 있는 마법사들도, 제도의 거리도, 주민도, 그 행복해 보이던 가족도. 모두 다. 없어져버린다면, 분명 자신은 혼자가 아니게 될 테니까.

그러니까.

"사라져……."

"뭐?"

"사라져…… 사라져……."

"뭐죠? 머리가 이상해져버린 겁니까?"

"사라져사라져사라져사라져사라져사라져사라져사라져사라져사라져——."

전부, 없어져버려. 그렇게 거무튀튀한 무언가를 불러내려던 그때였다.

타닥, 타닥, 타닥, 타닥. 문득 낯선 소리가 들려온다. 딱딱하고 높은 일정한 그 소리는, 발소리일까. 마법사들이 있는 곳보다 먼, 건물 그늘 안쪽에서 들려온다.

——Buddhi brahma. Buddhi vidya(눈 떠라 힘이여. 거대한 지식과 함께).

"아……."

목소리에 이끌려 고개를 들자, 길쭉하게 뻗은 그림자가 보였다.

이윽고 그늘이 끝나는 지점에서, 한 남자가 모습을 드러냈다.

——Asat nada Arupa–loka(끝없는 목소리는 하늘에 닿고).

익숙한 흑의를 걸친 그 남자는 작은 목소리로 무언가를 읊조리고 있다. 그 모습은 어쩐지 처연해 보인다. 마치 죽음을 맞이한 자를 데리러 온 사신과 같이.

——Kalabingka mahamaya om karuma sam kri(달콤한 울림으로 그대의 원죄를 해방한다).

남자는 멈추지 않고 타닥, 타닥, 소리를 내며 걸어온다.

"……너희도 참 끈질기네. 남을 괴롭히는 게 그렇게 재미있어?"

질렸다는 듯한 남자의 목소리가 뒷골목에 울려 퍼진다. 고개를 숙이고 있어 보이지 않는 그 표정에는 대체 어떤 생각이 숨어 있는 걸까. 잔잔한 수면처럼 고요하며, 안타까운 마음을 한탄하는 듯도 한데.

돌아서서 그의 모습을 본 거친 말투의 남자가, 눈을 부릅뜬다.

"너는……."

"그때 우리를 방해했던 촌뜨기 씨군요…… 여긴 무슨 일로 왔지요?"

정중한 말투의 남자가 묻자, 거친 말투의 남자가 생각났다는 듯이 입을 열었다.

"아! 그러고 보니 너는 혼수 사건의 범인을 찾고 있다지?"

"그러고 보니 용사와 싸우고 있다고요."

거친 말투의 남자가 턱으로 지시한다.

"이봐, 이 괴물이 그 범인이라고."

"당신이 찾는 범인이라는 자는 이 아이였습니다. 제국을 위해 일하는 척했지만, 대단한 악당이죠."

비웃는 소리가 들려온다. 그에 흑의를 입은 남자는 관심도 없다는 듯이 콧방귀를 뀌며.

"악당? 악당은 너희들인 것 같은데?"

"뭐가 어째?"

"무슨 말인지 모르겠군요. 지금 그게 무슨 말이죠?"

"꼭 들어야 안다니, 중증이네."

"뭐야?!"

"——귀까지 먹은 거야? 정말 너희처럼 도를 넘은 멍청이

들은 어쩔 수가 없구나."

냉철하게 평한 그에게서 적의를 느꼈는지, 마법사들이 자세를 정비했다.

"이봐! 더 이상 다가오지 마라!"

"설마…… 범죄자를 돕기라도 하려고요?"

"그래. 네가 말한 대로, 그 설마야."

그 말에 정중한 말투의 남자는 비웃음을 날리면서 어깨를 움츠린다.

"그렇다면 실패했군요. 조금 전에 주문을 외는 것 같던데, 그때 마법을 짜서 뒤에서 공격했으면 좋았을 텐데요."

"이번에는 두 명이다. 너도 여기서 끝장을 내주지."

두 마법사가 흑의를 입은 남자에게 사형을 선고한다. 그러나 그는 그 선고가 아니라 다른 말이 신경이 쓰였는지, 마치 잘못을 지적하듯 중얼거렸다.

"실패했다……?"

그의 모습이 순간 알 수 없는 공포를 부추긴다. 그와 동시에 난데없이 불어온 바람으로 주변은 순식간에 술렁이기 시작했다.

"뭐……?"

"뭐야?!"

주변의 변화에 당황하는 남자들. 그런 그들에게 알려주듯, 흑의를 입은 남자가 입을 연다.

"……우리가 사는 세계로부터 아득히 먼 곳——극락정토

에는 가릉빈가라고 불리는 인두조신(人頭鳥身)의 생물이 있어. 그 목소리는 묘성조라고 불릴 만큼 아름다워서 은비학에서는 인간이 다음 단계로 전진하기 위한 고차(高次)의 에고를 발산할 때 듣는, 일종의 계시라고 하지."

"야!"

"또 무슨 소리를……!"

"이 마술은 그 공상의 생물인 가릉빈가의 목소리를 이 세계에서 재현한 것. 보통, 고차 에고의 발산은 고위 마술사에게만 일어나는 것이고, 가릉빈가의 목소리를 들을 수 있는 것도 고위 마술사들뿐이지. 그걸 만약 미숙한 마술사가 듣는다면── 자, 어떻게 될 것 같아?"

재촉하는 말투와는 반대로 도발적인 목소리는 아니었다. 어느새 흑의를 입은 남자──스이메이 야카기의 눈동자는 불타오르는 듯한 진홍빛으로 물들어 있었다.

마치 용서하지 못할 적을 응시하듯 강한 분노의 뜻을 품고서.

──Samadhi kalpa devanagarai(그대여 들어라, 방일유순의 끝나지 않는 목소리를).

"젠, 젠장!"

"바람이여! 그대의 유구한 힘으로 진을──."

그 목소리가 문장을 이루어나가자, 마법사들은 위험 수위가 높아졌음을 감지하고 움직이기 시작한다.

그러나, 이미 늦었다.

——그대여 들어라, 방일유순의 끝나지 않는 목소리를.

훨훨 내려앉은 빛줄기가 거대한 비색 마법진을 발치에 그려나간다. 도형에 그치지 않고 문자 기호까지 핏빛으로 발광한다. 그 영향인지 바닥은 검은 그림자에 잠겨, 마치 어두컴컴한 지하에 발을 들인 듯하다. 그 와중에 오직 눈부신 붉은 빛만이 시선을 끌었다.

남자들은 움직이지 못하고 있다. 장소의 이상한 분위기에 한순간 사고마저 정지했다.

그리고.

"——Vahana amanasa samskara buddhi karanda trishna(그대여, 지금 그 몸을 삼계에 따르지 않는 이치로 승화하여 달콤한 목소리의 갈증에 그 몸을 맡겨라)."

네이오브 갈라빈카야(가릉빈가의 감미로운 목소리). 그 건언이 스이메이 야카기의 입에서 해방되었다. 그와 동시에 더욱 강렬한 빛이 넘쳐흘러, 시야를 뒤덮었다.

마치 천지를 분간할 수 없는 빛 속에 떨어진 것처럼. 어느새 흰 빛으로 가득 찬 시야 속에, 거대한 비조와도 같은 빛의 윤곽이 한순간 달콤한 목소리와 함께 날아오르는 모습이 언뜻 보인 것 같기도 했다.

"아……."

빛이 잦아들고 감은 눈을 떴다. 모든 마력을 빼앗기고 바닥에 쓰러진 마법사들이 눈에 들어왔다. 그들이 움직일 기미는 전혀 없다.

즉, 그 비조의 승천과 함께 가진 모든 것을 빼앗긴 것일까.

"……미숙한 마술사에게 너무 이른 복음은 독에 불과해. 하급의 마술사는 고차의 에고가 작용하면, 저차(低次)의 에고인 아욕의 폭주를 억제할 수 없게 돼. 그래서 욕망을 구현시킬 힘인 마력, 그리고 그 수단인 술식 제어가 불가능해지지. 가릉빈가의 달콤한 목소리. 이건 너희들 같은 마술사에게 쓰는 마술이야."

스이메이 야카기는 그렇게 말하며 남자들을 흘끗 바라본다.

"두 번 다시 자신들이 강한 마술사라고, **착각**하지 마. 멍청한 녀석들."

연민이 섞인 탄식 뒤에 두 마술사를 내버려둔 채 걸어온다. 타닥, 타닥, 발소리를 울리며 느긋하고, 대범하게.

이윽고 눈앞에서 걸음을 멈추었다.

"……늦어버렸네."

그 목소리에는 사죄와 안도가 섞여 있었다.

와준 것일까. 다친 몸을 이끌고. 그의 모습에 미안함과 잊고 있던 따스함이 몽글몽글 피어오른다.

흘러나온 한숨에는 알 수 없는 복잡한 감정이 깃들어 있었다. 역시 이 사람은 변하지 않았다. 어둠의 힘으로 다치게 해도, 그를 배반하고 도망쳐도, 이런 괴물 같은 맨얼굴을 보여도, 도우러 와주었다. 기뻤다. 너무나도.

그러나 자신은 가시 돋친 말을 내뱉고 만다.

"……날 잡으러 왔나요?"

그러나 그 말에도 스이메이 야카기는 고개를 저으며.

"아니."

"헌병에게 넘길 거죠? 당신은 사건의 범인을, 붙잡고 싶을 텐데요."

"그런 짓은 안 해."

"그럼 날 죽이러 왔나요?"

스이메이 야카기는 다시 고개를 저었다. 그럴 생각은 없다고.

"그럼 당신은 왜 여기에 온 거죠?"

"데리러 왔어."

그 말에 다시 한숨이 새어 나온다. 예상했던 대로라고. 역시 그는 자신을 도우러 와준 거라고. 그날 밤처럼. 그러나.

"오지 마."

입 밖으로 나온 것은 그런 말이었다.

지금 이 사람의 손을 잡아도 다시 똑같은 일이 반복될 뿐이라고, 마음속의 자신이 속삭였기에.

그럼에도 스이메이 야카기는 다가온다.

"오지 마……."

들러붙는 행복을 뿌리치듯 고개를 가로저으며 머리를 감싸 안았다.

——오지 마. 그래, 그건 거짓말이다. 그저 자신은 변화가 두려운 것이다. 이런 제안을 받아들이면, 더 큰 절망이 닥쳐올 것만 같았기에. 기쁨보다도 자신의 감정을 배반당하는 것이 두려웠다.

그러나 그럼에도 스이메이 야카기는 변함없이.

"리리아나. 여기서 숨어 지내는 것도 편할 거야. 너도 그걸 바랐을 거고. 하지만 말이야——."

주저앉은 자신 앞에 스이메이 야카기가 멈춰 선다. 고개를 들자, 언젠가 자신에게 보여주었던 것처럼 스이메이가 미소를 짓고 있었다.

……이곳에 있는 그의 모습은 한순간의 꿈이 아니다. 다정한 목소리는 죽음의 순간에 듣는 사신의 목소리도 아니다.

"……리리아나. 네가 원했던 것은 이곳에 없어. 그러니까."

그래, 그래서 나는.

"……그러니까 돌아가자. 네가 돌아갈 곳은 이제 누구도 빼앗지 않을 테니까."

행복한 꿈이 전부 썩어 없어지기 전에 이 사람이 내민 손을 잡기로 했다.

★

비가 온다. 뚝, 뚝. 누군가의 눈물에 응답하듯이 떨어지는 빗방울이 길을 적신다. 맑은 마음을 유지할 수 있을 리 없다. 빗방울이 스며들듯이 자신의 마음에도 형용할 수 없는 쓸쓸함이 스며든다.

——늘 생각한다. 어째서 이 세상은 약한 자에게 가혹한 것인가를.

어째서 구원받지 못할 누군가를 돕는 것이 계속 부정당하는 세상인 것인가를. 어째서 그것을 옳다고 여기는 세상인가를.

눈물이 초래하는 것은 슬픔뿐인데. 갈 곳 없는 분노가 초래하는 것은 사라지지 않는 절망뿐인데.

그러나 그런 부조리야말로 이 세상의 이치일지도 모른다. 자신이 하는 일은 그런 이치를 정면으로 부정하는 일이다. 부조리를 거부하고, 마술로 자연의 흐름을 바꾸고, 거스른다.

그것이 섭리에 반하는 일, 용납되지 않는 일임을 안다. 그것은 아버지의 말로를 생각하면 저절로 알 수 있다.

자신도 가족을 잃었다. 그러나 지금까지 줄곧 배척당해온 리리아나의 슬픔에는 비할 바가 아니다. 그녀를 구해주고 싶다는 마음은 그저 축복받은 자의 교만에 지나지 않는다.

그러나 조금이라도, 아주 조금만이라도, 이 슬픔은. 적어도 이 고독만은 거둬주고 싶었다.

품 안에서 흐느끼는 소녀. 지금껏 참아왔던 눈물을, 슬픔의 절규를, 가슴이 터질듯 하늘을 향해 쏟아낸다. 아직 어린 그녀에게 불행을 받아들일 이유가 어디에 있을까. 누구나가 가진 것을 갖지 못하고, 고통만을 저주처럼 안고 살아왔다.

그럼에도 가슴속의 다정함은 잃지 않았다. 그래서 누군가를 위해 악행을 저지른 것이다.

그런 그녀에게 도대체 무엇이 악행을 부추겼는지 지금으로서는 알 수 없다. 그러나.

"……울어. 울고 싶을 땐 실컷 울면 돼. 다 울면, 맛있는 걸 잔뜩 먹고 자는 거야. 그러면 싫은 기억들은 전부 잊혀져."

비가 쏟아지는 하늘을 향해 나지막이 말한다. 꼭 안겨 오는 소녀의 머리를 부드럽게 쓰다듬는다. 소중한 존재를 다루듯이. 이 순간만이라도 평안할 수 있도록.

……어쩌면 자신은 이곳에, **너무 늦게 온 건지도 모른다.** 좀 더 빨리, 이 세계로 소환된 것보다 더 빨리 그녀를 만나러 왔다면, 다른 결말을 맞았을지도 모른다. 어차피 부질없는 이야기지만.

그러나, 그럼에도.

"아직 늦지 않았어. 왜냐면 내 마술은 그러기 위해서 있는 거니까……."

★

기분 좋은 온기에 감싸인 채 리리아나는 눈을 떴다.

짧은 잠에서 깨어난 것도 잠시 아직 멍한 상태로 상체를 일으킨다. 어느 방의 침대에서 잠이 들었던 모양이다. 기분 좋은 감촉의 새하얀 침대 커버를 꼭 끌어안으며 주위를 둘러본다. 보풀이 인 싸구려 밤색 카펫에 검소한 목제 가구. 본 적이 있다는 것을 깨닫지만, 머릿속에 안개가 낀 것처럼 정확히 떠오르지 않는다. 짧은 수면 뒤의 나른함 속에 중얼거린다.

"여긴……?"

"——깼어?"

앳되지만 씩씩한 목소리가 울려 퍼진다. 근처에서 작업 중이었을까. 붉은 머리의 소녀가 복도에서 얼굴을 내밀었다. 그 얼굴도 본 적이 있지만, 일치하는 이름이 생각나지 않는다.

"당신은……?"

"엥? 아직 잠이 덜 깬 거야? 쉬기 전에 인사했잖아."

"아……."

두 팔을 허리에 얹는 소녀——레피르 그라키스의 말에 모든 기억이 되살아났다. 그래, 스이메이 야카기가 자신을 집으로 데리고 온 것이다.

그리고 이전에 검문소에서 만난 레피르 그라키스와 재회하고, 소동이 있었던 그날 밤, 한 번 얼굴을 본 아스텔 왕국의 마법사, 페르메니아 스팅레이와도 만났다. 그 뒤, 모처럼 제대로 된 식사를 하고, 이 침대 방으로 안내받고——잠이 들었다.

모든 것이 떠오르자마자 오른쪽 눈을 더듬는다. 평소처럼 오른쪽의 시야가 차단되어 있었기에 위화감을 느끼지 못했는데, 다른 안대가 채워져 있었다.

부르르, 전신이 떨린다. 쫓기던 때와 현재의 차이를 절실히 깨닫는 데서 오는 공포 때문이었다. 묘한 감정으로 떨림이 멈추지 않는다. 어쩌면 이곳에 존재하는 것이, 지금까지 일어난 일이 전부 꿈이라면. 그런 공포가 이리 온, 이리 온, 하고 손짓했다.

이 현실이 달아나지 않도록 침대 커버를 끌어당겨 몸을 꼭 끌어안자, 레피르가 어깨에 손을 얹었다. 고개를 들자 부드러운 표정이 있다.

"리리아나."

"……뭐지?"

"스이메이를 불러올 테니까 잠시만 기다려."

어깨를 톡톡, 부드럽게 두드리는 레피르 그라키스. 두려워하는 것을 꿰뚫어 본 것일까. 공포여 사라져라, 하고 말하듯 미소를 짓더니 그녀는 방을 나갔다.

★

머지않아 레피르가 스이메이와 페르메니아를 방으로 데리고 왔다. 각자 준비된 의자에 앉는 것을 본 뒤, 스이메이가 가까이 다가와 얼굴을 들여다본다. 무언가를 확인하듯이 무례하지 않은 시선. 이윽고 굳어 있던 표정이 부드러워졌다.

"안정이 된 것 같네."

"네, 덕분에요."

고마움을 전하며 머리를 숙이자, 스이메이가 아무것도 없는 장소에서 컵을 꺼낸다.

"뭐 좀 마실래?"

"아뇨, 괜찮아요."

"그래."

그렇게 말하며 그는 컵을 없앴다. 스이메이의 표정이 진지한 빛을 띤다.

"그럼 빠르지만, 말해줬으면 하는 게 있어."

"사건 말이군요."

무엇인지 물을 필요는 없다. 이미 들킨 일이다.

그러나 알면서도, 입 밖으로 꺼내자 몸이 굳어졌다. 말하면 쫓겨나지는 않을까. 그런 걱정이 마음을 어지럽혔다.

그런 마음을 눈치챘는지 스이메이가 안심시키듯 부드러운 미소를 짓는다.

"쫓아내거나 하지 않아. 무엇보다 지금까지 했던 말을 생각해보면, 이치에 안 맞는 일을 했다고는 생각되지 않아."

"……네."

"자, 말해줘."

"나는."

스이메이의 말을 듣고 안도했지만, 문득 스이메이를 제외한 두 사람의 안색이 신경 쓰였다. 스이메이는 괜찮다고 했지만 레피르와 페르메니아는 어떻게 생각할까. 그러나 레피르는 진지하게 눈을 감고 팔짱을 끼고 있고, 페르메니아는 미소를 짓고 있다. 나쁘게 생각하지 않는 듯하다.

마음을 굳히고, 입을 뗀다.

"전에도 말했지만, 군 정보부 소속의 로그 잔다이크는 내 양아버지예요. 평민 출신으로, 검술과 마술 실력을 인정받아 지금의 위치까지 올랐지만, 흔히 말하는 벼락출세를 한 사람이라 귀족들에게 배척당했죠."

"그래, 고귀한 태생이 아닌 자는 그게 누가 됐든 비천하다고 여기고 내쫓으려고 하는 건, 흔히 듣는 이야기지."

한심한 녀석들이야, 하고 레피르가 강하게 비판하자, 스이메이가.

"그 마법사 녀석들도 그것과 관계가 있는 거야?"

"네. 그런 괴롭힘은 갈수록 심해졌고, 급기야 대좌님의 직무와 행동에까지 영향을 끼쳤어요. 그걸 지켜볼 수밖에 없어 안타까워하고 있을 때 그 사람이 접촉해왔어요."

——궁지에 몰린 아버지를 구하고 싶지 않느냐고.

"또 하나의, 흑 로브."

"네. 말했다시피 대좌님을 걱정하던 나에게 그 사람의 말은 하늘의 계시와도 같았어요. 위법인 줄 알면서도, 바로 그 사람 말에 따라………… 그 다음은 아는 대로예요. 밤에 대좌님을 방해하는 귀족들을 암마법으로 재운 거예요."

"그게 사건의 경위구나."

스이메이는 납득한 듯 고개를 끄덕였다.

"……대좌님의 힘이 되고 싶었다고 해도, 지금 생각하면 너무 어리석은 짓이었어요."

리리아나는 모든 것을 털어놓고 새삼 일의 중대함을 깨닫는다. 이번 사건은 제국법에 위배되고 말고의 이야기가 아니다. 아무리 상대가 야비한 수를 썼다고 해도, 인간으로서 해서는 안 될 짓을 저질렀다. 스이메이는 팔짱을 낀 채 말이 없었다. 한편 페르메니아는 레피르가 건넨 손수건으로 눈물을 훔쳤다.

잠시 뒤, 스이메이는.

"……뭐, 어쩔 수 없어."

"네?"

"지금까지 한 일은 해선 안 될 일이었다고 분명히 깨달았어…… 아니, 그렇게 생각하는 거지?"

스이메이의 엉뚱한 물음을, 자신 나름대로 해석한 뒤 끄덕인다. 스이메이는 자신의 관자놀이를 톡톡 두드린다.

"리리아나. 사건을 일으킬 때나 그렇지 않을 때도 자신의 행동에 의문을 품은 적은 있지?"

"그다지 없지만, 처음에는 몇 번."

"그때, 이따금이라도, 키 큰 그림자…… 너에게 접촉해 왔던 녀석의 목소리가 들리지 않았어?"

"그 사람의 목소리요? 그러고 보니……."

"역시 짚이는 데가 있구나."

스이메이의 되새기며 떠올려본다. 분명 처음 사건을 일으켰을 때와 도망칠 때, 그 사람의 말이 머릿속에 떠오른 적이 있다. 그러나 그것은 확신 없는 자신을 스스로 질타한 것이다. 물을 만한 것이 아니다.

그렇게 유추하며 바라보자, 그것을 깨달았는지 스이메이가 고개를 가로저었다.

"마법이야. 그 그림자는 리리아나에게 최면을 건 거야."

"……마법?"

"그래."

"아, 아뇨, 그런 일은!"

"기억에 없다고? 그만큼 그자의 실력이 뛰어나다는 거겠지. 실제로 그 목소리를 듣고, 습격을 계속하려는 마음이 강해졌지?"

확신에 찬 물음에 아무런 대답도 할 수 없었다. 이야기를 듣는 사이에 짐작 가는 일이 서서히 떠올랐으므로. 설마 저도 모르게 이용당했다고는 꿈에도 생각하지 않았다.
할 말을 찾지 못하고 있자 스이메이가 머리를 흔든다.
“그러니까 너무 걱정하지 마. 이유가 뭐든 리리아나가 이용당했다는 것에는 변함이 없어.”
“하지만 그 마법은.”
“자는 동안 풀었어. 이제 걱정 안 해도 돼.”
괜찮다는 듯 어깨를 움츠리는 스이메이. 그런 그에게 고마움을 전하자 그는 다시 다음 질문을 던진다.
“로그 대좌의 집에는 돌아가지 않은 거야?”
“네. 어디로 가야 할지 몰랐고, 또 대좌님에게는…… 버려졌으니까요.”
“버려졌다고?”
“도망 중에 만났는데, 책임을 져야 한다고…….”
그 이상은 말할 수 없었다. 침울한 공기가 실내에 번진다. 적의를 드러낸 로그를 대하는 것은 역시 고통스러운 일이었다. 스이메이 일행도 그것을 깨달았는지 표정이 어두워진다.
“말은 한 거야?”
“아뇨. 과정이 어찌됐든 나는 법을 어겼어요. 대좌님은 들어줄 여지가 없다고 판단하셨겠죠.”
그러자 페르메니아가.
“양아버지라도 어쨌든 아버지잖아요?”
“대좌님은 올곧은 분이세요. 범죄를 저지른 저를 용서할 수 없었을 거예요."

그는 그런 사람이다. 나쁜 짓은 용서하지 않는다. 그래서 자신은 그가 제거해야 할 대상이 되었다. 단지 그것뿐인 이야기.

다만 그때, 검을 잡은 로그의 손이 한순간 멈춘 것은――.

"원망은 없어요. 대좌님은 지금까지 저를 지켜주셨으니까요."

키 큰 그림자의 계략에 귀 기울인 자신이 나쁜 것이다. 미워하는 마음 따위 품을 리 없다.

한동안 침묵이 방 안을 가득 채웠지만, 스이메이가 정적을 깼다.

"또 하나, 키 큰 그림자에 대해 묻고 싶어. 그자의 이름이나 특징은 알고 있어?"

"아뇨, 특정할 만한 단서는 아무것도. 그 사람은 검은색 후드가 달린 로브를 입고 있었고, 또 어떤 마법을 써서 정체를 알아보지 못하게 했어요. 그 사람에 대한 정보는 거의 없어요."

그 말을 들은 스이메이는 눈을 감았다. 방금 들은 말을 되새기는 것일까. 무슨 생각을 하는지 알 수 없다. 그 모습이 다시 두려움을 부추겼다.

"저, 앞으로, 전……."

어떻게 하면 좋을까. 역시 나가야 하는 걸까. 그렇게 물으려던 순간, 스이메이가 차분한 표정으로 말했다.

"응? 괜찮아, 여기에 있어."

"정말요? 하지만 나는 범죄자인걸요……."

"그건 아까도 말했지만 네 잘못만은 아니야. 굳이 말하자면 귀족들의 자업자득이고, 그 흑 로브 마법사의 최면도 있었어. 지금 반성하는 것만으로 충분해."

스이메이는 대수롭지 않은 듯 말하며 다리를 꼬았다.

"뭐~, 여기서 지내려면 조건이 있지만."

"……뭘, 하면 되죠?"

"조건이라고 해도 네 그 암마법이야. 더 이상 그걸 쓰지 마…… 아니 그보다, 올바른 사용법을 익혀야겠지."

스이메이의 뜻밖의 제안에 리리아나의 표정이 굳어졌다.

"……왜 그래?"

"좀 더 대단한 조건인 줄 알았거든요."

"그런 거 없어. 뭐야, 대단한 거라니……."

스이메이는 어이없다는 듯한 표정을 지으며 고개를 숙였다. 그런 그에게 아직 풀리지 않은 의문을 던졌다.

"올바른 사용법…… 전에도 그런 말을 했는데, 암마법은 대체 뭐죠? 당신은 알고 있다는 말투였어요."

"그건 저도 궁금해요."

페르메니아 역시 알고 싶은 듯하다. 눈을 반짝이면서 스이메이 쪽으로 몸을 내민다.

"또 스이메이의 난해한 이야기가 시작되는 건가……."

한편 레피르는 마법에는 약한 듯, 괴로운 표정을 지었다.

★

스이메이는 암마법을 설명한다고 했지만, 문득 들어야 할 말이 있다는 것을 떠올린다.

"미안. 깜빡하고 못 물어본 게 있는데, 그것부터 듣고 설명해도 될까?"

"뭔데요?"

"리리아나가 마법을 쓸 때 종종 주문 끝에 덧붙였던 말 말인데, 그건 키 큰 그림자에게 들은 거야?"

그 말에 페르메니아가 생각났다는 듯이 탁, 손뼉을 친다.

"만명!"

"아세요?"

"조금 아는 사람과 인연이 있어서."

그렇게 말하자, 리리아나는.

"네. 어둠의 힘을 증폭시키는 마법이라고, 앞으로 마법을 쓸 때 적극적으로 쓰라고 했어요. 처음에는 반신반의했지만 들은 대로 주문 끝에 붙였더니 암마법이 강해졌어요."

"썼단 말이지. 흠……."

스이메이는 잠시 생각에 잠긴 뒤 중얼거리듯 말했다.

"노미나, 바바라……."

"네?"

"지금, 뭐라고 들렸어?"

난데없는 물음에 리리아나는 고개를 갸웃거린다. 아마도 이런 질문에 무슨 의미가 있는 걸까, 하고 의아하게 생각하는 것이 틀림없다.

시선으로 다시 한 번 대답을 재촉하자, 리리아나는 의아한 표정으로 말한다.

"만명, 이라고 들렸는데요?"

"……리리아나에게는 그렇게 들리는 거지?"

"네."

"그럼 메니아도?"

"……네. 만명이라고."

"역시."

두 사람의 대답을 듣고, 스이메이는 납득했다는 듯이 눈을 감는다.

"그게 왜요?"

"아니, 별거 아니야. 그렇게 중요하지 않으니까――그럼, 암마법 설명으로 넘어갈까."

스이메이는 화제를 전환하여 암마법을 해명하기 시작한다.

"자. 전에 내가 암마법의 근원적 힘은 원한이나 증오라고 말했던 건, 기억하지?"

"네. 그때는, 바로 믿을 수 없었지만요."

"하지만 그건 틀림없어. 내 아스트랄 보디의 소모나 리리아나의 피부와 눈의 변질만 봐도 알 수 있어."

스이메이는 그렇게 서두처럼 말하고서는 잠시 생각에 잠긴 듯 고개를 숙인다. 할 말을 정리하는 걸까. 이윽고 입을 연다.

“좀 다른 얘기지만, 먼저 이 세계의 마법에 대한 내 생각부터 이야기할게. 이 세계의 마법은 이 세계의 둘레를 엘리멘트라는 개념이 둘러싸고 있어서 쓸 수 있는 거라고 생각해.”

“이 세계의, 둘레요?”

“그래, 모두가 상상하는 이 세계의 형상은 경계가 없는 구체든 구부러진 안장이든 평평한 널판이든 뭐든 상관없지만…… 그 외부에 엘리멘트라는 넓은 개념이 둘러싸듯 존재하고 있고, 그 안에 좁은 개념인 불, 물 같은 엘리멘트가 존재하고 있어. 이 세계의 마법사는 일단 그 엘리멘트에 마력을 보내서, 속성과 일부 술식을 제공받는 시스템――방식을 취하고 있어…… 뭐, 사용하는 사람은 의식하지 않겠지만 말이야.”

“분명 마법은 엘리멘트를 통해 행사하는 거라고 배웠지만, 그렇게까지 상세히는 해명되어 있지 않아요.”

페르메니아의 말에 스이메이는 “그렇지” 하고 수긍한다. 거기까지 해명되어 있다면, 암마법이 어떤 것인지는 이미 알고 있을 터다.

어쨌든.

“장단점에 대해서는 새삼 말할 것도 없지만――일부 술식의 불명화, 술을 장악할 수 없는 등의 폐해는 존재해. 하지만 편리한 방식이기는 하지. 암마법은 그 개념 안에 섞여 있는 즉, 원한 같은 힘을 추출한 거야."

난데없는 이야기에 리리아나가 눈썹을 찌푸린다.

"잠깐만요. 왜 그런 게, 엘리멘트 안에 섞여 있는 거죠?"

"나도 잘 이해가 안 돼. 스이메이가 방금 마법은 엘리멘트를 통해 행사한다고 했어. 그런데 어째서 그런 게 마법과 관련이 있는 거야?"

"그건, 처음에 이 마술 체계를 만든 사람의 뜻에 따르는 거니까. 우선 리리아나의 질문부터 대답할게."

스이메이의 말에 두 사람은 고개를 끄덕인다.

"즉 여기서 말하는 누군가나 무언가를 증오하는 마음은, 인간이 존재하는 한 생기게 마련이고, 또 사라지지 않아. 인간이라면 누구나 질투나 미워하는 마음을 버리지 못하니까. 당연히 인구수가 늘면 늘수록 그런 마음도 많아지게 돼. 그리고 마침내 세계라는 하나의 상자가 가득 차게 되는 거지."

"그렇게 되면 도대체 이 세계는 어떻게 되는 거예요?"

"글쎄. ……내가 있던 세계가 이미 그래. 과학의 발전으로 의료 기술이 급격히 진보하고, 그에 따라 인구가 증가했어. 그래서 풀리지 못한 원한이 곳곳에 쌓였고, 이상한 현상들이 일어나게 됐어. 간단히 말해 그런 게 쌓이면 세계가 이상해지는 거야."

스이메이는 "그런 거야"라고 말한 뒤, 다시 말하기 시작한다.

"몸에 이상이 생기면 누구나 그것을 제거하고 싶어 해. 그건 세계라는 큰 개념도 마찬가지지. 그러니까 세계는 늘 그걸 외부로 배출하려고 해. 그렇게 배출된 것이 엘리멘트가 존재하는 장소에 고여서 축적된 것 같아."

"하지만 스이메이 님. 그런 거라면 그건 엘리멘트와 똑같은 힘이 아닌 거잖아요."

"하지만 마법으로서는 성립해. 엘리멘트가 없어도 절차만 제대로 갖추어지면, 그것을 힘의 원천으로 하는 술은 만들어낼 수 있는 거니까."

"아……."

"——최초로 이 세계의 마법 개념을 만든 자가 어떻게 엘리멘트라는 개념을 깨달았는지는, 지금 이야기에서 제외할게. 그 사람은 엘리멘트라는 넓은 개념을 불, 물, 바람 같은 좁은 개념으로 나누었어. 그렇게 함으로써 한정된 힘을 불러낼 수 있게 하고, 마법 행사에 필요한 번잡한 절차를 간소화하려고 했을 거야. 그리고 그 개념을 좁히고, 특정해가는 과정 중에, 이른바 어둠의 힘으로 불리는 개념을 발견한 거야. 그건 증오나 원한이고, 힘으로 구현한다면 검고 기분 나쁜 것이 되겠지. 그건 자연히 밤의 어둠을 연상시켜. 그 사람도 마찬가지로 어둠을 떠올렸을 거야. 강한 힘의 매력에 이끌렸는지 어쨌는지는 몰라도, 손을 댄 것 자체가 잘못이었는지도 몰라."

"……스이메이가 한 말을 요약하면, 최초로 이 마법을 만든 사람이 증오나 원한의 힘을 엘리멘트로 착각해서 암마법이 생겼다는 건가.”

“그래.”

“……그게, 내가 썼던 힘의 정체예요?”

눈을 내리뜨며 말하는 리리아나에게 스이메이는 고개를 끄덕인다. 그러자 리리아나는 그 호박색 눈동자에 근심을 담아.

“그럼, 그 기분 나쁜 생물은, 뭐였죠?”

침대 커버를 말아 쥔 그녀를 겁에 질리 게 한 것은 그날 밤 나타났던 존재일까.

“죄 많은 형상 말이네. 그건 은비학에서 말하는 아스트로소스(불길한 자)와 같은 뜻이야. 응축된 원한이 그 아스트로소스와 같은 농도가 되었을 때 외각 세계에 있는 아소마토우스(무형상)라는 개념이 닮은꼴 관계에 있는 죄 많은 형상을 세계에 투사한 거야.”

그날 밤은 리리아나의 암마법이 폭주한 탓에 원한이 짙어졌다. 그 때문에 현계하고 만 것이다.

그때 리리아나가 움직일 수 없게 된 것도 죄 많은 형상이 원인이다. 보통 정령, 사령이 인간에게 영향을 끼칠 때는 세 가지 상태 중 하나를 취한다. 일반적으로 잘 알려진 것이 대상의 내부에 영향을 미치는 포제션(빙의). 다른 하나가 스이메이가 라쟈스에게 아브라크아드하브라를 가했을 때 사용한 성 수호천사의 하프 포제션(반빙의). 그리고 그날 밤 리리아나를 괴롭힌 것이 신비적 존재가 외부에서 간섭한 『옵세션』이라고 불리는 상태다.

사악한 존재가 외부로부터 영향을 끼쳐 정신이 소모되는 것이다.

스이메이가 거기까지 설명하자.

"……뭔가 갑자기, 어려워졌어요."

"……스이메이 님은 설명에 불이 붙으면 어려운 단어를 쓰기 시작하세요."

"……처음에는 알기 쉽게 예를 들어줘서 괜찮았는데. 이런 식이면, 난 포기."

그렇게 세 사람이 소곤대는 소리도 듣지 못할 만큼 스이메이는 설명에 열을 올리고 있다.

이윽고 대강 설명을 끝낸 그는.

"그렇게 된 거야."

"대충은, 알 것 같아요."

만족한 듯 끄덕인 스이메이는 한 호흡을 쉰 뒤 시선을 맞춘다. 그것은 장난기라고는 전혀 없는 진지한 눈빛. 그에 리리아나도 앉은 자세를 바로하고 바라보았다.

"……내가 마술의 기초를 가르쳐주면, 어둠에 사로잡히지 않고 마술을 쓸 수 있어. 그걸 익히면, 마음속에 있는 어둠 때문에 몸을 괴롭히지 않아도 돼. 어때?"

그 제안에 리리아나가 무의식적으로 입을 연 것은 어째서 그렇게까지 해주는 것이냐고 묻고 싶어서였다. 그리고 그렇게 묻는 것을 포기한 것은 자신을 참견쟁이라고 말했던 것이 떠올랐기 때문이다.

"네, 잘 부탁드려요."

스이메이가 내민 손에 리리아나의 손이 포개진다.

스이메이 일행에 또 한 명의 동지가 합류한 순간이었다.

제3장 박명, 춤추다

성청 엘 메이데에서 소환된 용사 엘리어트 오스틴의 퍼레이드가 코앞으로 다가와 제도는 전에 없이 번잡했다.

성대하게 치러질 것이라는 용사 알현 행사에 주민들의 흥분도 나날이 더해가고, 용사를 보기 위해 제국 안팎에서 제도로 모여드는 관광객들이 줄을 이었다. 제도 안에 있는 숙소만으로는 감당하지 못할 만큼 엄청난 인파로, 성문 바깥에 있는 싸구려 여인숙마저 행사 기간 중에는 체류와 예약으로 가득 차 있었다.

한편 그 번잡함에 맞춰 상업도 활발해졌다. 길가의 가게들은 일제히 특별한 장식을 하고 그 어느 때보다 휘황찬란한 거리를 연출했다. 하루 사이에 모르는 가게가 생길 정도였다.

그런 즉석 가게를 세우는 일에 동원된 것은 목수뿐만 아니라 드워프도 마찬가지였다. 그들의 활약은 평소 이상으로 대단했다. 가게의 세공부터 목공 작업, 용사 소환에 자극을 받은 전사들의 무기 제작에 이르기까지 요 며칠은 엉덩이를 붙일 새도 없이 분주했다.

평소라면 장사는 취미라고 말하며 적당히 일하는 수인조차 이 기간만큼은 부지런을 떤다.

마치 사건에 대해서는 까맣게 잊은 듯하다. 최근 들어 사건이 발생하지 않는 것도 이유 중 하나겠지만, 어쨌든.

이날, 레피르는 평소보다 번잡한 제도를 혼자 걷고 있었다.

당연히 놀러 나온 것은 아니고, 장을 보러 나온 것이다.

광장에서 스이메이와 페르메니아가 그라체라와 분쟁을 벌인 뒤였기에 대놓고 바깥출입을 하는 것은 꺼려지는 상황이었다. 그런 이유로 정보 수집, 장보기는 레피르의 차지가 되었다.

그날의 일로 스이메이 일행에게 수배가 떨어지거나 헌병이 찾아오는 일은 없었지만, 어느 정도 잠잠해질 때까지 조심하기로 했다.

레피르는 식재와 물건으로 가득 찬 장바구니를 껴안고서 인파를 헤쳐 나갔다. 번잡한 길을 피해 골목에서 한숨 돌리기로 한다.

"휴우……."

짐을 내려놓고 어깨와 허리를 돌리면서 몸을 푼다. 크란트 시에서 산 하늘거리는 원피스가 더러워지지는 않았는지 확인하고, 붉은 머리를 묶은 리본을 꽉 조여 정돈했다. 그리고 그 푸른 눈동자로 여전히 북새통을 이룬 도로를 바라본다.

최근 들어 많은 일들이 일었다. 여신의 신탁, 리리아나를 설득하러 갔던 스이메이가 큰 부상을 입고 돌아왔던 일, 그 부상을 무릅쓴 그라체라와의 싸움, 그리고 리리아나를 보호하게 된 것까지.

"스이메이도 힘들게 되었네……."

무리하지 말라고 했지만 스이메이는 끝까지 뜻을 굽히지 않았다. 자신이 해야 할 일이라며 어려운 길로 돌진했다. 그러나 그것은 그것대로 스이메이다운 일이었다. 그가 그런 사람이 아니었다면, 자신은 이렇게 걷고 있지 못할 테니까.

한숨을 내쉬었지만, 어느새 얼굴에는 미소가 번졌다.

"그건 그렇고 사람이 진짜 많네……."

슬슬 돌아가려고 짐을 다시 끌어안으며 길 쪽을 돌아본다. 거리가 있어 인파는 보이지 않지만, 소음은 전해진다. 다시 그 안에 섞이면 고생할 것이 뻔했다.

역시 뒷골목으로 가는 게 좋겠다고 생각하고 뒤돌아선 순간, 누군가와 부딪혔다.

"——앗, 실례."

"괘, 괜찮아, 꼬마 아가씨."

재빨리 사과하자, 다정한 목소리가 위에서 들려왔다. 남성의 목소리. 그러나 그 목소리에서는 흥분, 아니, 어딘가 냉정을 잃은 듯한 감정이 느껴졌다.

레피르가 얼굴을 들자, 그 남자는 희열을 감출 수 없다는 듯 경련을 일으키며 웃고 있었다. 그 모습에 정체를 알 수 없는 한기를 느끼고 뒷걸음질 친다. 그리고 결심한 뒤 말을 꺼낸다.

"……미안한데, 좀 비켜주면 좋겠는데."

"미안. 근데, 그럴 순 없어."

"뭐? 뭐가 그럴 순 없다는 거야——?! 당신, 뭐야?!"

눈앞에 있는 남자의 행동에 고함을 내지른다. 길을 막아선 남자는 손을 기분 나쁘게 움직였다. 붕붕, 소리가 날 것만 같은 불쾌한 손짓.

"헤헷, 오빠랑 같이 놀래?"

"오빠……? 어딜 봐서 오빠야! 아저씨잖아!"

"무슨 그런 섭섭한 소릴, 이래 봬도 아직 삼십 대 후반……."

"충분히 아저씨의 범주에 들어가는 나이야!"

레피르는 폴짝 뛰어 뒤로 물러난다.

"자, 오빠랑 같이 저쪽에서 놀자, 으헤헤헤……."

남자의 눈빛은 심상치 않았다. 최근 제도에 자주 출몰한다는 소문의 로리콤(소아성애자)일까.

'으으…… 어떡하지? 위험해…….'

원래의 모습이었다면 지금 상황은 말도 안 된다. 군중을 피해 이곳으로 들어온 것이 잘못이었다. 설마 이런 곳에 군중보다 위험한 존재가 있을 줄이야. 소리를 지르면 누군가가 눈치채고 와줄까. 그러나 골목으로 들어와버렸기에 고함이 저 북새통의 소음 속에 묻힐 것을 생각하면 누군가가 와줄 가능성은 거의 없다.

그러나 아무것도 하지 않는 것보다는 낫지 않을까. 그렇게 생각하는 사이에도 서서히 다가오는 남자.

"——저리 가! 가까이 오지 마!"

"헤헤, 자, 그러지 말고……."

이렇게 된 이상 짐을 던지고 그 틈에 도망치기로 한다.

작아진 것을 원망하면서 자세를 잡는데.

"잠깐!"

기막힌 타이밍에 용맹스러운 목소리가 울려 퍼졌다.

모 테마파크의 주말 공휴일과 같은 북새통을 빠져나와, 미즈키는 무릎에 손을 얹고 이마에 흘러내리는 땀을 닦아내면서 말한다.

"어마어마하네~."

그 뒤에는 마찬가지로 엄청난 사람들의 열기에 지친 레이지 일행이 있었다.

레이지는 미즈키에게 "그러게" 하고 힘없이 맞장구친다. 한편 티타니아는 적당한 나무 상자에 걸터앉아 수행 기사에게 건네받은 수건으로 이마에 송글송글 맺힌 땀을 닦았다.

이날, 제도에 도착한 레이지 일행은 제도의 엄청난 인파와 그로 인한 숨 막히는 열기에 기진맥진한 상태였다. 관광객과 상인, 구세교회 신자들로 가득 차 쉬어갈 만한 장소가 없다. 휘황찬란한 장식이 눈을 어지럽혀서인지 미즈키의 긴 흑발이 어쩐지 마음의 위안이 되었다.

레이지는 조각구름 사이로 비치는 태양을, 이마에 손을

붙인 채 올려다본다. 제도에 들어오기 전까지는 날씨가 좋다고 기뻐했는데, 지금은 오히려 원망스럽다. 문득 시야 끝에 푸른 머리카락이 보였다. 어느새 옆에 와 있는 티타니아가 미즈키처럼 학을 떼며 말한다.

"이것도 성청에서 소환된 용사님의 퍼레이드 때문이겠죠."

"퍼레이드는 아직 며칠 더 남았잖아? 당일에는 도대체 어떻게 된다는 거야……."

미즈키의 말이 모두의 얼굴을 질리게 만든다. 누구도 그런 모습은 생각하고 싶지 않았다.

그러나 그보다 당장 중대한 문제가 자신들 앞에 놓여 있었다.

"결국, 오늘 숙소를 못 잡았네."

"맞아. 우~웅, 어떡하지?"

"숙소라면, 구세교회에 말하면 정중히 대접해주지 않을까요? 용사인 레이지 님이 있으니."

"그래! 그 방법이 있었어! 티아, 굿 아이디어!"

미즈키는 엄지를 세우며 기뻐했지만, 레이지는 고개를 가로저었다.

"그건 관두자."

"응? 왜, 왜? 레이지?"

"내 이름을 대면 제국에 있다고 소문이 나서 돌아다니기 힘들 테니까."

"확실히 구세교회 신자들의 입을 타고 퍼질 가능성도 있네요. 거리에서는 사람들이 몰려들 거고, 성청의 용사처럼 퍼레이드에도 동원되겠죠. 헌금을 내는 것도 걷히는 것도 좋아하는 분들이 많이 계시니까요."

"헌금은 어떨지 모르지만……."

레이지는 수긍한다. 어쨌든 자신의 존재가 알려지면, 제국에서 자유롭게 다니지 못한다. 그도 그럴 것이 공식적으로는 라자스를 쓰러뜨린 것으로 되어 있다. 그것이 대대적으로 퍼진 탓에 크란트 시에서는 숙소에 틀어박혀 지내야 했다. 그 일을 떠올리면 앞일이 어떻게 될지는 불 보듯 뻔하다.

더욱이 제국에 온 이유는 그라체라의 동향을 견제하기 위한 것. 자신의 존재가 알려지면 시끄러워질 것이다. 하드리어스가 지시한 것처럼 일단은 그런 움직임을 취할 필요가 있다.

개인적으로 그라체라라는 인물이 궁금한 것도 있지만——

"히잉~. 그럼 노숙이라도 하자고? 모처럼 대도시에 왔는데 노숙은 싫단 말이야~."

평소답지 않게 미즈키가 웬일로 발을 구르며 떼를 쓴다. 여정 중 어쩔 수 없는 상황이 아니라면 노숙을 할 일은 별로 없다. 이런 대도시에서 노숙하는 것도 납득하기 힘들 것이다.

"쉴 때는 제대로 된 곳에서다 쉬어야 몸에 탈이 없어요. 숙소를 잡는 편이 좋을 것 같아요."

“그렇지. 어떻게 할까…….”

휴식, 임무. 둘 다 중요하다. 그러나 지금 상황에서 두 조건을 충족시킬 방안은 없다.

“그럼 외부에 있는 숙소는? 거기라면 혹시…….”

미즈키의 말에 수행 기사로는 연장자인 그레고리가 투박한 얼굴을 더욱 찌푸린다.

“아니오, 미즈키 님. 그건 안 됩니다. 도시 밖 숙소에 빈 방이 있다고 해도, 그런 싸구려 여인숙은 노숙보다 형편없습니다. 미즈키 님과 공주 전하께서 지내시기에는 적당하지 않습니다.”

“그, 그렇군요…….”

이 애비는 용납 못 한다. 그런 대사가 떠오르는 그레고리의 박력에 미즈키는 얌전히 수긍한다. 그때 젊은 수행 기사 로프리가.

“도시 안에도 공주 전하와 레이지 님, 미즈키 님 세 분 정도라면 묶을 곳이 있을 겁니다.”

“우리들 셋이라니, 그럼 로프리 씨와 다른 기사들의 숙소는…….”

“아뇨, 저희들은 걱정하지 마십시오. 우선은 용사님, 공주 전하, 미즈키 님이 먼저입니다.”

로프리와 마찬가지로 루카도 말한다. 그러나 그것은 레이지의 마음이 용납하지 않는다.

“흐음. 역시 어느 정도 귀찮아질 걸 감수하고, 교회로 가는 게 좋을까——.”

그런 식으로 앞으로의 결정과 그로 인한 파장에 대해서 머리를 맞대고 고민한다. 그때 갑자기 근처에서 소녀의 고함 소리가 들려왔다.

“——저리 가! 가까이 오지 마!”

“레이지 님.”

“근처야. 가보자.”

소리가 난 쪽을 향해 레이지가 앞장선다. 아무래도 위험한 냄새가 나는 듯하다. 모퉁이를 돌자 심상치 않은 분위기를 풍기는 남자가 어린 소녀에게 바짝 다가서고 있었다.

“레, 레이지. 저거.”

“응. 알아.”

레이지는 순간적으로 심상치 않는 상황——남자가 소녀를 덮치려 하는 것이라고 판단하고, 제지에 나선다.

늠름한 표정으로 뛰어가는 레이지를 보고, 티타니아는 상기된 표정을 지었다.

“역시 레이지 님이세요. 미즈키, 봤어요? 악을 용서치 않겠다는 늠름한 표정을 말이에요.”

“난 레이지의 저런 모습은 익숙해~.”

가슴을 펴고 득의양양한 얼굴로 말하는 미즈키를 티타니아는 부러움과 원망의 눈으로 바라본다.

"……미즈키, 치사해요."

한편 레이지는 이미 남자와 소녀의 사이에 서 있었다.

"뭐, 뭐얏, 넌?!"

"몰라도 돼. 지금 당장 그 아이한테서 떨어져. 안 그러면……."

레이지는 날카로운 눈빛으로 남자를 위협한다. 애처로운 목소리로 쩔쩔매는 남자를 향해 레이지는 굳히기라는 듯이 서서히 검을 빼는 시늉을 한다.

"히, 히이이이이이이익!"

이 세계로 소환되어 마족과 마물을 상대해온 레이지 앞에서 고작 유괴범 따위가 버틸 수 있을 리 없다. 근성에 졌다느니 하는 말조차 필요 없을 속도로 남자는 그대로 줄행랑을 쳤다.

"진짜, 멀쩡한 어른이 이런 짓을 하다니……."

레이지가 한탄스럽다는 듯이 한숨을 쉰 뒤 뒤돌아보자, 소녀가 머리를 숙였다.

"도와줘서 고마워."

"뭘. 그것보다 너는 괜찮니? 무슨 짓을 당했어?"

"괜찮아. 소리 질렀더니, 그쪽이 바로 와줬으니까."

레이지는 소녀와 그런 대화를 주고받는다.

깔끔하게 빗은 붉은 머리카락과 나란히 난 두 개의 눈물점이 눈에 띄는 소녀. 남자가 유괴하려고 했던 이유를 알 만큼 귀엽지만, 자세히 보니 몸짓과 눈동자에서 씩씩한 인상이 느껴진다.

레이지가 그런 생각을 하고 있는데, 문득 소녀가 남자가 도망친 쪽을 바라본다.

"도움을 받고 이런 말을 하는 것도 좀 그렇지만, 방법이 좀 난폭했던 거 아니야?"

"입씨름에 어울려주는 사이에 일을 그르치면 큰일이니까. 조금 거칠더라도 그게 최선이야."

"그래 하긴, 그렇지."

납득한 것일까. 저런 부류는 대화가 통하지 않는다. 섣불리 평화적인 해결을 시도하면 오히려 일이 꼬인다.

뒤늦게 미즈키 일행이 뒤에서 걸어왔다.

"저런 인간은 어딜 가나 있구나……."

"흔히 말하는 소아성애자죠. 저쪽 세계에도 저런 자들이 있나요?"

"응, 종종 체포당해서 뉴스에 나오곤 해."

미즈키와 티타니아가 질린 목소리로 대화하는 것이 들린다.

한편 눈앞에 선 소녀가 이름을 댔다.

"내 이름은 레피르 그라키스. 다시 한 번, 아까는 고마웠어. 괜찮다면 이름을 물어봐도 될까?"

"이름을 밝히 정도의 사람도 아니야…… 라고 말하고 사라지는 건, 너무 재수 없지? 내 이름은 레이지 샤나."

레이지가 그렇게 말하자 소녀, 레피르는 별안간 눈썹을

찌푸린다. 그리고.

"레이지 샤나……? ——설마 스이메이의 친구……."

"응?"

"엥?"

"스이메이라니…… 너, 스이메이를 알아?!"

레이지의 물음에 레피르는 수긍한다. 그녀의 말을 레이지와 함께 듣고 있던 미즈키 일행이 그의 양옆으로 얼굴을 내밀었다.

레이지의 도움으로 납치 위기를 모면한 레피르는 그들을 데리고 집 근처까지 와 있었다. 레이지 일행이 스이메이의 지인이라는 것을 알았기에, 지금은 그들을 만나게 해주려고 집으로 안내하고 있다.

"——그럼 레피르는 스이메이와 함께 제국에 왔구나."

"응, 맞아."

"어라? 하지만 레피르. 그때라면 아직 그 근처에 마족이 있었을 텐데?"

미즈키가 던진 의문에 레피르는 어쩔 수 없이 대충 얼버무린다.

"아, 으응. 운 좋게 도망쳤어. 크란트 시까지 도망쳐서, 네페리아에 온 거야."

“그랬구나~. 어쩌면 어딘가에서 마주쳤을 수도 있겠다.”
“입시 명부 확인까지는 안 했으니까요. 스이메이는 아직 크란트 시에 도착하지 않았을 거라고만 생각했으니, 그게 맹점이었어요.”
티타니아가 실책한 것에 대해서 머리를 감싸 쥔다. 그 옆에서 미즈키는 묵은 걱정이 사라졌다는 듯이 밝은 표정으로 안도의 한숨의 내쉰다.
“그래도 다행이야. 스이메이가 무사해서.”
“응, 정말. 여전히 악운이 강하달까…….”
“정말, ‘나는 위험한 건 사양이야!’라고 말한 주제에 뭘 하는 거야.”
“하지만 그것도 항상 그랬잖아. 처음에는 투덜대지만 결국 마지막엔 참여하는 거.”
“그건 그러네.”
레이지와 미즈키는 진심으로 스이메이의 무사를 기뻐하며 그의 인품에 대해서 이야기했다. 그러자 레피르도 공감하는 부분이 있다는 듯이 미소 지었다.
“허물없는 친구들이라고 생각했는데 생각했던 그대로네.”
“나는 스이메이와 안 지 4년 정도지만, 레이지는… 5년인가 6년이지?”
그래봤자 1, 2년 차이. 어느 쪽이든 두 사람 모두 죽마고우인 것이다. 스이메이는 츤데레야, 라든가 사람 좋은 성격이야, 라든가 냉정하질 못해, 라든가 결국엔 웃긴 녀석이야, 라든가 그에 대해 이런저런 이야기를 하는 사이에 목적지에 도착했다.

"——도착했어. 여기야."

모퉁이를 돌자 레피르에게는 이미 익숙한 골목이 나타난다. 이전에는 늘 불쾌한 냄새가 났지만 스이메이가 어떤 청소를 한 뒤 지금은 청결하다. 처음과는 몰라보게 깨끗해졌을 뿐만 아니라 의자와 테이블까지 설치해 휴식 공간 같은 분위기가 되었다.

"이런 곳이었군요. 뒷골목으로 가길래 곰팡이도 있고 그럴 줄 알았는데, 예상 밖이에요."

"응, 깔끔해. 이런 곳은 뭔가 음침할 줄 알았는데."

다른 곳과의 경관 차이에 의외라는 듯이 눈을 동그랗게 뜨는 티타니아와 미즈키. 지금까지 어둡고 지저분했던 곳이 단번에 밝아진 것처럼 느껴졌기 때문이리라. 전체적으로 흰 부분은 스이메이가 주위의 벽에 분말 형태의 석고를 칠했기 때문이다. 집 주변이 너무 지저분하면 좋은 기운이 들어오지 않는다고 하면서.

바깥에 놓인 의자와 테이블에도 녹이 슬지 않도록 마술을 걸어둔 것 같다. 자신의 생활 범위는 철저히 손을 봐야 직성이 풀리는 성격이다.

집 앞까지 와서 레피르가 문을 연다.

"다녀왔어."

맞으러 나온 것은 앞치마 차림의 페르메니아였다.

"레피르, 어서 와── 어?"

그녀가 보인 반응은 그야말로 의표를 찔린 듯한 반응. 페르메니아는 레피르 뒤에 있는 얼굴들을 보고 몸이 굳었다. 그것은 레이지 일행도 마찬가지였다.

뒤늦게 티타니아가 소리를 지른다.

"백염님?!"

"고, 공주 전하, 용사님, 미즈키 님?! 여긴 어떻게……?"

그렇게 묻던 페르메니아는 재빨리 정신을 차린 뒤 입고 있던 앞치마를 냅다 벗어던진다. 뒤쪽으로 날아가는 앞치마는 신경도 쓰지 않는다. 그러고는 현관 입구에 설치된 전신 거울로 돌아서서 머리카락을, 귀 옆으로 늘어뜨린 갈래머리의 위치를, 얼굴을, 그 외의 여러 가지를 재빠른 동작으로 확인한다. 그러고는 카멜리아 왕궁에 들어갈 때처럼 진지한 표정으로 고개를 숙인다.

"……여러분 모두, 오래간만에 뵙겠습니다."

윗사람에 대한 예를 표한 뒤 페르메니아는 얼굴을 든다. 그리고 호박색 눈동자로 레피르를 바라보며.

"레피르. 어떻게 공주 전하 일행 분들과 함께 온 거예요?"

"이상한 인간을 만났는데 도움을 받았어. 이름을 물었는데 들어본 이름이더라고…… 그렇게 된 거야."

우연…… 이라고 해야 할지 기묘한 인연에 놀란 표정을 짓는 페르메니아. 그런 그녀에게 레이지는 의아하다는 듯이 묻는다.

"선생님, 어떻게 여기 계세요? 선생님은 알마디아우스 폐하의 칙령을 받았잖아요."

"아…… 그렇죠. 자세한 건 들어가서 말씀하세요."

페르메니아가 안쪽으로 안내하자 등 뒤에서 나른한 목소리가 들려온다.

"여어~ 손님이라도 온 거야?"

뒤이어 현관에 나타나는 스이메이. 머지않아 페르메니아의 앞에 있는 레이지 일행을 발견하고, 마치 유령이라도 본 듯 얼빠진 표정을 짓는다.

"응……?"

뒤처진 시간 속에 있는 스이메이에게 저마다 말을 건 내는 세 명.

"오랜만이다, 스이메이."

"야호~, 스이메이."

"오랜만이에요. 스이메이."

세 사람의 인사 뒤에 울려 퍼진 것은 스이메이의 절규였다.

"하아아아아아아아아아아아아아아아아아아아아아아아아아?!"

레이지 일행과 기구한 재회를 이룬 스이메이는 그 만남의

기묘함에 한동안 어안이 벙벙했다가, 그들을 거실로 안내했다.

전원이 테이블에 둘러앉을 수는 없어서, 레이지, 미즈키, 티타니아는 테이블에 앉고, 수행 기사들은 그 뒤에 자리를 마련했다. 페르메니아는 티타니아와 같은 테이블에 앉는 것이 꺼려져 스이메이의 뒤에 대기했다. 레피르는 많은 사람들의 방문으로 불안해하는 리리아나와 함께 소파에 앉았다.

여전히 이들의 예상치 못한 방문에 어안이 벙벙한 스이메이는 일단 모두를 둘러본 뒤 말을 꺼낸다.

"이야~, 설마 레피가 레이지 일행을 데리고 올 줄은 몰랐어……."

"나도 설마 레피르가 스이메이와 아는 사이라고는 생각도 못 했어."

"정말. 사람 인연이 참 신기해."

미즈키가 맞장구치자 스이메이의 얼굴이 돌연 짓궂게 변하더니, 히죽.

"뭐야. 이것도 별들의 인도에 따라…… 뭐 그런 말 하려고?"

"진짜! 만나자마자 뭐라는 거야!"

과거를 들추는 스이메이가 얄미워, 미즈키는 뾰로통해진다. 그 모습을 보며 정다운 듯 미소 짓는 스이메이와 레이지. 물론 다른 사람들은 무슨 영문인지 모른 채 의아해할 뿐이지만.

레이지 옆에 앉은 티타니아도, 스이메이의 뒤에 대기하듯 서 있는 페르메니아에게 말한다.
"크란트 시를 떠난 뒤가 걱정되었는데, 백염님의 임무는 스이메이와 관련 있었군요."
"네. 국왕 폐하께 명을 받고, 미력하나마 스이메이 님을 돕고 있어요."
"역시, 백염님은 책임감이 강하세요."
"네? 아, 아뇨, 그런 게 아니라……."
"또또 겸손하시긴. 백염님은 스이메이를 소환해버린 책임을 지려고 스이메이를 돕겠다고 아버지께 부탁한 거죠? 그게 아니라면 위험을 무릅쓰면서까지 제국에 오지는 않았을 거예요."
티타니아가 이유를 안다는 듯 말하자, 레이지도 "역시 선생님이세요"라고 말하며 동조한다.
자신만만하게 말했지만 상당한 억측이다.
"그때 백염님은 마족군을 괴멸시킨 자가 있는 곳으로 향하는 줄 알았는데…… 예상이 빗나갔네요."
아니라고는 말할 수 없는 둘. 레피르와 페르메니아는 티타니아의 예리한 감을 엿보며 어색한 표정을 짓는다.
"스이메이는 왜 제국에 왔어?"
"돌아갈 방법을 찾고 있어. 그래서 길을 떠난 거고."
"역시. 그래서 성에서 나온 거였어. 그럼, 그 뒤에는?"
"알고 있겠지만, 레피와 함께 상대의 호위를 맡았어. 도중에 상대 사람들과 문제가 생겨서 헤어졌고, 숲을 빠져나와 크란트 시로 간 거야."

"그럼 마족과는?"

"살짝 스친 정도야. 그 후로 여차저차 해서 함께 살게 됐고——."

그런 식으로 수상한 미소와 묘하게 자신만만한 표정을 섞어가며 그럴 듯한 경위를 들려주었다. 레이지 일행은 그것을 진실이라고 믿는 듯하다.

그러나 미즈키가 추궁할 틈을 놓치지 않고.

"……여차저차 귀여운 여자애와 같이 살게 됐다니, 무슨 말이야, 스이메이."

"아, 그래서 그 와중에 메니아가 와서 **마법을 배우고 있는** 거야."

"스이메이 스리슬쩍 넘어 가네……."

미즈키의 추궁을 못 들은 척 넘기고 스이메이는 지체 없이 말을 이어나간다. 그 모습을 뒤에서 지켜보는 페르메니아와 레피르는 자못 의심스러운 표정으로 속삭인다.

"……태연한 얼굴로 잘도 거짓말을 하시네요."

"……그러게, 얼버무리는 데는 도사라고 해야 하나. 칭찬할 만한 일은 아니지만."

물론 그 평가는 감탄이 아니다. 얼굴색 하나 변하지 않고 진지하게 말하는 스이메이를 반쯤 질린 투로 평가하는 두 사람. 사정을 아는 사람에게는 뻔뻔하게 들리지만, 모르는 사람에게는 그럴 듯하게 들리는 모양이다. 어떤 의미로 이것 또한 마술이 아닐지 의심스럽다.

대강 이야기를 마치자, 레이지가 소파에 다소곳이 앉은 리리아나를 바라본다.

"그러고 보니, 저 아이는?"

소개 안 해줄 거야? 라는 질문에 스이메이는 난처한 듯 뒤통수를 긁는다.

"이쪽은…… 사정이 있는데 말이야."

입이 떨어지지 않지만, 말해야만 하는 딜레마. 모두의 시선이 쏠린다. 그러자 리리아나가 먼저 일어나 작게 머리를 숙였다.

"리리아나 잔다이크입니다."

"리리아나구나. ……어라? 리리아나 잔다이크라면 분명……."

레이지는 그 이름을 들어본 적이 있는 듯하다. 천장을 올려다보며 머릿속의 기억 창고에서 부합하는 이름을 찾고 있다.

한창 시끌벅적한 거리에도 수배 이야기는 나돌았던 모양이다.

한편 과연이라고 해야 할지 뛰어난 정보력을 갖춘 티타니아가.

"……제국 십이 우걸 중 한 명이지만, 지금은 지명 수배 중일 거예요."

"그래! 그러고 보니 분명 무슨 사건의 범인이라고 했는데?!"

"스이메이, 그런 아이를 왜 보호하고 있는 거야?"

"……조금 전에 말했잖아? 사정이 있다고."

스이메이는 한숨과 함께 어깨를 움츠리며, 레이지 일행에게 그간의 사정을 이야기하기 시작했다.

★

"그랬구나……."

"뭔가 좀 복잡하다."

스이메이로부터 사건의 개요와 리리아나의 사정을 들은 레이지와 미즈키는 딱한 표정을 지었다. 다른 이들은 모두 안타깝다는 듯이 한숨을 토해냈다.

레피르는 곁에 앉은 리리아나를 위로한다. 그 모습을 바라보며 스이메이가 조용히 고개를 끄덕인다. 로그와의 결별 때문인지 그로부터 줄곧 기운이 없는 리리아나. 마음에 부담을 주는 행동은 하고 싶지 않지만, 설명해야만 한다.

그러자 레이지가 진지한 표정으로 묻는다.

"그래서 리리아나를 어쩔 생각이야?"

"응? 아, 여기서 보호해야지."

"하지만 그런다고 해결될 일이 아니잖아?"

"그렇지. 그래서 지금 목표는 진범을 잡는 거야. 잡은 뒤에는 사정을 설명하고 그 녀석만 넘기면 돼."

"하지만 제국 사람들이 가만히 있을까? 리리아나도 넘기라고 하지 않겠어?"

"뭐, 십중팔구 그러겠지."

레이지의 생각에 동의한다. 아무리 이용당했다고 해도, 범죄에 가담한 사실에는 변함이 없다. 리리아나를 인도하라고 압박받는 것은 상상하기 어렵지 않다. 그러나 리리아나를 맡은 이상 네 여기 있습니다, 하고 건네줄 수는 없다.

"뭐, 그렇게 되면 다 같이 다른 나라로 떠날까?"

이 세계. 국외로 나가면 추격자도 그리 쉽게 따라붙을 수 없을 것이다. 여차하면 다른 나라로 떠나면 된다. 스이메이는 레피르와 페르메니아를 향해 미소 지었다. 페르메니아는 조용히 고개를 끄덕였다. 레피르는 한순간 놀라더니 피식 웃음을 흘렸다.

"정말 느닷없기는."

그때 리리아나가 안색을 바꾸며 일어섰다.

"하, 하지만 그건……."

너무 민폐를 끼치는 일이라고 말하는 듯한 불안한 표정. 그러나 스이메이는 리리아나의 말을 듣기도 전에 밝게 웃어 보인다.

"나는 상관없어. 모두들 싫다면 다른 방법을 생각해보겠지만."

"전 스이메이 님을 보좌하기 위해 여기 있는 것이니, 스이메이 님의 뜻에 따르겠어요."

"나도. 제국에서 사는 것도 좋지만 스이메이를 따라 갈 거야."

"그렇다는데?"

걱정하지 말라고 웃어 보여도, 침울함은 떨쳐낼 수 없었다. 그러나 이미 결정된 일이다. 그 결정에 따르게 할 수밖에 없다. 스이메이는 고개를 돌린다.

"결정 난 것 같은데."

"그래. 응, 알았어."

눈을 감고 기분 좋게 고개를 끄덕이는 레이지. 그리고 고생길이 열린 친구에게 보내는 듯한 애정 어린 미소를 짓는 미즈키.

"스이메이도 레이지 못지않게 좋은 사람이야."

"응? 미즈키 나를 이 녀석과 같이 보지 말라고. 딱히 난 좋은 사람이……."

"헤~ 위험한 건 싫다고 따라오지 않아놓고, 결국엔 자진해서 위험한 일에 뛰어든 초로성 치매 환자는 누굴까~?"

"누, 누굴까……?"

짐짓 시치미를 떼도 당연히 모두의 시선은 한곳으로 집중된다.

"…………."

"그래그래, 나다, 나! 미안하게 됐다!"

부끄럽지만 화도 나는 상황에 반쯤 자포자기. 부끄러움을 감추려는 듯이 큰 소리로 말하는 스이메이. 정곡을 찌른 미즈키에게 소심한 저항밖에 할 수 없다.

스이메이는 바늘방석 같은 상황이었지만 헛기침을 한 뒤 묻는다.

"……그런데 너희들은 왜 제도에 왔어? 분명 자치주로 간다고 했었잖아?"

"……우리도 사정이 있었어."

레이지가 보인 것은 침울한 표정. 걱정에 사로잡힌 듯도 하다.

그때 티타니아가.

"스이메이. 하드리어스 공작에 대해서는 아나요?"

"응, 메니아에게 들었어."

"우리를 함정에 빠뜨린 자라던데."

레피르가 날카로운 목소리로 말한다. 역시 분노의 불꽃은 아직 그 작은 몸 깊은 곳에서 불타고 있는 것일까. 그녀의 목소리에 깃든 분노는 조금도 약해지지 않았다.

머리 숙여 사죄하려는 티타니아를 스이메이는 손으로 막으며 고개를 가로젓는다. 모두들 그렇게 생각하듯 그것은 그녀의 잘못이 아니기 때문이다.

"그 공작 각하가 제도에 가서 그라체라 황녀 전하의 동향을 견제하라고 해서 말이지."

레이지의 입에서 나온 이름에 스이메이의 눈썹이 움찔한다.

“그라체라라면…… 그 녀석인가.”

“스이메이, 아는 거야?”

미즈키의 물음에 스이메이는 괴로운 표정을 짓는다.

“뭐, 조금. ……그건 그렇고, 왜 그 명령을 순순히 따르는데? 용사인 너라면 거부할 수도 있잖아?”

카멜리아에서도 알마디아우스는 레이지를 정중히 대했다. 엘리어트가 제국 황녀인 그라체라에게 불손한 태도를 취했어도, 오히려 그라체라의 수행원의 얼굴이 새파랗게 질렸었다. 용사의 대우와 권한은 일개 귀족보다 훨씬 클 텐데.

“은근히 가족을 인질로 잡고 있다고 협박을 해서.”

“가족?”

가족은 누구를 말하는 것일까. 설마 이세계에서 레이지의 가족에게 손을 뻗을 수 있을 리 없다. 스이메이가 의아한 듯 얼굴을 찌푸리자, 레이지의 뒤에 앉아 있던 기사 중 한 명, 그레고리가 자리에서 일어났다. 그리고 송구하다는 듯 머리를 숙였다.

그것으로 눈치챈 스이메이가 의자에 앉은 채로 몸을 뒤로 젖히며 어이없다는 듯이 말한다.

“뭐야 그 녀석, 완전히 깡패잖아……. 쯧, 조만간 냅다 패러 가줘야지 안 되겠어.”

느긋하게 있다가는 무슨 일을 당할지 모른다. 한번 기회를 틈타 접촉해볼 필요가 있다.

스이메이의 발언에 레이지의 얼굴이 굳어진다.
“스이메이, 하드리어스 공작은 강해. 내 주먹을 받아냈어.”
“그렇다고 그것만으로는 강한지 알 수 없다고.”
“그럼 스이메이, 지금 내 펀치를 막을 수 있어?”
스이메이의 발언에 장난처럼 주먹을 쥐며 웃는 레이지.
스이메이는 그 모습을 그냥 넘기지 않고 두 손을 올려 맞선다.
“나는 평화주의자야. 폭력에는 반대라고.”
“……말은 잘해. 의외로 가차 없는 주제에.”
능청을 떠는 스이메이에게 향한 것은 레이지의 황당하다는 듯한 눈빛. 무슨 말이냐는 듯 어깨를 움츠리며 한숨을 내쉬었다.
그런 레이지의 행동과는 별개로 스이메이는 돌연 진지해져서 눈을 가늘게 뜬다.
“아무리 그래도 그라체라라니…… 그 귀족은 너에게 그런 일을 시켜서 도대체 뭘 알아내려는 걸까.”
“그건 우리도 잘 몰라.”
레이지는 고개를 가로젓는다. 그 부분이 지금까지 의문이라는 듯이. 그런 그에게 스이메이는 지금까지 이야기를 듣고 문득 떠오른 소감을 말한다.
“어쩐지 너를 제도로 보내고 싶어 한 것 같은 느낌이 들어.”
“제도로 보내고 싶어 했다니…… 제도에는 마족도 없는데?”

"그러니까. 그런 용사의 직무와 관계없는 곳, 게다가 동맹국에 사람들의 기운을 북돋으러 가는 것도 아닌데 일부러 용사를 보낼 필요는 없잖아? 그만큼 대단한 사람이면 무관이나 밀정 정도라도 보낼 수 있을 테고, 신경 쓰였다면 진즉에 보냈겠지. 이야기를 들어보면 처음부터 그 하드리어스라는 자는 너를 무슨 수를 써서라도 이곳에 보내고 싶었던 것처럼 보여."

"어째서?"

미즈키의 재빠른 의문에 스이메이는 눈을 감고서.

"흠…… 인질로 협박하면서까지 이곳으로 보냈으니. 보통 일은 아니겠지."

"하지만 하드리어스 공작은 그라체라 황녀 전하의 동향을 견제하라는 말밖에 안 했어. 달리 뭘 하라는 말은 없었는데……."

대화를 하면 할수록 미궁에 빠져드는 듯하다. 레이지의 얼굴도 점점 험악해져간다. 레이지의 말대로 하드리어스가 정말로 레이지를 그라체라의 대항마로 삼고 싶어 한 것이라면, 스이메이는 하드리어스를 무능한 인간이라고 평가할 수밖에 없다. 견제라면 레이지의 분노를 사면서까지 그를 제국에 보낼 필요는 없을 것이므로.

"확실히 하드리어스 공작이 말한 대로 최근 그라체라 황녀 전하는 활발히 움직이고 있어요. 군 권력을 이용해서 주변국을 정책적으로 압박하는 일도 잦고요. 아스텔로서는 그다지 좋은 상황이 아니에요."

티타니아는 꼭 틀리지만은 않다고 말하지만, 그럼에도 스이메이의 의문은 여전히 풀리지 않는다. 이 사이에 무언가가 낀 것처럼 석연치 않은 감정을 떨칠 수가 없다.

"그라체라 황녀 전하가 침입했을 때는 하드리어스 공작도 딱히 아무 말도 하지 않았지만."

"——그래, 그거야."

스이메이는 손가락을 튕긴다. 레이지의 감상이 보이지 않던 최후의 단편이었다.

"스이메이, 그거라니?"

"그 여자가 침입했을 때라고 했잖아? 제국의 황녀가 어떻게 그곳에 올 수 있었지?"

스이메이의 지적에 미즈키가 고개를 갸웃하며 대답한다.

"올 수 있었냐고? 왜 왔느냐가 아니고?"

"그래. 어떻게 거길 왔느냔 말이야."

"그건…… 군대를 이끌고 강제 돌파했다던데?"

"그 국경 요새를 간단히 돌파했다고?"

그 물음에는 페르메니아가 대답한다.

"아마 그럴 거예요. 제가 본 그라체라 황녀 전하와 휘하의 부대는 피해를 입은 것처럼 보이지 않았거든요."

자신의 말을 곱씹으며 긍정하는 페르메니아. 말을 마친 뒤에는 다시 한 번 당시의 상황을 떠올려보는 듯하다. 그러자 레피르가 의아한 표정을 짓는다.

"──그러고 보니 그건 좀 이상해. 나도 스이메이와 함께 통과했지만, 아스텔의 국경 요새는 그렇게 간단히 돌파할 수 있을 만큼 허술해 보이지 않았는데?"

"확실히 다시 듣고 보니 그러네요……."

그것은 티타니아도 같은 생각인 듯하다. 미처 깨닫지 못한 사실에 초조감을 드러낸다.

국경 요새는 구조와 경비 측면에서 상당히 철저하다. 협곡 사이에 강철 문이 세워져 있고, 문이 개폐되는 시간도 정해져 있기에 그렇게 간단히 통과할 수 없다. 확실히 그라체라의 역량을 생각하면 강행 돌파 가능성도 충분히 생각해볼 수 있다. 그러나 그렇다 하더라도 마법을 사용하면 시끄러워지는 것은 피할 수 없다.

그러나 지금 현재 그런 큰일이 있었다는 이야기는 나돌지 않는다.

"그리고 왔던 타이밍이 너무 좋아. 마침 크란트 시의 군대가 마족을 공격하려던 때였다는 게."

"확실히 듣고 보니 그렇긴 한데…… 하지만 있을 수 없는 일은 아니잖아?"

확신 없는 듯한 레이지의 말을 부정하듯 스이메이는 머리를 흔든다.

"마족이 그곳에 왔을 때, 그 사실을 알고 있었던 건 아스텔의 지배층과 그 정보 때문에 너희를 안전한 장소로 이끌려 한 그레고리 씨. 그때 이야기를 들은 너희들. 그리고 마족과 만난 상대 사람들과 우리뿐이야. 마족의 존재는 아스텔 주민에게는 알려지지 않았고, 아스텔 국내 사람들에게 마족이 있던 장소는 공백 지대나 다름없었어. 그런데도 타국 사람이 간단히 정보를 입수할 수 있을까?"

"제국 내에 있던 마족을 붙잡아 실토시킨 건?"

"불가능해. 마족은 그런 생물이 아니야."

레피르가 조금의 틈도 두지 않고 단언한다. 여기서 마족의 성질을 가장 잘 알고 있는 그녀가 한 말이기에 틀림없을 것이다. 스이메이도 이전에 상대했던 기억으로 설령 고문을 하더라도 정보를 누설할 생물이 아님을 알고 있었다. 그들이라면 잡히는 즉시 자폭할 수도 있다.

그렇다면 예상할 수 있는 것은.

"있잖아, 어쩌면 그 하드리어스라는 자는."

희미했던 윤곽이 서서히 형체를 띠기 시작한다. 스이메이의 말을 끝까지 듣기 전에 가장 먼저 눈치챈 것은 티타니아였다.

"……그라체라 황녀 전하가 국내에 침입하도록 정보를 흘리고, 국경 요새 경비에도 농간을 부렸다? 스이메이는 그렇게 말하려는 거예요?"

스이메이가 고개를 끄덕였다. 순간 실내에 긴장이 감돌고 그 자리에 있던 모든 이가 말을 잃었다.

그때 미즈키가 초조한 기색으로 질문을 던진다.

"하, 하지만 그런 짓을 해서 무슨 득이 될 게 있어? 하드리어스 공작은 아스텔의 귀족인데? 그라체라 황녀 전하와 뒤로 연결되어 있다는 거야?"

"글쎄, 연결되어 있는 건지 단순히 정보를 누설한 건지 그것까지는 모르지만, ……그렇게 되면 전쟁은 하기 쉬워지겠지. 그 위험한 여자가 허가 없이 국경을 넘어왔어. 아스텔 측이 제국에 악감정을 품을 수 있는 행위지. 그리고 곧바로 레이지를 보낸다면."

"그쪽도 도발이라고 생각한다?"

긴장한 표정으로 레이지가 다음 말을 잇자, 역시나 스이메이가.

"본인 입으로 견제라고 말할 정도니까."

확실히 비상시에 그라체라가 아스텔에 침입한 행위는 정당성이 있을지도 모른다. 그러나 당연히 그 행위는 아스텔 측 수뇌에게 위기감을 준다. 그리고 그 뒤 곧장 레이지의 예정에 없던 방문이 이어진다면, 수뇌의 레벨이지만 양국 간의 긴장이 고조될 것이다.

"하지만 스이메이. 지금 제국이 아스텔에 전쟁을 걸 이유는 없어요."

"맞아. 나도 그 부분이 이해가 안 돼."

그 부분이 신음이 깊어지는 대목이었다. 현재 마족이 인간의 영토에 침입했다. 그런 와중에 같은 인간끼리 싸움을 일으켜봤자 아무런 득이 될 게 없다.

페르메니아와 티타니아도 동의한다.

"저도 그렇게 생각해요. 아무리 하드리어스 공작이라도 마족의 위세에 대해서는 알 터. 더욱이 정보를 흘린다 해도, 제국 측이 움직인다는 보장도 없어요."

"확실히, 일을 꾸미기엔 불확실한 요소가 너무 많나……."

그때 레이지가.

"하지만……."

"뭔가 걸리는 거라도 있어? 레이지?"

"아니, 스이메이의 생각대로라면, 그때 하드리어스 공작의 태도도 납득이 돼서."

"아무 말도 하지 않았다는 말?"

"응. 그라체라 황녀 전하의 등장이 하드리어스 공작의 계획이라면, 침입에 대해서 아무 말도 하지 않은 것도 이상하지 않아. 그 성격이라면 은근히 한마디했을 법한 상황인데 말이야. ……하지만 이렇게 계속 떠든다고 결론이 날 일도 아니고."

"그건 그렇지."

판단하기에는 소재가 부족하다. 되도록 빠른 시일 내에 계략을 알아내는 게 좋겠지만, 지금은 무리다.

그러나 하드리어스를 경계해야 한다는 점은 공유했다.

"——다른 이야긴데, 너희들은 앞으로 어쩔 거야?"

"그래, 맞다! 들어봐, 스이메이! 우린 숙소도 못 잡았어!"

"그건 퍼레이드가 있으니까."

당연하지, 라는 시선을 보내자, 어떡해, 라는 시선이 돌아온다. 이곳에 오기 전에 이미 방법이 바닥난 것일까. 스이메이는 고민하듯 의자 등받이에 등을 기댄다.

"……여기서 지낼래? 이 인원수라면 비좁긴 하겠지만."

"스이메이, 그래도 돼?"

"침대가 부족하니 나를 포함한 남자들은 여기 거실에서 새우잠을 자야겠지만."

스이메이의 말에 레이지는 동의하는 듯하다. 모두가 그렇다면, 하고 묻듯 사람들을 둘러보자, 여기사인 루카가.

"그러시다면 저희는 다시 한 번 숙소를 찾아보겠습니다. 방을 조금이라도 구한다면 스이메이 님 집과 숙소로 나뉘어 지낼 수도 있고요."

그 말에 레이지가 "잘 부탁합니다"라고 하자 수행 기사들은 현관 쪽으로 걸음을 옮긴다. 수고를 끼치는 것에 다시 한 번 고마움을 표하는 것일까. 배웅을 하러 따라 나서는 레이지와 미즈키.

티타니아도 일어선다. 그러나 티타니아는 그들하게 가지 않고 스이메이에게 다가왔다.

"왜?"

물어도 걸음을 멈추지 않는 티타니아. 문득 부드러운 향기가 비강을 간질인다. 이윽고 적정 거리라고 생각했는지 대뜸 손짓을 한다. 스이메이는 가까이 다가간다. 그녀는 비밀 이야기를 하고 싶은지 귀에 입을 가까이 대고는.

"스이메이. 내일, 잠시 시간 좀 내줄래요?"

"시간?"

"당신에게 할 얘기가 있어요. 아주 중요한 얘기예요."

몸을 물려 티타니아의 얼굴을 바라본다. 깊고 푸른 눈동자는 똑바로 이쪽을 향해 있으며, 그 표정은 그녀가 얼마나 진지한지를 말해주었다. 피치 못할 사정이라도 있는 것일까.

"……알았어."

스이메이가 말했다.

수행 기사들의 노력 덕분에 레이지 일행은 세 사람이 지낼 숙소를 구했다. 야카기 집과 제도의 숙소로 나뉘어 지내는 방식으로, 무리 없이 당분간 지낼 곳을 마련했다.

물론 레이지, 미즈키, 티타니아가 스이메이의 집에, 기사들이 제도의 숙소에 지내기로 했다. 그날 밤은 스이메이도 레이지와 오래간만에 남자끼리 이야기를 하고, 여자들은 여자들대로 늦게까지 이야기꽃을 피웠다. 그 주체는 미즈키였지만.

다음 날.

"아스텔의 공기에 익숙하지만, 제국의 바람도 기분 좋네요."

"그래."

이날, 스이메이는 티타니아가 요청한 대로 그녀와 둘이서

집을 나서 제도 서쪽의 구릉지로 걸음을 옮겼다.

초록의 평지가 너울대고, 때때로 상쾌한 바람이 목덜미를 간지럽힌다. 티타니아는 조금 높직한 곳에 서서 머리카락을 뒤로 넘긴다. 구릉의 바람을 느끼는 것인지 눈을 감은 채로 말이 없다. 복장은 성에서 봤던 드레스가 아니라 활동성이 강조된 옷에 망토를 걸쳤다. 목을 감싸는 타입이라 입은 보이지 않는다. 눈을 감은 그 모습을 처음 본 사람이라면 그녀가 공주라고는 상상도 못 할 것이다. 한 폭의 그림 같다는 점에는 변함이 없지만.

그러나 그런 인상도 한순간에 사라진다. 티타니아는 갑자기 크게 발돋움을 하더니 양팔을 힘껏 옆으로 펼친 뒤 조금 전과는 또 다른 방식으로 제국의 바람을 느끼기 시작한다. 제도의 인파에서 해방되어서일까 체면을 내려놓아서일까 보는 사람 입장에서는 지금 모습이 한결 보기 좋았다.

지금 이곳에는 타고 온 말을 제외하면 스이메이와 티타니아 이외에 아무도 없다. 레이지와 미즈키에게도 말하지 않고, 수행 기사조차 동행하지 않았다. 티타니아가 루카에게 말했을 때 루카가 동행하겠다고 했지만 거부한 모양이다. 스이메이도 페르메니아와 레피르에게 나갔다 오겠다고만 하고 집을 나섰다.

구릉지의 공기를 충분히 즐겼는지 티타니아는 목깃을 내리고 뒤돌아본다.

"함께 지내게 해줘서, 고마워요. 침대를 양보해준 것도요."

"아니야, 신경 쓰지 마. 남자는 적당히 넓은 공간만 있으면 돼."

"후후, 그런가요. 덕분에 어젯밤엔 즐겁게 보냈어요."

그 목소리는 밝고 구김이 없다. 미소 짓는 티타니아에게 스이메이는 "그거 다행이네"라고 말하며 어깨를 움츠린다.

그리고 걱정되는 게 있다는 듯이.

"저기, 리리아나는 불편해하거나 하지 않았어?"

"확실히 모두 모여 있을 때는 불안해하는 것 같았지만, 레피르가 신경 써줘서 그런지 그렇게 불편해하는 것 같지는 않았어요. 미즈키가 살갑게 말을 걸기도 했고요. 아마 금세 친해질 거예요."

"그래……."

한순간 리리아나를 생각한다.

일시적이긴 하지만 갑자기 동거인이 늘어 그녀는 적잖이 당황한 듯했다. 당연히 암마법 탓에 사람을 대하는 데 익숙하지 않다――요컨대 낯가림이 심하다. 알고는 있었지만, 그날 밤은 그 사실 때문에 걱정이 되었다. 그러나 그것은 기우였던 듯하다.

리리아나는 스이메이도 신경은 쓰고 있지만, 레피르와 페르메니아에게 맡긴 부분이 많다. 여자아이라는 것도 있고, 레피르의 스피릿(정령의 힘)으로 사령을 배척할 목적도 있다. 걱정까진 아니지만, 데려온 이상 이것저것 신경 써야 할 점도 많다.

"레이지 님과 미즈키는 지금쯤 어쩌고 있을까요?"

"레피에게 제도를 안내받기로 했다고 했지. 굳이 오늘 나가지 않아도 될 텐데. 고생 꽤나 할 거야."

"그러게요."

티타니아는 웃었다. 소리가 새지 않게끔 조심하는 모습에서 기품이 느껴졌다.

"——슬슬 중요한 이야기라는 걸 듣고 싶은데? 수행 기사도 없이 둘이서만 보자고 한 데는 그만한 이유가 있겠지?"

"네. 여기라면 괜찮겠죠."

돌연 진지한 표정으로 바뀐 티타니아가 점검하듯 주위를 두리번거린다.

타인의 눈이 신경 쓰여서 한 말처럼은 느껴지지 않지만, 어쨌든. 마주 선 그녀의 표정에는 어딘가 냉정함이 깃들어 있었다.

"스이메이. 당신에게 부탁…… 아니, 당신이 해줘야 할 일이 있어요."

"갑작스러운데."

"느닷없다는 거 알아요."

"즉, 해줬으면 좋겠다는 건가."

"그래요…… 그보다 싫어도 해줘야겠다는 게 맞겠네요."

티타니아는 여전히 차분한 태도로 정정한다. 상당히 점잔을 빼며…… 라기보다는 배려하는 듯한 말투지만, 요는.

"그렇게 돌려 말하지 않아도 돼. 명령이라고 해."

"그럼—— 스이메이, 지금 당장 왕국으로 돌아가세요."

티타니아는 말한다. 돌려 말하지 말라고 했지만, 이렇게 냉엄하게 말할 줄이야. 게다가 지금 당장 왕국으로 돌아가라니.

"……정말 갑작스럽네."

"네, 그래요. 하지만 내가 이럴 수밖에 없는 이유를 당신도 알 텐데요?"

"일단 티아의 입으로 듣고 싶어."

"하드리어스 공작이에요."

역시 그거였을까. 어렴풋이 예상은 했지만.

"이대로 있으면 당신은 레이지 님의 족쇄가 될 거예요. 그러니 당장 왕국으로 돌아가 아버지 곁에서 얌전히 있으세요. 아버지가 당신을 위해 여러 가지로 조치를 취해놓은 거라면 돌아가서도 함부로 취급당할 일은 없을 거예요. 사정을 말씀드리고 아버지의 도움을 받으면 공작도 함부로 어쩌지 못하겠죠."

하드리어스가 일을 꾸민다. 레이지가 그것을 하나하나 신경 쓴다면 당연히 앞으로의 행동에도 지장이 생길 것이다. 그것은 레이지가 아스텔로 돌아갔던 일만 봐도 명백하다.

"네 말에도 일리가 있어."

"리리아나의 건만 생각해도 터무니없는 말은 아니지 않나요?"

티타니아는 정당성과 합리성을 들지만, 스이메이는 머리

를 흔든다.

"하지만 그렇게 되면 내가 곤란해."

"왜죠?"

"어제 레이지와도 얘기했지만, 나는 원래 세계로 돌아가기 위한 방법을 찾고 있어."

티타니아에게 새삼 자신의 목적을 알리면서, 스이메이는 어깨를 움츠린다.

"알잖아? 티아가 말한 대로 하면, 나는 원래 세계로 돌아갈 방법을 찾을 수 없게 돼."

"그렇겠죠. 하지만 그건 **지금 당장은**, 아니겠어요? 조만간 레이지 님이 마왕을 쓰러뜨릴 거예요. 그러면 하드리어스 공작도 움직임을 멈출 거고, 스이메이도 마음껏 원래 세계로 돌아갈 방법을 찾을 수 있어요."

"그러니까 그 말은 나보고 그때까지 기다리는 거야? 레이지가 마왕을 쓰러뜨리고 이 세계가 안정을 되찾을 때까지? 그건 1년? 2년? 어쩌면 5년 후나 10년 후가 될지도 몰라. 그때는 너무 늦어."

"스이메이. 당신 사정은 이해해요. 하지만 이건 이 세계의 평화를 위해 반드시 필요해요."

"이 세계, 이 세계. 지겨워. 특히 최근에는 그 말뿐이야."

스이메이는 한숨과 함께 그렇게 내뱉는다. 그러나 티타니아는 참작할 여지는 없다는 듯, 곧바로 대답을 재촉한다.

"그래서, 대답은요?"

"――거절이야. 원하지도 않는데 불려 와서 이런 꼴을 당하고 있어. 내가 하고 싶은 대로 못 할 이유는 없어."

"조금 전에도 말했지만, 당신 때문에 레이지 님이 곤경에 처해도 상관없나요?"

"하드리어스 말이지? 그쪽은 잘 할게. 레이지가 쓸데없이 걱정하면, 나 같은 건 신경 쓰지 말라고 티아가 직접 말해줘."

"그런다고 레이지 님이 들을 것 같아요?"

"나는 그 녀석이 참견하는 것까지 신경 쓸 생각 없어."

스이메이가 냉정한 투로 일축하자, 티타니아는 괴로운 듯 한숨을 토했다.

"……이대로는 평행선이겠군요."

"그런 것치고는 침착하네."

"왠지 이렇게 될 거라고 생각했거든요."

"그럼 그 다음 수도 생각해뒀겠네? 또 무슨 말로 나를 흔들려고?"

이쪽이 어떻게 나올지를 예상했다면, 대책도 세워두었을 터다. 설마 대책도 없이 이런 말을 꺼내지는 않았을 것이다.

스이메이가 묻자 티타니아는 결연한 눈빛으로 바라본다.

"명령에 순순히 따르지 않는다면, 힘으로라도 듣게 해야겠죠."

"응? 저기 말이야……."

그 말은 스이메이도 예상 밖이었다. 분명, "내가 찾아주겠다"라든가, "부하에게 찾게 하겠다" 같은 말이 나올 줄 알았는데.

"앞으로 스이메이가 원래 세계로 돌아갈 방법을 찾을 거라면, 레이지 님만큼은 아니겠지만 곤란한 것들이 길을 막아서겠죠. 마족이나 마물, 하드리어스 공작처럼요. 나 같은 사람도 쓰러뜨리지 못한다면 앞으로 원래 세계로 되돌아갈 수단을 찾기란 불가능해요. 그렇죠?"

"그건 그렇지……."

"그러니 지금 나와 싸워서 힘을 증명하세요. 물론 당신이 이기면 당신 뜻대로 해도 좋아요."

"아무리 그래도, 난폭하잖아."

"괜찮아요. 어떻게 할 거죠?"

"거절이야."

스이메이가 일언지하에 거절하자, 티타니아는 어울리지 않게 조소를 머금는다.

"겁쟁이로 몰려도요? 그래도 상관없나요?"

"티아한테? 나는 딱히 무슨 말을 들어도 상관없지만…… 그걸로 끝날 이야기는 아닌 거지?"

"물론이에요."

티타니아의 단언에 스이메이는 얼굴을 일그러뜨리며 낮게 신음한다.

"……그럼, 뭔데? 힘으로라는 건 마법을 말하는 거야?"

"아뇨, 이거예요."

그렇게 말하며 티타니아는 말에 동여 맨 짐에서 칼 한 자루를 꺼냈다.

“응? 검으로? 티아 너 그런 걸 다룰 수 있었어?”

“어느 정도는요.”

“내가 검술을 쓴다는 건 레이지한테 들었지? 당연히 내가 유리해. 그건 치사하잖아?”

“상관없어요. 스이메이의 대답은요?”

밀어붙이듯 질문하는 티타니아. 그 의도는 무엇일까. 입매는 어느새 외투에 가려 보이지 않는다. 차갑게 굳은 표정에서는 어떤 의도도 짐작할 수 없다. 검을 사용하면 마법사인 티타니아가 불리하다. 그 의도는 안개에 가려 보이지 않는다.

……그럼 어떻게 할 것인가. 싸우고 싶지 않지만 티타니아는 포기하지 않을 것이다. 마술을 사용해서 최면 암시를 걸면 쉽게 빠져나갈 수 있지만——.

——네. 이제 우리 넷은 친구네요.

……언젠가 티타니아가 했던 말이 스이메이의 머릿속에 스친다. 그녀와는 사귐이 짧고, 대화를 나눈 적도 많지 않다. 그러나 그때 그녀가 했던 그 말은 진심임이 틀림없다. 그것을 생각하면 역시 상대를 미혹시키는 마술을 쓰는 것은 내키지 않는다.

티타니아의 집요한 시선에 굴복한 스이메이는 한숨을 토

했다.

"……거부하고 싶지만, 그랬다간 바로 공격당할 것 같네."

"그럼 대답은 하나겠죠."

티타니아는 그렇게 말한 뒤 더욱 낮은 목소리로.

"……나 역시 스이메이에게 이러고 싶지 않아요. 하지만 내게도 해야 할 일과 책임이 있어요."

달리 방법이 없다며 참회하듯 고개 숙인 것은 무시할 수 없는 가책 때문일까.

"괜찮아. 이 건에 대해서는 나도 제멋대로 굴고 있어. 비록 원치 않게 불려오긴 했지만, 티아가 제멋대로 굴지 못할 이유는 없어."

"이상한 데서 다정하네요."

"그런가."

"이게 미즈키가 말한, **츤데레**, 라는 거겠죠."

"제발 그런 말 하지 마."

티타니아는 의아하다는 듯 눈을 동그랗게 뜬다. 스이메이는 씁쓸한 표정을 돌연 진지하게 바꾸고.

"──마지막으로 하나만 물을게. 결과는 깨끗이 받아들이는 거지?"

"네. 아르주나 여신의 이름을 걸고. 내가 지면 앞으로 스이메이가 뭘 하든 상관하지 않을게요."

"알았어. 그런데 내 검은?"

스이메이가 그렇게 물으며 손을 내밀자, 티타니아는 들고 있던 검을 던졌다.

자신의 검은 따로 준비한 것일까. 스이메이는 떨어진 검을 줍는다. 승산이 있으니 제안했겠지만, 이쪽은 어릴 적부터 검술을 익혔다. 아무렴 질 리 없다.

그러자 티타니아는 다른 꾸러미에서 두 자루의 검을 꺼냈다.

"——응?"

"이게 내 무기예요."

그렇게 말하며 두 자루 모두 칼집에서 빼낸다. 재질은 레이지의 것과 다르게 은 소재. 이런 곳에서 보게 될 줄은 몰랐지만, 아마도 미스릴(부식 은)인 듯하다. 두 자루를 쓴다는 것은 이도류(二刀流)라는 뜻이다. 그러나 검의 몸체는 **양쪽 모두 길다**. 보통은 수비를 위해 한 자루는 다루기 쉬운 단검을 사용한다. 그러나 양쪽 모두 길이가 같다. 아니, 마술사의 눈에는 아주 근소한 차이지만 왼쪽 검이 긴 것처럼 보였다.

스이메이가 의아한 시선을 보내고, 티타니아가 자세를 잡은 그때였다.

"응——?!"

티타니아가 망토로 입가를 가리고 검을 교차시킨 순간, 스이메이의 전신에 소름이 끼쳤다.

"——과연 검술을 익혔다더니 자세만으로도 알아보는군요."

이쪽의 동요를 꿰뚫어 본 것일까. 칭찬하는 말이 지금은 악마의 목소리처럼 들린다. 질 리 없다며 검을 주워든 조금 전의 모습은 얼마나 어리석었나.

영악한 미소가 발산하는 위압에 초조함을 감추고 미소 짓는다.

"하—— 지금은 좀 더 빨리 깨닫지 못한 자신의 미숙함을 저주하고 싶은 기분이야. 뭐야, 공주님? 마법사 아니었어?"

"마법도 쓸 수 있지만, 마법이 내 싸움의 근간은 아니에요. 난 어릴 때부터 검을 다뤘거든요."

"진짜냐……."

"이제 알았죠? 스이메이가 치사한 건 아니에요. 왜냐하면 난 검을 잘 다루니까요."

"……이런, 내가 감쪽같이 속았다는 거네. 보통내기가 아닌 공주님이야, 진짜."

"칭찬으로 받아들일게요."

티타니아는 그렇게 말하고, 양 손에 든 검을 마치 바통을 돌리듯 손안에서 회전시킨다. 슝슝, 바람 소리가 들리고, 이윽고 조금 전처럼 그녀 앞에서 교차되는 쌍검. 한층 강렬한 무위가 발산됨과 동시에 그녀를 중심으로 마치 봄날의 세찬 바람을 연상케 하는 강렬한 힘의 파도가 불어닥쳤다.

그리고 조용한 긴장이 주위를 감쌌다. 이윽고 고요한 구릉 위에 울려 퍼지는 드높은 목소리.

"칠검의 하나, 박명(薄明) 티타니아 루트 아스텔. 인사드려요."

무위(武威)에 압도당한 스이메이는 여전히 소름이 끼친 채. 순식간에 코앞으로 다가선 것을 깨닫고, 입가에 허세의 미소를 띄웠다.

"헉, 너무 심오한 경지라서 진짜 무섭네……."

스이메이는 큰소리친 뒤 뒤늦게 자세를 잡는다.

전신을 압도하는 무위는 강하고 날카로워, 마족과 싸울 때의 레피르에 필적한다. 검을 교차시켜 잡는 눈앞의 소녀. 마술사의 눈으로 봐도 빈틈이 없다.

이도류의 자세로 유명한 것은 양 칼을 높이 들고 상대를 위압하는 양상단 자세, 공격과 방어에 두루 적합한 십자 자세가 있다. 티타니아는 몸 앞으로 팔을 뻗어 양 칼을 엑스자로 교차시켰으므로 십자 자세이다. 그 자세로부터 검격이 시작될 것은 틀림없으나, 지금은 몸을 크게 낮춘 최하단의 자세이다. 마치 표범과 같이. 그렇다면 경계해야 할 것은 그 속도와 돌격력일 것이다.

그러나 저 장검 이도. 한쪽이 짧지 않기에 다루기 까다로울 터다. 보통 미숙련자의 검법으로 야유받을 부분인데——.

아니, 돌격력과 속도 면에서 이쪽의 예상을 뛰어넘었다. 머릿속에 그린 첫수는 허무하게 빗나갔다. 예측을 크게 뛰어넘는 속도로 눈앞에 도달했다.

그뿐 아니라 **검의 궤도가 곡선을 그렸다**.

"잠깐——?!"

스이메이는 황급히 몸을 물려 검으로 방어한다.

은빛 섬광이 사라지는 것과 동시에 스이메이는 공격권 밖으로 물러났다. 그리고 자신의 검을 보고, 눈을 의심했다. 방어에 쓰인 검의 도신, 그 상단의 절반이 사라졌다. 더욱이 그 단면은 푸딩을 스푼으로 떠올린 듯 매끄럽게 패어 있다.

"야?! 잠깐만 이건 무슨 기술이야?!"

"그냥 이런 기술이에요. 내 검격은 다른 검객과 달리 사도(邪道)의 검. 보통은 직선이 아니면 절대로 사물을 벨 수 없지만, 내 검격은 호를 그려도 벨 수 있어요."

칼 바람을 울리며 태연하게 말하는 티타니아. 등줄기가 다시 뻣뻣해진다.

보통 그것은 물리적으로 가능하지 않지만 예외는 존재한다. 저쪽 세계에서도 이른바 검호라고 불리는『통달한 자』는 일반적인 검술의 범주 밖에 존재하는 기술을 사용한다.

필시 공주라고 불리는 이 소녀도 그런 자임에 틀림없다.

스이메이가 그렇게 생각하기까지는 채 2초도 걸리지 않았을 것이다. 그러나 그 짧은 순간에 티타니아는 거리를 좁혀 왔다.

"빠르다고!"

스이메이는 불평하며 옆으로 물러난다. 그러나 상식선의 회피였기에 티타니아의 시선에서 조금도 벗어나지 못한다.

티타니아는 재빨리 파고들어 칼을 옆으로 휘두른다. 짧아진 검으로 겨우 버텨보지만 당연히 결과는 열세. 아무리 발버둥 쳐도 암담한 미래는 피할 수 없다.

순간 천천히, 티타니아가 오른쪽 검을 높이 쳐든다. 상단 공격임을 눈치채고 언제나처럼 그것에 반응하고 마는 스이메이. 완만한 궤도에 맞춰 검을 내리쳤다.

"그 수는, 실망인걸요."

섬광의 전조와도 같은 냉정한 지적. 그렇다, 조금 전의 한 수는 정신없는 공방 속에 무의식적으로 반응하기 쉬운 일격을 섞은 묘수였다. 보기 좋게 걸려든 스이메이가 재빨리 다른 한쪽의 검의 궤도에 반응한다.

방어에는 성공했지만 순간적으로 균형을 잃었다.

"뭐야――?!"

다리를 맞았다. 깨달았을 때는 이미 늦었다. 스이메이는 자세를 유지하지 못하고 땅에 엉덩방아를 찧는다. 그리고 눈을 찌른 것은 검에 반사된 은빛이었다. 반응은 했지만, 자세가 최악이었다. 목덜미에 닿는, 은빛.

"……싱겁게 끝나버렸네요. 자, 이걸로 끝. 스이메이, 패배를 인정하세요."

들려온 것은 역시 차가운 말이었다. 잘 벼려진 칼날이 조건을 받아들이라고 가차 없이 목을 압박해 온다. 그러나――.

"……미안한데, 그럴 일은 없어."

"승부는 결정 났는데요?"

티타니아는 말하지만, 스이메이는 수긍하지 않는다.
"어째서죠? 어째서 그렇게까지 완고하게 구는 거예요?"
"나는 저쪽 세계로 돌아가서 해야 할 일이 있어. 또 여기서도 아직 해야 할 일이 남아 있어서 말이야."
티타니아를 올려다보며 말한다. 그래, 자신은 돌아가야만 한다. 더욱이 레피르와 리리아나의 문제도 남아 있다. 간단히 패배를 인정할 수는 없다.
"그런가요…… 그럼 유감스럽게도 따끔한 맛을 봐겠군요."
"뭐? 도대체 어쩌려는 거야?
"스이메이가 다치면 수색을 계속하는 건 불가능해요. 뒷일은 백염님께 맡기면 될 터."
"진짜 난폭해……."
"사과는 하지 않겠어요. 이건 내가 짊어져야 할 업이니까요."
티타니아의 눈동자가 싸늘하게 변한다. 그러나 그 눈동자가 변한 찰나의 순간, 스이메이는 그녀의 눈앞에서 홀연 모습을 감추었다.
"아니——?! 어디로?!"
한순간 사라진 스이메이의 모습을 찾아 두리번거리는 티타니아. 그러나 그의 모습은 어디에도 없고, 그저 그 목소리만이 울려 퍼진다.
"잘못 봤어, 공주님. 끝났다고 단정 짓기엔 조금 빨랐다고."
"어디죠?!"

"여기야."

조금 전보다 한층 결의에 찬, 시원시원한 목소리가 울려 퍼진다. 그와 동시에 티타니아의 주위에 강렬한 폭발이 연달아 발생한다. 티타니아가 몸을 피한다. 스이메이는 조금 전까지 있었던 곳의 뒤에 서 있다. 그녀에게는 낯선 검은 슈트를 입고서. 손가락을 튕긴 뒤처럼 오른팔을 뻗고서.

경악하는 티타니아를 응시하면서, 스이메이는 작게 한숨을 토한다.

……마술사도 아닌 친구에게 마술을 쓰고 난 뒤의 씁쓸함은, 지금까지 가슴에 새기고 잊지 않도록 해왔다. 어지간한 일이 아닌 한 다시는 쓰지 않겠다고 다짐했었다. 그러나 짊어진 문제는 해결해야 한다. 이런 곳에서 머뭇거려서는 안 된다.

슈트 자락을 풀썩 휘날린다.

"——나도 이름은 알려줘야겠지? 공주님. 나는 결사의 마술사, 야카기 스이메이."

순간, 천둥 같은 굉음과 함께, 강대한 마력이 주변을 집어삼켰다.

——이제 와서 생각하면, 이 소년의 행동은 의문투성이였다.

영걸 소환 의식이 잘못되어 용사와 함께 불려 온 자로, 용사 레이지의 말에 반대하고 동행을 거부한 남자. 자신만 싸움에서 빠지겠다는 이기적인 발언을 하고, 제멋대로 행동하기를 여러 번. 보통은 미움받아 마땅한데도, 레이지와 미즈키는 여전히 그를 신뢰하고 험담 한 번 하지 않았다.

거기까지는 이해할 수 있다. 설령 한 번 의리를 저버린다 해도, 그들이 스이메이의 사람됨을 잘 알기에 그의 행동을 이해해준 것이라고 말이다.

그러나 분명 으르렁대던 관계인 페르메니아와 모르는 사이에 친해진 것. 한때는 덤벼들기까지 했던 아버지 알마디아우스의 신뢰를 얻은 것. 안전한 성과 메테르를 떠난 것. 도중에 하드리어스의 술책에 걸려들었지만 위기를 극복한 것. 이세계의, 더욱이 이국이라는 낯선 땅에서 거점을 마련한 것. 도망자가 된 제국군 소녀를 숨겨준 것. 그 행동과 그로 인한 결과는 불가사의한 점투성이지만, 결국 그는 모든 이의 신뢰를 얻었다.

필시 자신을 그 의문에서 해방해줄 실마리 중 하나가 눈앞에서 벌어지고 있는 현상일 것이다.

푸른 언덕과 하늘이 끝없이 펼쳐진 제국의 구릉지는 지금, 농밀한 마력에 감싸여 있다. 그것은 지금껏 한 번도 본 적이 없는 터무니없는 힘의 구현이었다. 주위에 미치는 힘은 무서울 만큼 강력하고, 그야말로 세계가 변한 듯한 양상. 상쾌했던 바람은 여자의 비명 같은 소리를 내지르고, 마력에 의해 정합성을 잃은 기류가 충돌한다.

위험을 감지했는지 멀리 나무 위에서 쉬고 있던 새들도 일제히 날아가고, 곤충과 작은 동물들도 허둥지둥 달아난다.

그 현상을 불러일으킨 것이 눈앞에 있는 소년 스이메이 야카기. 검객이나 전사와 같은 무위는 없지만 소름 끼치는 전율과 파격의 마력을 품고 있다. 지금까지 만났던 그 어떤 마법사의 힘도, 아니, 그 전부를 곱해도 눈앞의 마력에는 미치지 못할 것이다. 마법을 막 배우기 시작했다는 것은 말도 안 되는 이야기다.

"……어제, 마법은 백염님에게 배웠다고 들었는데, 그건 거짓말이었나요?"

"아니, 거짓말 아닌데? 이쪽 세계의 술은 가끔씩 배우고 있으니까. 단지 원래 마술을 사용할 수 있다는 말을 안 했을 뿐이야."

"스이메이가 살던 세계에는 마법이 없다고 했잖아요?"

"그건 레이지와 미즈키가 아는 범위에서의 얘기야. 과학의 발달에 묻혀 겉으로 드러나지 않을 뿐, 제대로 존재하고 있어. 보다시피."

스이메이는 숨겨진 사항이라고 담담히 고백한다.

그러나 스스로 칭한 것이 마법사가 아니라 마술사라는 것은 도대체――.

"……마술사? ――설마 라자스가 말했던 흑의를 입은 남자라는 게?!"

"그러고 보니, 그 덩치가 마지막에 그런 말을 했다고 메니아가 그러더라. ──맞아, 녀석들은 내가 전부 해치웠어."

"저, 전부…… 1만은 되는 그 군세를, 스이메이 혼자서."

"그런가 봐. 신경 쓸 여유 같은 건 없었거든. 나중에 듣고 나도 놀랐지만."

눈앞의 남자는 그렇게 중얼거린 뒤, "쿡쿡쿡……" 하고 웃기 시작한다. 잡어를 해치웠을 때의 대담한 미소가 아니다. 마치 자신의 우둔함을 비웃는 듯한, 자조.

"……그런 실력을 가졌으면서 어째서 레이지 님과 함께 가지 않은 거죠?"

"그건 너도 마찬가지 아니야? 그만한 힘이라면 용사 같은 거 필요 없을 것 같은데?"

"지금 그 말은 대답이 되지 않습니다."

딱 잘라 말하자, 스이메이는 재미없다는 듯이 콧방귀를 뀌면서.

"조금 전에도 말했잖아? 나는 원래 세계로 돌아가고 싶어. 그리고 그 목적을 이루기 위한 길은 이 세계에서 마왕을 무찌르는 길과 정반대야. 그렇잖아? 그러니 따로 움직이는 수밖에."

"레이지 님과는 친구잖아요?"

"그래. 하지만 아무리 친구라도 함께할 수 없는 상황도 있어. 레이지에게 바람이 있듯이 나에게도 바람이 있어. 지켜야만 하는 사람이 있어. 이번에는 그저 내 바람과 레이지의 바람을 얻은 저울이 내 쪽으로 기울었을 뿐이야."

"그건."

입을 뗀 순간, 쏟아진 것은 칼끝처럼 날카로운 눈빛.

"――그건 도리가 아니라는 말은 하지 말아줄래? 레이지는 너희들에게 사정을 듣고, 마왕을 무찌르기로 했어. 얼마나 생각하고 내린 결정인지는 모르지만, 그건 모두 그 녀석이 선택한 거야. 그때 그 녀석은 내 의견을 고려하지 않았어. 그건 당연히 그 일에 나를 끼워두지 않았다는 말이야. 그렇다면 내가 돕는 것도 오지랖이지."

분명 그렇다. 그때 레이지는 스이메이의 의견을 무시하고 독단으로 마왕 토벌을 결정했다. 굳이 따지자면 먼저 의리를 저버린 것은 레이지이고, 그런 그도 스이메이에게 억지로 조력을 요구하지 않았다.

그렇다면 그들이 서로 다른 길을 갔던 것은 도리라고 말할 수 있을 것이다.

스이메이는 슈트의 옷깃을 매만진다. 착용감을 교정하려는 듯 검은색 구두 끝으로 잔디를 툭툭 찼다.

"처음부터 다시야. 티아가 검술을 쓴다면 이번에는 나도 마술을 쓰겠어."

그 말이 끝난 직후, 마력이 폭발했다. 사방에 강렬할 돌풍이 발생하고, 마치 공기가 보이지 않는 벽이 되어 밀어닥친다.

――온다.

그런 예감이 뇌리를 스친 순간, 어느새 달리고 있었다. 움직임을 방해하는 바람과 싸우며, 비스듬히 빠져나가듯이. 목표는 스이메이의 측면. 속도는 전속. 거리를 좁혀 목표를 확인하는 찰나, 양 칼끝을 아래로 향하게 쥐고 잔디를 찬다. 공중에서 검을 십자로 교차시켜 무방비 상태로 서 있는 스이메이를 공격한다. 그러자 스이메이는 유유히 붕대가 감긴 왼손을 내밀었다.

"Primum excipio(제1성벽, 국소전개)!!"

스이메이가 주문을 외친 순간, 금빛 마법진이 왼손을 따라 허공에 그려졌다.

뒤이어 두 개의 칼끝이 마법진에 충돌한다. 그러나 검은 마치 방패에 막힌 듯이 불꽃을 튀긴다. 허공에 그려진 마력광의 진은 방어 마법일까. 아무것도 없을 터인데, 칼끝은 조금도 움직이지 않는다.

"크윽!!"

……먼저 공격한 탓에 난감하게도 마법진에 부딪친 형국이 되었다. 이 상태에서는 자세를 바꿀 수도 없다. 이대로 중력을 받으면 착지할 때 빈틈이 생기고 만다.

태세를 재정비할 수도 있지만 움직이기 시작한 그의 오른손이 그것을 허락지 않을 것이다.

"――Permutatio Coagulatio vis lamina(변질, 응고, 이루는 힘)!"

외침은 착지와 거의 동시였다. 오른손의 시약병에서 나온

은색 액체가 검으로 변하고, 그 변화를 보고 내뻗은 손이 정확히 검을 쥐었다. 마법진이 사라진 것과 동시에 측면에서 날카로운 칼 소리가 가까워져 온다.

검격으로의 이행이라고는 생각할 수 없다. 그 예상은 정확했다.

——탕.

스이메이가 왼쪽 손가락을 튕기자, 자신과 스이메이 사이의 땅이 폭발한다. 처음에 땅을 폭발시킨 것은 이 기술일까. 무영창의 흉악한 마법. 간발의 차로 피했지만, 흙먼지가 걷힌 그곳에는——.

"Ad centum transcription. Augoeides maximum trigger(광휘술식 최대가동. 폭탄은 1번부터 100번까지 연속전개, 융단폭격)!"

"——?!"

스이메이의 목소리가, 그리고 그로 인한 자신의 경악이 예정된 행동을 물거품으로 만들었다. 스이메이의 머리 위에 대기했다는 듯이 마법진이 끝없이 펼쳐졌다. 연기가 걷히자 그 끝에서부터 마력을 품은 원 모양의 도형이 드러나기 시작한다.

스이메이의 뒤로 펼쳐진 푸른 배경이 마법진의 빛으로 온통 뒤덮였다. 그렇게밖에 표현할 수 없다. 등줄기가 서늘해지는 광경에 말은커녕 숨조차 쉴 수 없다.

범위 밖으로 피한다는 선택지는 존재하지 않는다. 전체가 사정권이며 마법이 어느 정도의 속도인지조차 명확하지 않기 때문이다. 따라서 과도한 회피 동작은 취하지 않는다. 그래, 마법진은 **끝없이 펼쳐져 있다**. 그 총수는 아마도 백. 완벽히 벗어나는 것은 불가능하다.

할 수 있는 것은 하나. 빛의 전조인 섬광과 마력의 기운으로 예측하여, 즉각적으로 회피할 수밖에 없다.

……쏟아지는 섬광 아래, 얼마나 춤을 춰야 했을까. 어느새 폭력적인 음악을 연주하던 마법은 그 소리와 함께 사라져 있었다.

"——이야, 역시 대단한데. 발놀림이라고 하는 게 맞으려나. 그걸 다 보고 피하다니, 사람의 기술이 아니야. 솔직히 말해서 왜 레이지를 불렀는지 모를 정도야."

중얼대는 남자의 얼굴은 무심하다. 모두 피한 것을 칭찬한 것일 테지만, 그 전후에 발생한 치명적인 틈을 생각하면 그저 기쁘게 생각할 수도 없다.

——위험하다. 지금까지의 경험을 바탕으로 쌓아올린 전투감이 경종을 울리고 있다. 마법의 역량, 그리고 스이메이가 다루는 마법은 이쪽 세계의 마법과는 차원이 다르다. 위력은 말할 것도 없고, 행사의 속도, 범용성에 이르기까지 모든 면에서 월등하다.

그런 생각을 하는 자신의 안색을 보았는지 스이메이는 무심코 충고한다.

"메니아에게도 말했지만 내가 살던 세계의 마술과 이 세계의 마법은 목표가 다르거든. 똑같이 생각하면 안 돼."

마술사라고 자신을 소개한 남자는 눈을 감으면서 그렇게 말했다.

이윽고 두 눈을 뜬다. 이글이글 불타오르는 두 눈동자에 비친 것은 그가 말하는 바람인 것일까.

어제 이야기를 나누었을 때 레피르는 도움을 받았다고 했다. 리리아나도 그랬다. 페르메니아는 그를 동경한다고 했다. 그렇다면 이 터무니없는 마력과 삼라만상을 조종하는 남자가 원래 세계로 돌아가야만 하는 이유라는 건, 그를 기다리고 있는 건, 대체 무엇일까.

다시 눈앞에 있는 남자를 본다. 언제나 삐딱한 태도로 익살을 떨고 신통치 않았던 모습이 지금은 재기 넘치는 모습으로 변모해 있었다.

만약 그가 이 모습 그대로 그때 그곳에 나타났더라면, 자신은 그를 용사라고 믿어 의심치 않았으리라. 지금의 스이메이는 그렇게 생각하게 할 정도로 품격이 있었다.

"……우리는 용사가 되기 전인 사람과 이미 용사였던 사람을 불러버린 거군요."

들릴지도 모를 초조한 속삭임이 귀에 닿은 것일까. 심드렁하게 콧방귀를 뀌는 스이메이 야카기. 그런 것이 되었던 적은 없다고 말하는 듯이 그 모습은 흔들림 없이 신념을 관철하는 존재처럼 보였다.

"나는 나야. 어디에나 있는 평범한 마술사일 뿐이지."

3차전을 알리는 그 말은 지독히 시시하단 듯한 울림으로 다가왔다.

★

마술을 퍼부은 뒤, 이쪽이 추격에 성공하지 못했기에 티타니아와의 싸움은 다시 시작되었다.

자세를 잡고, 다시 처음 싸울 때와 변함없는 무위를 발산하는 눈앞의 소녀. 자신의 무위와 마술 행사를 접했음에도 눈동자에 깃든 투지는 약해지지 않았다.

검의 재질은 이미 말했듯이 미스릴일 것이다. 연금술을 모방하여, 니그레도(부패), 알베도(정화), 루베도(승화)로 은의 상태를 변화시키는——즉, 알카헤스트로 녹인 물질을 정화시키면 분자의 배열에 변화가 일어나, 보다 강한 결합력을 띤 물질로 승화하는 것이다. 이 세계에도 연금술은 존재하는 듯하다. 그러나 저쪽 세계만큼의 기술이나 알카헤스트의 유무에 대해서는 의문이 남는다. 그러나 일단 마력의 상태나 견고함은 저쪽 세계와 비교해도 손색이 없어 보인다. 십중팔구 그럴 것이다.

그러나 티타니아의 가공할 점은 그것이 아니다. 그것을 사용한 검술이다.

장검 이도를 자유자재로 다루는 기량도 그렇지만, 무엇보다 경계해야 할 것은 검의 궤도다. 터무니없게도 검의 궤도가 곡선을 그리는 것이다. 어떤 기술인지는 모르겠지만, 땅과 자갈을 간단히 베어내니 기가 찰 정도이다.

아니, 베는 것뿐이라면 그나마 다행이다. 막기 어렵다는 것이 이 검격의 최대 위력일 것이다. 막는 것은 고사하고 튕겨냈다고 생각해도, 티타니아의 검격은 반드시 칼날이 비스듬히 들어오기 때문에 막힘이 없다. 막히지도 튕겨나가지도 않고 흐름에 따라 칼 위를 미끄러지는 것이다.

칼을 튕긴 직후에 조금이라도 실수를 한다면 이쪽의 패배다.

모두 성벽으로 막을 수 있다면 이야기는 다르지만, 지금의 몸 상태로는 도저히 무리다. 성벽의 전방위 전개는 시간이 허락지 않는다. 한 방향으로 전개하더라도 금세 마법진의 테두리와 지면의 틈새, 측면으로 공격이 들어올 것이다. 스피드형 검객은 모든 마술사의 천적이다. 공격과 방어가 느슨해진 순간 꼼짝없이 베이는 것이다.

그러나 이쪽도 질 수 없는 이유가 있다. 몸 상태가 완전하진 않지만, 그렇다면 몸과 마음을 다해 임할 뿐이다.

티타니아가 칼자루를 능숙하게 돌렸다가 숨기며 순식간에 거리를 좁혀 온다. 오월우의 검격이다. 호흡조차 읽을 수 없을 만큼 그 기량은 뛰어나며, 언제나 바람 소리를 동반한다.

그것을 지탄의 마술로 맞받아친다. 눈앞의 공기가 폭발하지만 티타니아에게는 닿지 않는다. 폭발이 일어나는 짧은 순간, 눈앞에 있는 공간이 뒤틀리는 것을 피부로 느꼈을까. 충격을 이용하듯 뛰어올라 다시 검격을 퍼붓는다.

"하압!!"

공중에서 왼쪽 칼끝이 날아왔다. 물러나면 피할 수 있는 거리. **아니, 아니다**, 그녀의 장검은 왼쪽이 길다. 가까스로 회피하려는 생각은 어리석다. 자세를 무너뜨리더라도 먼저 땅에 몸을 던져야 한다.

"치잇."

혀를 차면서 눈꺼풀 위를 노린 칼끝을 간발의 차로 피해 몸을 굴렸다. 곧바로 다음 공격에 돌입하려는 티타니아가 보였다. 한순간 보였던 불만스러운 표정은, 그대로 맞았다면 눈에 피가 들어가 끝났을 텐데, 라고 말하는 듯한 표정.

그러나 스이메이가 추격을 눈치채자, 그녀는 검을 손안에서 돌리면서 뛰어올랐다.

다시 몸을 날린 공격. 좋다. 칼끝이 위로 향하는지 아래로 향하는지를 판단해야 할 때.

"크윽──!"

있는 힘껏 상체를 일으킨다. 순간 이동으로 착각할 만큼의 속도로 티타니아가 눈앞에 다가왔다.

교차된 양 검이 열린다. 은빛 섬광이 가로로 퍼지는 것과 동시에 눈앞의 공기가 짧은 비명을 내질렀다. 검과 팔의 길이로 간격을 가늠하는 것이 유일한 살길이다. 만일 그녀가 저쪽 세계의 검호과 같은 검의 이론을 가졌다면, 이미 한 번은 죽었을 것이다.

"그렇다면 이건 어때요!!"

기합 소리와 함께 티타니아는 대지를 가르는 질풍으로 변했다. 외투를 휘날리는 그 모습이 시야에서 사라진다. 위치를 특정하고 다시 시야에 담았을 때는, 정면으로 돌진해 오는 티타니아의 모습이. 이쪽이 몸을 돌리기도 전에 티타니아가 땅에 칼끝을 붙이는 것이 보였다.

칼끝으로 땅을 가르며 달리는 티타니아. 먼지를 일으키며 기세를 죽이지 않고 육박해 온다. 땅에 칼을 꽂아 칼날의 기세에 제동을 걸고 힘을 모으고 있다. 요컨대 땅을 이용한 검술. 그 칼끝이 지면에서 떨어지는 순간, 보통 때의 몇 배의 속도로 공격해 올 것이다.

스이메이는 쥐고 있던 수은도를 아무 미련 없이 버리고, 금빛 성벽을 구축한다. 그러나 티타니아는 갑자기 정면에서 벗어나 우회하듯 이동한다.

우측면. 정교한 위치 특정은 포기한다. 대략 성벽을 우측으로 돌리자, 참격을 알리는 불꽃이 튀었다. 방어하자, 어째서인지 등 뒤에 오한이 스친다.

순간적으로 몸을 틀어 뒤로 물러난다. 칼끝이 지나간 뒤의 바람이 뺨을 스쳤다.

곧이어 다음 공격이 들어오고, 공격은 반복된다.

양 검의 러시는 가차 없는 맹공. 레이피어를 사용한 연속공격이라면 속임수 동작이 존재한다. 그러나 티타니아의 공격은 동작 하나하나에 필살이 내포되어 있다.
칼끝에 집중하며 맹공을 피하는데 칼끝이 멈추었다.
이 거리라면 성벽으로 간격을 벌려 마술 행사로 전환하는 것이 최선이지만——아니, 더 이상의 방어는 어리석다고 판단하고 전진한다.
갑작스러운 행동에 티타니아의 표정이 의아함으로 일그러진다. 그러나 땅에 떨어진 수은도를 다시 잡는 것을 보고 그 표정은 놀라움으로 바뀐다.
그러나.
"——너무 쉽게 봤어요, 스이메이."
티타니아의 입가에 문득 승리의 희열이 번졌다. 이쪽의 칼등이 공중을 가르는 것보다 빨리, 그녀의 칼끝이 이쪽을 향한다. 노리는 부분은 복부일 것이다.
피할 수 없는 타이밍의 공격이었다. 틀림없다. 검을 다루는 속도를 비교하면, 티타니아의 우위는 정해진 것이나 다름없으므로.
그러나 그것은 이미 아는 사실이며, **그렇지 않다면 곤란하다**.
티타니아의 칼끝이 몸을 관통한다.
"이걸로 끝입니다. 스이메—— 히잇?!"
그녀의 승리 선언 도중에 돌연, 스이메이의 몸이 물컹 녹아내렸다. 그녀가 냉정을 되찾을 새도 없이 스이메이가 변한 시커먼 콜타르 같은 액체가 티타니아의 몸을 휘감고, 경질화. 그녀의 몸에서 자유를 앗아갔다.

잔디 위로 쓰러지는 티타니아. 내동댕이쳐진 충격 뒤, 그녀가 고개를 들자 어느새 스이메이가 그곳에 있었다.

"내가 이겼어."

"큭── 신체까지 변화할 줄은…… 당했군요."

말 그대로 손발이 꽁꽁 묶인 티타니아는 분한 듯이 내뱉는다. 그런 그녀의 말투에서 더 이상의 전의는 없다고 판단하고 스이메이는 그녀를 풀어주었다.

"자?"

"……그래요. 깨끗이 패배를 인정하죠."

"그럼 내 뜻대로 해도 상관없는 거지?"

"더 이상 무슨 말을 할 수 있겠어요."

이것으로 결론 난 것일까. 검을 주워든 티타니아가 의아한 눈초리로 바라본다.

"스이메이는 왜, 그 힘을 감추는 거죠?"

"저쪽 세계에서는 그게 당연하거든. 아마 그 영향 때문이겠지."

티타니아는 "그런가요……" 하고 떨떠름한 표정을 짓는다.

그리고 갑자기 쭈뼛거리기 시작한다.

"스이메이에게 부탁이 있어요."

"뭔데?"

"이번 일, 레이지 님에게는 말하지 말아주세요. 먼저 싸움을 걸어놓고 뻔뻔한 얘기지만, 그래줄 수 없을까요?"
강제로 말을 듣게 하려고 싸웠다는 말은 하고 싶지 않을 것이다. 뻔뻔한 말은 맞지만, 스이메이도 거절할 이유는 없었다.
"그래. 나도 비슷한 처지고, 좋아. 이번 일은 말하지 않을게."
그러나 티타니아는 그런 뜻으로 한 말이 아닌 듯.
"아뇨, 그게 아니라. 내가 검을 쓸 줄 안다는 것 말이에요. 그러니까……."
"응? 티아가 강하다는 거, 레이지는 몰라? 왜 말 안했어?"
"그, 그건…… 어쩔 수 없는 사정이 있어요."
"뭔데. 그렇게 중요한 사정이 있었어?"
스이메이가 묻자 티타니아는 갑자기 얼굴을 붉게 물들였다. 그리고.

"왜, 왜냐하면! 내 거친 모습을 알게 되면 레이지 님이 싫어할지도 모르잖아요!!"

갑작스러운 외침에 스이메이는 어안이 벙벙하다. 그 뜻이 잘 이해되질 않는다. 그럼에도 겨우 입을 떼서——.
"어……?"
"어? 가 아니라고욧! 뭐예요, 그 바보 같은 표정은?!"
"그게 무슨 소리냐고! ……아니 그보다 그 녀석은 딱히 그런 거 신경 안 쓸 텐데?"

"그건 스이메이 생각이잖아요? 반드시 그렇다고 장담할 수 없어요! 그러니까, 알겠죠?!"

부탁하는 티타니아의 얼굴은 진지하다. 그만큼 레이지에게 미움받기 싫은 것일까. 뭔가 빗나간 듯한 기분도 들지만, 그건 그렇고.

"……뭐, 알았어. 그런데 말이야, 너도 숨기는 건 마찬가지 아니야?"

"시끄러워요! 나에게는 어쩔 수 없는 사정이 있다고 말했어요!"

세모눈을 뜨고 버럭 소리치는 티타니아.

그런 그녀는 갑자기 당황하는 기색이다.

"그, 그리고 스이메이. 한 가지 말해둘 게 있어요."

"뭔데 갑자기?"

"조금 전에 나에게 쓴 마법, 그건 여자에게 쓸 마법이 아니에요."

"…………어?"

"어? 가 아니에요! 잘 생각해보세요!"

티타니아는 버럭 화를 냈다. 그 마법 어디에 이렇게까지 화나게 할 요소가 있었을까. 조금 전에 쓴 마술은 진귀함을 자랑하는 공격이다. 액화 후, 휘감아 경질화함으로써 상대를 꼼짝 못하게 묶는다——.

——액화 후, 휘감아서.

이유를 깨달은 스이메이는 얼굴이 홍당무가 되어서 반론한다.

"그, 그건 그렇게 망측한 마술이 아니야!"

"스이메이는 그렇게 생각할지 몰라도 당한 쪽은 그렇게 생각 안 해요! 엄청 기분 별로였다고요! 이 변태!"

"이상한 표현 쓰지 마, 이 왈가닥 공주야!"

빨개진 얼굴로 검을 들이대는 티타니아에게 스이메이는 그렇게 외쳤다.

티타니아와의 싸움을 끝내고 스이메이가 제도의 거리로 돌아왔을 때는 이미 완전히 해가 기울어 있었다.

돌아오자마자 현재『관계자 외 출입 금지』로 정해둔 방에 틀어박혀 한바탕 업무를 마친 뒤 거실로 향한다. 거실에는 레이지가 혼자서 쉬고 있다. 다른 사람들은 어디에 있냐고 묻자, 집 밖을 가리켰다.

딸깍 문을 열고 밖으로 나간다. 건물과 건물 사이에 펼쳐진 별이 총총한 하늘을 올려다본 뒤 시선을 돌린다. 머지않아 스이메이는 밖으로 나온 이유를 찾았다.

"요, 미즈키. 이런 데서 뭐해?"

"응, 잠깐 밤공기가 쐬고 싶어서."

미즈키는 바깥에 설치된 의자에 앉아 달을 올려다보고 있었다.

스이메이는 들고 있던 꾸러미 안에 손을 넣고 부스럭대더니 물건을 꺼낸다.

"자, 네 신발."

"내 신발이라니? 어떻게 스이메이가 가지고 있어?"

"그거야 이렇게 킁킁 냄새를 맡아서……."

"스이메이, 변태냐……."

신발 냄새를 맡는 시늉을 하는 스이메이에게 미즈키는 질린다는 듯 몸을 뒤로 뺀다.

"농담이야, 농담…… 오늘은 그런 말을 자주 듣네. 아무튼, 이거 새 거야."

"응? 아, 정말이네. 새로 산 거야?"

"뭐, 일단 신어나봐."

옆 의자에 앉아 시선은 별이 박힌 하늘로. 무심한 권유에 미즈키는 신발을 꿰어 신는다.

"어라? 이거 뭔가……."

신어보고 깨달았는지 미즈키는 그 자리에서 콩콩 뛰기 시작한다. 그리고 깜짝 놀란 얼굴로 스이메이를 바라보았다.

"새 걸로 사서 손을 좀 봤어."

"헤에? 스이메이 집이 구둣방을 했었나?"

"뭐래. 그냥 이 타고난 손재주에…… 배운 마법을 써먹었지. 아마 착화감은 꽤 좋아졌을걸?"

스이메이는 장난스러운 미소를 짓는다. 이 신발은 조금 전, 관계자 외 출입 금지인 마술 연구실에서 시술한 것이다. 신발이 망가져서 고생이라는 이야기를 듣고, 급히 마술을 써서 착화감을 향상시키고, 신발 자체도 튼튼한 재질로 바꾸었다.

그러자 미즈키는 감탄한 듯이 손뼉을 친다.

"대단해! 스이메이, 그 사이에 마법을 많이 배웠구나!"

"많이는, 너야말로 다양한 걸 할 수 있잖아?"

"나는 그런 마법이 아니라 싸울 때 도움이 되는 마법을 우선적으로 배워서……. 하지만 스이메이는 그렇지 않은 거네."

"후후후, 나는 쾌적한 삶을 위해 노력을 아끼지 않는다는 주의거든."

스이메이가 농담 식으로 말하자, 미즈키는 자세를 고쳐 앉아 부드러운 미소를 지으며.

"스이메이다워. 아무튼, 고마워."

미즈키가 고마움을 전하자 스이메이는 "어" 하고 가볍게 손을 들어 보인다. 이로써 그녀의 여행도 조금은 편해질 것이다.

"……있잖아, 스이메이."

문득 미즈키가 우울한 표정으로 입을 뗀다. 그녀의 시선이 향한 곳은 아무것도 없는 골목의 한구석. 분위기가 달라졌음을 느낀 스이메이는 그러나, 언제나처럼 묻는다.

"왜?"
"스이메이는 마족이나 마물과 이미 싸운 적이 있는 거지?"
"응."
"그때, 무섭지 않았어?"
"오줌 지렸어."
스이메이가 익살을 떨자 미즈키는 일어났다.
"거짓말! 깡패가 권총을 들이밀어도 태연했으면서 그런 말을 해?"
"뭐야. 아직 기억하고 있네."
"당연하지. 그건 저쪽 세계에서 제일 위험했던 순간이라고!"
그건 그런가. 미즈키가 심각한 중2병을 앓았을 무렵, 위험한 사무소 관계자가 떨어뜨린 무기를 그녀가 줍는 바람에 한바탕 소동이 있었다. 그때 레이지와 함께 구하러 갔을 때의 얘기다. 정의파에 열혈남인 레이지의 돌격을, 아무도 모르게 마술로 도와 무마했었는데.
"스이메이 너라면, 마물이 눈앞에 나타나도 태연할 것 같단 말이야. 뭐랄까, 옛날부터 그랬잖아? 안 그래?"
"뭐……."
모호한 대답이다. 그러나 정곡을 찔렀다고 할 수 있으리라.
처음으로 미즈키가 말을 걸어왔을 때도, 그런 분위기를 들킬 만큼 마술사로서는 미숙했다. 그 덕분에 그녀와 친구가 될 수 있었지만.

어느새 미즈키의 표정이 몹시 심각해져 있었다.

"근데 말이야, 난 무서웠어. 평범한 마족을 만났을 때도 그랬지만, 좀 더 강한 마족을 만났을 땐, 꼼짝할 수도 없었어."

"상대는 마족의 장군이었잖아? 그건 어쩔 수 없는 일이야."

라쟈스를 상대로 얼마 전까지 평범한 학생이었던 여자아이가 맞선다는 것은 가능할 리 없다. 경험이 있는 자신조차 처음에는 기에 질렸으므로.

그러나 미즈키는 고개를 저으며 인정하지 않는다. 어쩔 수 없다는 그 말을 받아들일 수 없는 듯했다.

"아주 조금, 아주 조금이면 됐어. 그때 내가 마법을 쓸 수 있었다면, 어쩌면 싸움은 바로 끝났을지도 몰라. 결국 레이지가 쓰러뜨렸지만……."

"그건 억측이야. 미즈키는 마족 장군에게 맞선 거잖아? 그것만으로도 충분해."

"하지만 끝난 뒤에 혼났는걸."

"그때는 그랬을지 몰라도 다들 속으로는 대단하게 생각했을 거야."

"……그런 걸까."

"그래. 그러니까 신경 쓰지 마."

미즈키의 걱정을 쓸데없는 기우라며 웃어넘기자, 그녀는 문득 하늘을 우러러보며.

"스이메이. 용기라는 건 뭘까?"

"헤엥……? 아! 아야야야야야……."

"야! 나는 진지하게 묻는 거라고!"

"아~, 난 또 병이 도진 줄 알았지……."

"그럴 리 없잖아?! ……여기는 판타지의 세계이고 정말로 용기가 필요한 세계니까 물어봐도 되잖아."

"……다 좋은데 말이야. 그런 걸 나한테 물으면 어쩌냐? 그런 건 만화 주간지 주인공의 삶을 사는 녀석한테 묻는 게 어때? 이를테면 레이지라든가."

"오늘은 스이메이한테 묻고 싶어. 응? 스이메이도 여기에 와서 위험한 일을 많이 당했잖아? 그러니 스이메이라면 알 것 같단 말이야."

"어려운 말을 하는구나, 넌. 그렇다기보다 내가 가진 건 단순히 남자의 고집 같은 거랄까?"

"그게 무슨 소리야?"

"여자는 모르는 거."

"어쩜 그렇게 얄미운 말만 하나 몰라."

뾰로통한 미즈키에게 스이메이는 졌다는 듯 하, 하고 한숨을 쉰다. 그리고 그녀를 향해.

"용기를 갖고 싶어?"

"응."

"그런 게 간단히 생길 리 없잖아."

"그럼 어떻게 하면 생기는데?"

"몰라, 그딴 거."

냉정하게 말하자 미즈키는 어깨를 떨어뜨린 채 침묵한다. 그 모습에 스이메이는 겸연쩍어져서 한숨을 쉬었다. 그리고 익살을 떨면서.

"그러고 보니…… 네 식으로 말하자면 마음속의 불꽃을 태우는 거랄까?"

"그건 열혈계 중2병이야! 나는 쿨계 사기안 중2병이고!"

"뭐냐 그거? 분류도 있었냐."

"그래. 시험에 나오니까 기억해둬."

미즈키는 "흥흥" 하더니 금세 조금 전처럼 조용해졌다. 변함없이 표정이 풍부하다.

골똘히 생각하는 모습은 여전하다. 미즈키 나름대로 제도까지 오는 길에 줄곧 생각했던 것이리라.

"미즈키, 나도 용기가 뭔지 잘 몰라. 하지만 사람에게는 다양한 마음이 있어. 그 마음이 맞서는 데 지지 않을 만큼 크다면, 저절로 앞으로 나아갈 수 있다고 믿어."

"하지만 나한테는 그런 거 없어."

"너, 성에서 레이지에게 힘이 되고 싶다고 했었지? 라자스에게 맞선 것도 그런 마음이 있었기 때문이야. 틀렸어?"

"그건……."

"괜찮아. 너에게도 용기는 있어. 눈에 보이지 않아서 불안한 것뿐이야. 하지만 살다보면 누구에게나 반드시 한 번쯤은 이를 악 물어야 할 때가 와. 분명 그때가 되면 너도 저절로 한 발 내디딜 수 있을 거야."

그러자 미즈키는 의아한 표정으로.

"……그건, 경험이야?"

"나는 그게 늦어서, 아버지가 죽었어."

"뭐?"

"농담. 교통사고로 돌아가셨다고 말했잖아? 조크야."

"농담을 정색하고 하냐……."

축 처진 미즈키의 어깨를 스이메이가 안심하라는 듯이 톡톡 두드린다.

"어쨌든 너무 깊게 생각하지 마. 마음만으로 그 괴물에게 맞섰으니까 한 발 내디딜 일도 머지않았어."

스이메이가 그렇게 말하자 미즈키는 그 말을 곱씹듯이 고개를 숙였다. 그리고 다시 고개를 들었을 때는 침울했던 표정이 조금은 밝아져 있었다.

"응. 고마워. 조금은 편해진 것 같아."

그런 미즈키에게 스이메이는 언제나처럼 삐딱한 미소를 지어 보인다.

……한편 2층 창가에서는 그런 두 사람의 모습을 네 사람이 엿보고 있었다.

스이메이와 미즈키를 내려다보며, 티타니아가 레이지에게 말한다.

"스이메이는 생각한 것 이상으로 듬직한 존재군요."

"미즈키에게는 스이메이가 처음 사귄 친구니까. 조금 특별해. 솔직히 저렇게 무슨 일이 있을 때마다 기댈 수 있는 존재라는 건, 부러워."

레이지는 그렇게 말하며 씁쓸한 미소를 짓는다. 그런 그를 본 페르메니아는 안다는 표정으로.

"……과연. 좋아하는 사람에게는 약한 모습을 보이고 싶지 않는 거네요."

"어? 선생님, 좋아하는 사람이라니, 그게 누군데요?"

난청이다. 아니, 그보다 눈치가 없다는 쪽이 정확할까. 티타니아와 페르메니아, 레피르는 안타깝다는 표정이다.

"레이지 님, 그건 문맥으로 추측하는 게 어떨까요……."

"레이지도 어지간하다……."

페르메니아의 질린 목소리에 이어 옆에 있던 레피르 역시 질린 목소리로 말한다. 한편 레이지는 어리둥절한 표정으로 고개만 갸웃거릴 뿐이었다.

그때 현관에서 딸깍 문이 열리는 소리가 난다.

문을 열고 나온 것은 리리아나였다.

"으…… 스이메~, 있어요?"

잠옷 차림의 리리아나는 붉은 기가 도는 바이올렛 머리카락을 언제나의 트윈 테일이 아니라 밑으로 늘어뜨린 상태. 베개를 들고 졸린 눈을 비빈다. 발음도 정확하지 않다. 걸음은 불안하다. 잠결에 나온 것일까.

리리아나를 발견한 스이메이가 대답한다.

"왜 그래, 리리아나?"

"심심해서요."

"레피랑 메니아는?"

스이메이가 묻자 리리아나는 고개를 젓는다.

"둘 다 없어요."

"없어……?"

리리아나의 말을 듣고 스이메이는 어리둥절해진다. 없다니. 출입구는 여기 한 곳뿐이므로 집 안에 없을 리 없다.

거기서 문득 무언가를 눈치챈 스이메이가 위를 올려다본다. 창가에서 움직이는 그림자가 보였다.

"역시……."

아무래도 창문을 통해 이쪽을 엿보고 있었던 듯하다. 내밀었던 머리를 집어넣는 모습을 보고 한숨을 쉰 뒤 자리를 털고 일어난다.

"자, 들어갈까."

스이메이가 말하자, 리리아나는 크게 하품을 한 뒤 꾸벅꾸벅 졸면서 끄덕였다.

"스이메이를 잘 따르는구나."

"응, 그런 거면 다행인데."

"그런 거면이라니, 그렇잖아…… 정말 스이메이의 그런 부분은 누구랑 참 닮았어……."

그런 말을 주고받으면서 셋은 집 안으로 들어갔다.

★

티타니아와 싸우고 미즈키와 대화를 나눈 날로부터 며칠 뒤. 스이메이는 키 큰 그림자의 정보를 모으기 위해 거리로 나섰다.

현재는 관심이 식었는지 아니면 처음부터 접촉할 생각이 없었는지 제국 측은 잠잠했다. 그래서 스이메이도 페르메니아도 지금은 자유롭게 행동하고 있다.

현재의 목표는 물론 흑막에 가려진 키 큰 그림자를 잡는 것이다. 일단 짐작 가는 인물이 있기는 했지만, 일단은 여러 가지로 파악해두고 싶었다.

페르메니아와 분담하여 정보를 수집하고, 지금은 집으로 돌아가는 길에 레이지와 합류했다.

스이메이는 나른한 걸음으로 오늘은 제복에 검이라는 언밸런스한 차림의 레이지에게 감탄한 듯 말한다.

"벌써 제도의 지리를 익힌 줄은 몰랐네."

"그래? 다니다보면 저절로 알게 되는 거 아닌가."

레이지는 아무 일도 아니라는 듯이 말한다. 그는 오늘 제도의 지리를 익히기 위해 혼자서 산책에 나섰다.

"그렇구만. 요 우등생 자식."

주먹으로 가볍게 툭툭 치자, 레이지는 밝게 웃었다. 그리고 돌연 진지한 표정으로.

"그러고 보니, 스이메이. 분명 우리 세계로 돌아갈 방법을 찾고 있다고 했지?"

"응, 나는 무슨 수를 써서라도 돌아가고 싶거든. 아, 물론 찾게 되면 너희한테도 연락할게."

"괜찮은 거야? 찾을 수 있어?"

"나 못 믿어? 나를 누구라고 생각하는 거야."

자신만만하게 가슴을 두드리자, 레이지는 무엇이 우스운지 웃음을 터뜨린다.

"스이메이, 넌 역시 이상해."

"뭐가?"

"위험한 건 싫다면서, 스스로 위험에 뛰어들잖아."

"그 말은 전에도 들었어. ……원하는 걸 손에 넣으려면, 어느 정도 위험은 감수해야지."

"그렇게 돌아가고 싶어?"

"뭐야, 이상해?"

"아니, 이 세계는 저쪽처럼 속박하는 게 없으니까, 편한 것도 있지 않나 해서."

레이지가 하늘을 우러러보자 스이메이는 익살을 떨면서.

"저쪽 세계가 더 편한데? 맛있는 것도 잔뜩 있고."

"편하고 싶어서 고생하는 거야?"

"인간이 원래 그런 거야."

스이메이는 자조하듯 내뱉는다. 그리고 걸리는 것이 있기라도 하듯 한숨을 토한다.

"또, 남겨두고 온 사람도 많고."

"그래……."

스이메이의 말에 레이지는 눈을 감는다. 그 역시 남겨두고 온 사람들을 생각하면 마음이 편하지 않다. 스이메이는 가족이 없어 레이지보다는 마음이 편할 것이다. 그러나 레이지는 저쪽 세계에 있을 가족을 수없이 그리워했을 것이다. 만날 수 없다는 마음보다 걱정을 끼치고 있다는 사실이 레이지를 우울하게 만들었을 것이다.

"어쨌든, 방법을 찾고 돌아갈 수 있게 되면, 바로 연락할 테니까 기대해."

"후후후, 고맙다."

쓸쓸한 분위기 속에 걸음을 옮기자, 집으로 통하는 골목 입구에 구면인 인물이 있었다. 주변을 두리번대고 있는 것은 금발과 푸른 눈을 가진 인물. 하지만 그 아름다운 용모의 남자는——.

"별일이네. 오늘은 남자랑 같이 있고."

스이메이를 발견하고 비아냥거리듯 말을 건 것은 성청의 용사, 엘리어트 오스틴이었다. 그와 처음 만난 레이지는 스이메이에게 묻는다.

"스이메이, 누군데?"

"이 잘생긴 청년은 성청 엘 메이데에서 소환된 용사시란다."

"그럼 이 사람이……."

놀라는 것도 잠시 엘리어트의 앞에 나서는 레이지.

"나는 레이지 샤나. 반갑다."

"——레이지? 혹시 아스텔에서 소환되었다는……."

이름을 들어본 기억이 있는지 엘리어트가 묻자 레이지가 고개를 끄덕인다.

그러자 엘리어트는 정중히 머리를 숙여 인사한다.

"나는 엘리어트 오스틴. 네 소문은 익히 들었어. 마족 장군을 쓰러뜨렸다면서?"

"아니, 그건 사실 내가 한 게 아니라……."

"……?"

어리둥절해하는 엘리어트에게 레이지는 난처한 듯 한숨을 쉰 뒤, 그때 일을 설명한다.

……이윽고 레이지가 자초지종을 모두 털어놓자, 엘리어트는 자못 울적한 표정으로 한숨을 토했다.

"……역시. 정치에 휘말렸다는 거네. 너도 힘들겠다."

"그러니 지금 떠도는 얘기는 사실이 아니야."

전부 털어놓은 레이지는 의기소침한 듯하다. 본의 아닌 소문으로 칭송받는 것이 상당히 부담스러웠던 모양이다. 천성이 정직한 그이니 무리도 아니다. 밝은 갈색 눈동자가 지금은 어쩐지 어두운 색을 띠고 흔들렸다.

그런 레이지의 마음을 엘리어트도 읽었을까. 배려하듯 엄하지 않는 목소리로 충고를 덧붙인다.

"노파심에서 충고하는데 그런 녀석들이 좋을 대로 하도록 둬서는 안 돼. 권력자라면 누구나 강한 자를 이용하고 싶어 하거든."

"그런 걸 잘 알아?"

"뭐, 대충은."

엘리어트는 질렸다는 듯 짧게 한숨을 쉰다. 그 반응으로 보아 그는 원래 있던 세계에서 그런 경험으로 고생했었는지도 모른다.

"굉장하다. 나는 원래 세계에서는 평범한 학생이었거든. 그런 부분에는 대처 능력이 제로야."

레이지가 말하자 엘리어트는 깜짝 놀라며.

"……그래? 그런 것 치고는 균형 잡힌 몸처럼 보이는데."

"그래? 그럼 다행이네."

그렇게 말하며 레이지가 언제나처럼 자연스럽게 미소 짓자, 그 모습을 본 엘리어트가 갑자기 움찔했다.

"——?!"

"왜 그래?"

레이지의 물음에도 아랑곳 않고, 엘리어트는 스이메이 쪽으로 얼굴을 돌린다. 그리고 속삭이듯 손으로 입을 가리고.

"미소가 장난 아니네."

"얼굴은 왜 빨개지는데……."

엘리어트를 보며 한숨을 쉬는 스이메이. 그의 태도에 질렸지만, 실제로 레이지의 미소가 남자에게도 효과가 있다는 것이니 마냥 웃을 일은 아니다. 그 사실을 깨닫지 못하고 웃는 레이지도 레이지였지만.

"오스틴 씨. 어쨌든 고마워."

"후후, 지금 나도 남 걱정할 때가 아니지만 말이야. 그리고 그냥 엘리어트라고 불러."

엘리어트는 호의적인 태도를 보이며 짐짓 어깨를 움츠린다. 그런 그를 보며 스이메이는 어쩐지 감탄하여 "호오~" 하고 한숨을 쉬었다.

"……왠지 너희 둘 죽이 잘 맞는 것 같네."

"너보다는 훨씬."

기분 나쁜 시선으로 바라보는 엘리어트에게 스이메이는 "시끄러" 하고 받아친다. 그때 엘리어트가 무언가 깨달았는지 스이메이와 레이지를 번갈아 바라본다.

"그러고 보니, 너희들 아는 사이야? 연결고리가 없어 보이는데."

"뭐, 이 녀석과는 조금 인연이 있어."

"인연…… 그건 그렇고, 용사를 그렇게 부르는 건 실례 아닌가?"

"……그거 혹시, 에둘러서 자기도 높여서 불러달라 그거야?"

"참아줄래? 너한테 그렇게 불리면 평생 닭살로 살아야 한다고."

"호~. 그럼 외람되지만. ――엘리어트 님, 평생 닭살로 사시지요."

"으아아……."

스이메이의 짓궂은 말투에 여봐란 듯 어깨를 감싸는 엘리어트. 의외로 장단이 잘 맞는 남자다.

"……그건 그렇고, 너는 여기 웬일이야?"

"아, 네가 이 근처에 산다고 하길래. 어떤 곳에 사는지 보러 와봤어."

"별난 녀석이네."

질린 투로 말한 스이메이는 문득 한 가지 사실을 떠올린다.

"그러고 보니, 얼마 전에 활약했다던데."

"비꼬는 거냐?"

"아니, 다른 뜻은 없어."

두 사람만 아는 이야기였기에 소외당하는 레이지. 바로 엘리어트에게 묻는다.

"무슨 일인데?"

"지금 제도를 떠들썩하게 만든 혼수 사건의 범인과 대치했었거든. 하지만 유감스럽게도 또 놓쳤어."

"응? 한판 붙은 거 아니었어?"

"아니, 교전은 없었어. 지난번처럼 놀리듯이 도망만 다니더라."

엘리어트는 분하다는 듯 한숨을 쉬었다. 스이메이는 오늘 수집한 정보로 엘리어트가 키 큰 그림자를 궁지에 몰아넣었다는 사실을 알았다. 제도의 주민들은 칭송했지만, 실제로는 그게 아닌 모양이다.

"이번에는 황녀 전하도 계셨지만. 그리 간단하지 않았어."

"과연. 역시 상당한 실력자라는 거네……."

"…………."

문득 스이메이는 엘리어트의 시선을 깨닫는다. 그 눈빛은 어딘가 집요하게 탐색하는 듯도 한데.

"왜?"

"……아니. 너라면 쓰러뜨릴 수 있을 것 같아?"

"무슨 뜻으로 하는 말인지 모르겠지만…… 녀석의 실력을 모르니 뭐라고도 말 못 해."

스이메이는 그런 억측은 성립하지 않는다며 손을 들어 보인다. 키 큰 그림자. 엘리어트와 그라체라도 잡을 수 없었다면 방심할 수 없는 인물이리라.

그때 문득 누군가의 기척을 깨닫는다. 스이메이가 눈을 가늘게 뜨고 엉뚱한 곳을 노려보자, 뒤늦게 기척을 눈치챈 두 사람이 같은 방향을 바라본다. 옅은 기척을 동반하고 누군가가 다가오고 있다. 세 사람이 그렇게 느꼈을 때, 그 인물은 조용히 모습을 드러냈다.

"용사님들이 함께 있을 줄은 몰랐군요?"

"로그 대좌?"

엘리어트의 목소리가 가리키는 대로, 다가온 사람은 회색이 섞인 흑발을 올백으로 넘긴 남자――제국 군인인 로그 잔다이크였다.

언제나처럼 흑색을 기조로 한 군복을 갖춰 입고, 보란 듯이 허리에 칼을 차고 있다. 그 위험한 차림새는 험한 인상을 주지만, 어째서인지 눈이 가는 곳은 그의 뒤로 길게 드리운 그림자. 본인의 인상이 옅게 느껴지는 이유는 석양이 만들어내는 그림자 때문일까.

지면을 딛고 있는 걸까 그렇지 않은 걸까. 불가사의한 걸음으로 다가오는 로그. 예리한 다갈색 눈동자는 엄격해 보이는 섬세한 이목구비를 더욱 두드러지게 했다.

문득 레이지가 슬며시 다가와 소곤거린다.

"스이메이, 로그라면 분명……."

"응……."

스이메이도 그간의 사정은 레이지 일행에게 말해두었다. 레이지가 긴장하자, 로그는 엘리어트를 향해 가볍게 인사를 했다.

"엘리어트 님. 그라체라 황녀 전하께서 찾으십니다. 서둘러 광장으로 오시라는 명령입니다."

그 말을 전하려고 여기까지 걸음을 한 것일까. 그라체라라는 이름을 듣고, 엘리어트가 크게 한숨을 내쉰다.

"진짜, 귀찮은 황녀야."

"그건 나도 동감이야."

"동정할 거면 대신 가줬으면 좋겠는데."

"훠이! 저리 가."

스이메이가 손사래를 쳐도 엘리어트는 신경도 쓰지 않는다. 석양 아래 머리카락을 쓸어 올리는 동작이 어딘가 요염하게 아름다웠다.

돌아가려는 엘리어트에게 레이지가 말한다.
"그럼 엘리어트, 인연이 있다면 또 보자."
"그래. 그때는 잘 부탁한다, 아스텔의 용사."
엘리어트는 산뜻한 인사를 남긴 뒤 떠났다.
로그는 엘리어트를 보낸 뒤, 가늘게 뜬 눈으로 스이메이를 바라본다.
"스이메이 야카기였지."
"오랜만입니다."
"리리아나가 수배되기 전, 그 아이와 만났다고?"
"……네."
로그와 마찬가지로 엘리어트의 뒷모습에서 눈을 떼지 않은 채 대답하는 스이메이. 로그는 그런 스이메이를 쳐다본다.
"의미 없는 질문이지만, 리리아나가 지금 어디 있는지 알고 있나?"
"저는 잘 모르는데요."
"정말인가?"
"네."
스이메이는 대답한 뒤, 로그를 바라본다. 그리고.
"저도 물어봐도 될까요?"
"뭐지?"
"그녀를 찾고 계신 모양인데 혹시 그녀를 찾으면 어떻게 하실 생각이죠?"

굳은 의지가 깃든 표정. 잠시 시선이 교차했지만 로그는 여전히 굳은 표정으로 대답한다.

"그걸 왜 대답해야 하지?"

"저 역시 혼수 사건의 범인을 쫓고 있으니까요. 듣고 싶습니다."

"……당연히, 자신의 행동에 책임지게 해야지. 그것뿐이다."

"그 이유가 당신을 지키기 위해서였다고 해도 말입니까?"

"물론이다."

로그는 무뚝뚝하게 등을 돌린다. 그 목소리는 로그의 기질을 대변하듯 딱딱했다. 리리아나를 추격했을 때와 변함없는 것일까. 그렇다면 그 의지는 꺾이지 않을 것이다.

그러나 그럼에도 스이메이는 말해야만 할 것 같았다.

"……주제 넘는 말일지도 모르지만."

"스이메이?"

"당신은 그녀의 아버지 아닙니까? 비록 친딸은 아니지만, 그 아이의 아버지가 되어주기로 했다면, 당신은 아버지여야 합니다. 적어도, 마지막까지는요."

"…………."

"그렇지 않습니까? 당신이 그녀의 가족이라면 그녀를 믿어줘야 하는 거잖아요?"

스이메이는 마음속에 품었던 말을 내뱉는다. 그러나 로그는 굳은 표정을 풀지 않았다.

한차례 퍼부은 뒤 진정이 된 것일까. 조금 전보다 차분해진 목소리로.

"……부모도 아닌 사람이 부모의 책임을 논하는 게 건방지다는 것은 압니다. 하지만 책임이라면……."

"——아니. 부하가 저지른 일을 매듭짓는 것. 그게 그 아이의 상사인 내 책임이다."

로그는 그 말을 남긴 뒤 뒤돌아보지 않고 떠났다. 그곳에 마치 굳은 결심이 있기라도 한 것처럼.

그럼에도 설령 그의 결심이 아무리 굳건하다 해도, 스이메이는 리리아나의 마음을 전하고 싶었다. 결국 그 뒷모습을 지켜볼 수밖에 없었지만.

레이지가 전에 없이 진지한 표정으로 로그의 뒷모습을 바라보며 얼굴을 들이민다.

"……스이메이. 아무래도 나는 저 사람이 수상한 것 같은데."

"범인? 아니. 배후는 저 사람이 아니야."

"그래?"

"응. 틀림없어. 일단, 짐작 가는 인물도 있고."

스이메이와 레이지가 그런 대화를 주고받고 있을 때, 뒤쪽에서 요란한 발소리가 들려왔다. 그리고 부르는 목소리가 뒤따른다.

"스이메이 님! 레이지 님! 큰일 났어요!"

뒤돌아보자, 페르메니아가 숨을 헐떡이며 달려오고 있었다.

★

스이메이 일행의 제국 거점, 그중 어느 방. 그곳에 설치된 신비적인 빛을 내뿜는 서클(마법진) 위에서 레피르는 한쪽 무릎을 꿇고 혼자 기도를 올리고 있다.

무릎을 꿇은 채 미동도 없는 그 모습은 마치 신께 기도를 올리는 경건한 신도인 듯도 하고, 그 신이 은혜를 베풀기를 기다리는 듯도 하다. 아니, 그녀는 아르주나 여신의 뜻과 그 존재를 믿기에, **'듯하다'**는 표현은 적절치 않을 것이다. 푸른 빛줄기가 어둑한 방의 세간을 비추는 모습은 환상적이며, 누구도 침범해선 안 된다고 생각될 정도로 아름다웠다.

노크 소리가 울려 퍼진다. 레피르가 가늘게 뜬 눈으로 그쪽을 바라보자, 문 너머에서 스이메이의 목소리가 들려왔다.

"레피. 어때?"

"응. 좋아. 네가 만들어준 진 덕분에 꽤 좋아졌어."

레피르의 밝은 목소리에 스이메이는 "다행이다"라며 가벼운 안도의 한숨을 내쉰다.

"무슨 일인데?"

"아, 아무래도 무슨 일이 있는 것 같아. 다 같이 할 얘기라고 해서 부르러 왔어."

"……뭘까, 좋은 예감은 안 드네."

"나도 그래."

문 너머로 어깨를 움츠리는 스이메이의 모습이 그려진다.

자리에서 일어선 레피르는 스이메이를 따라 거실로 향한다. 거실에는 이미 페르메니아와 레이지 일행, 수행 기사들이 모여 있다.

거실 테이블에 모두가 빙 둘러 앉았을 때, 페르메니아가 말을 꺼낸다.

"조금 전, 밖에서 정보 수집을 하다가 이상한 소리를 들었어요."

공포에 질린 듯한 표정의 페르메니아에게 질문하는 스이메이.

"무슨 일인데?"

"광장에 있던 군인들이 하는 이야기를 엿들었어요. 리리아나의 은신처가 밝혀졌다는 얘기였어요."

"선생님, 그건."

"이곳이 알려졌다는 거네……."

올 것이 왔다는 듯 스이메이는 한숨을 토한다. 시간문제라는 것은 알고 있었지만 이렇게 빨리 올 줄이야.

"백염님. 확실한 건가요?"

"네, 공주 전하. 마술…… 아니, 마법을 써서, 남쪽 광장의 본영에서 얻은 정보이니 아마 틀림없을 거예요."

페르메니아는 티타니아의 물음에 대답한 뒤 계속 말한다.

"그리고 그뿐만이 아니에요. 리리아나와 관계된 자를 일망타진하기 위해 오늘 밤에라도 현장을 덮칠 거라고……."

“그렇다는 건, 제국——그라체라 황녀는 우리도 잡을 생각인 거네.”

레피르가 불쾌하다는 듯 신음한다. 은신처가 드러났다면, 은신처를 제공해준 사람도 잡아들이는 건 자연스러운 흐름이다.

그러나——.

“그 용사가 집 주변을 서성인 건, 이것 때문이었나…….”

“엘리어트?”

“아마 그럴 거야.”

스이메이는 레이지의 물음에 수긍한다. 그 타이밍에 엘리어트의 방문은 다소 뜬금없는 것이었다. 스이메이의 거처 따위 엘리어트에게는 아무래도 좋을 사안이다. 궁금해서 보러 왔다는 것은 있을 수 없다. 그러나 오늘 밤의 작전을 위해 사전 답사를 온 것이라면 납득이 간다. 어디에서 리리아나의 은신처 이야기가 나왔는지는——짐작은 가지만.

그때 레피르가 페르메니아에게 묻는다.

“페르메니아, 그라체라 황녀도 오는 거야?”

“네? 아, 아마도 그럴 거예요.”

“흐음……. 그래, 역시…….”

당연한 것이다. 그런 기질을 가진 여자가 오지 않을 리 없다. 그러나 레피르는 조금 전부터 특히 이 일에 매달리는 모습. 스이메이의 눈에는 작아져서 사랑스러웠던 그녀의 표정이 한순간 험악해진 것처럼 보였다.

"스이메이, 어쩔 거야?"

미즈키의 물음에 스이메이가 대답하기도 전에 리리아나가 떨리는 목소리로 말한다.

"역시, 내가 출두하면……."

"그렇게는 안 돼. 게다가 지금 출두하는 건 이미 늦었어."

"하지만! ……그러게 되면 모두에게 폐가 될 거예요."

"걱정하지 마. 일일이 그렇게 생각하면 이 세상은 살아갈 수도 없어."

그렇게 말하며 스이메이가 웃어 보이자, 리리아나는 감동받은 듯 고개를 숙였다. 한편 레피르가 스이메이를 바라보며.

"리리아나 일은 전면적으로 찬성이지만, 스이메이. 앞으로는 어쩔 작정이야?"

"범인을 잡으러 가야지."

스이메이가 레피르에게 말하자, 한순간 실내가 술렁였다.

"사실은 좀 더 정보를 모든 뒤에 접촉하고 싶었지만 말이야. 그럴 시간이 없을 것 같네."

"스이메이, 배후에 대해서 짐작 가는 데가 있다고 했었지? 그 사람이 진범이라는 확증은 있는 거야?"

"거의. 그자가 분명해."

레이지의 물음에 스이메이가 자신 있게 답했다. 이번에는 티타니아가 질문을 던진다.

"잡으러 가는 건 좋지만…… 그걸로 전부 해결되는 건가요?"

“전부는 어려울지도. 일단 빨리 야반도주 준비부터 할까?”
상황에 어울리지 않게 스이메이가 웃음을 보이자, 레피르와 페르메니아는 한숨을 토한다. 그때 다시 티타니아가.
“스이메이, 범인을 잡을 땐 다 같이 가나요?”
티타니아의 물음에 스이메이는 한순간 멍해진다.
“응?”
“왜 그런 얼빠진 표정을 지어요? 계획은 있냐고 묻고 있잖아요?”
“……혹시, 도와주려고?”
스이메이가 당황하자, 티타니아는 무슨 소리냐는 듯한 얼굴. 그리고 레이지 역시 어처구니없다는 듯한 목소리로.
“그 반응, 지금 엄청 새삼스럽거든, 스이메이. 그야 당연하잖아.”
“맞아, 어려운 상황인 건 피차일반! 숙소를 못 잡고 있을 때 스이메이도 우리를 도와줬잖아?”
“하지만 그렇게 되면 앞으로 너희들이 곤란해질 텐데…….”
“괜찮아. 게다가 늘 신세진 건 나였어. 늘 내 멋대로 굴면, 스이메이가 거기에 동참해주는 식이었잖아? 그러니까 은혜를 갚는 거라고 생각해.”
레이지는 밝게 말한 뒤, 돌연 결의에 찬 표정으로.
“무엇보다, 보고도 못 본 척할 순 없으니까.”
레이지의 목소리가 거실에 울려 퍼진다. 만전을 기한 그 목소리는 몹시 믿음직스러웠다.

그 모습에 스이메이는 체념한 듯 머리를 긁적인다.
"……아~, 레이지의 명언이 나와버렸네."
"이렇게 되면 아무도 못 말리지~. 안 그래? 스이메이?"
"그렇지."
미소 짓는 미즈키의 모습에 스이메이의 얼굴에도 미소가 번진다. 그리고.
"……그래. 레이지 일행이 돕겠다면, 고맙게 받아들일게."
그 자리에 있던 전원이 호쾌하게 고개를 끄덕이자, 의자에 앉아 있던 리리아나가 황급히 일어난다.
"스이메이, 그자를 잡으러 가는 거면 나도 데려가주세요."
"……나는 리리아나를 싸우게 하고 싶지 않은데."
"하지만……."
리리아나가 매달리자, 스이메이는 잠시 침묵한다. 상대는 이번 사건의 배후이며, 어쨌거나 리리아나를 조종한 자. 그런 자를 만나게 하고 싶지 않다.
그러나 눈앞에 있는 소녀의 눈동자에는 간절한 빛이 어려 있었다. 사건을 직접 매듭지을 수는 없어도, 마지막까지 지켜보는 일만큼은 하고 싶다는 강한 의지.
그 결의에는 아무리 스이메이라도 꺾일 수밖에 없었다.
"마법은 쓰면 안 돼."
"네, 알아요."
"심한 일을 당할지도 몰라."
"각오하고 있어요. 나는, 도망치지 않을 거예요."

“정말 괜찮은 거지?”

“네.”

“……알았어. 믿을게.”

그렇게 말한 뒤, 스이메이는 밤의 전투를 위한 작전을 이야기하기 시작했다.

회의가 끝난 뒤, 페르메니아는 스이메이의 요청으로 현재 관계자 외 출입 금지인 그의 연구실에 와 있었다.

특별한 얘기도 없이 그저 와달라는 말만 있었기에, 조금 전부터 미간에 주름을 잡고 있는 페르메니아. 특수한 술식이 들어간 문을 열자, 호출한 본인은 방 한구석에서 부스럭대며 도구를 정리하고 있었다.

“스이메이 님. 페르메니아 스팅레이 왔습니다.”

“오, 왔구나. 거기 적당한 데 앉아.”

돌아보지도 않고 손짓으로만 지시하는 스이메이. 페르메니아는 그가 말한 대로 의자에 걸터앉는다. 그때 물품 정리가 끝났는지 스이메이가 다가왔다.

“미안해.”

“아뇨, 괜찮아요. 그런데 도대체 무슨 일이신데요? 저만 따로 부르시고.”

“응, 메니아에게 별도로 전할 말도 있고, 오늘 밤 있을 전투에 대해서 말해둘까 해서."

"저에게만요?"

의아하다는 듯한 페르메니아의 물음에 스이메이는 고개를 끄덕인다. 조금 전에 있었던 회의에서 배후를 쓰러뜨리러 가는 조와 그라체라, 엘리어트가 이끄는 제국 부대를 상대할 조로 나누었는데——.

"아까 얘기한 대로 나는 리리아나와 함께 가야 하니까. 그쪽은 메니아가 막아줘야 해."

"앗, 그건……."

예상치 못한 말이었는지 표정을 굳히는 페르메니아. 그녀의 예상을 소리 내어 말한다.

"맞아. 그라체라는 메니아가 상대해줘야겠어."

"우왓?! 제가?! 제가요?!"

"너 말고 그 위험한 여자를 상대할 수 있는 건 티아 정도지만, 지금 그 방법은 저 상태로는 쓸 수 없을 것 같고. 레피도 아직 완전한 상태가 아니고, 역시 메니아밖에 없어."

"그그그, 그치만?! 그라체라 황녀 전하를 상대하기엔 제 역량이……."

"부족하다고?"

"당연해요! 터무니없어요! 상대는 제국 최강의 마법사라고요?!"

페르메니아는 고개를 세차게 흔들며 버거운 일임을 호소했다.

"하지만 메니아도 아스텔 최고 마법사로 알려져 있잖아?"

"제국에는 마법원이 있어서 마법학은 대륙에서도 최고봉이에요!"

페르메니아는 어버버, 어버버, 하며 전에 없이 쩔쩔맸다. 윗사람을 상대하는 것에는 아직 익숙하지 않은 것일까.

그런 그녀를, 스이메이는 이해할 수 없다는 듯이 반쯤 뜬 눈으로 바라본다.

"……저번에는 시원하게 퍼붓고 도망쳤었잖아?"

"그! 그건 어쩌다보니 그렇게 된 거예요! 두 번은 못 해요!"

페르메니아는 그렇게 외치더니 금세 "어흐흐……" 하며 의기소침해졌다.

"불안하구나."

"……네."

"괜찮다니까. 예전이면 몰라도 지금은 마술 공부도 열심히 했잖아? 내가 말한 대로 움직이고, 레이지 일행에게 지시를 내리면——아무 문제없이 대처할 수 있을 거야."

"정, 정말로요?"

"그래."

스이메이는 페르메니아의 물음에 밝게 수긍한다. 그리고 설명을 시작한다.

"오늘 밤 전투에 대해서는 나중에 설명할게. 우선은 마술 개론에 관한 중요 법칙 하나, 은비학적 엔트로피에 대해서 알려줄게."

"으, 은비학적 엔트로피요……? ……굉장히 엄청날 것 같은 이름이네요."

마술이라는 말에 페르메니아는 조금 전의 위축된 모습에서 돌변하여 상체를 앞으로 쑥 내밀었다. 무거운 임무를 떠맡고 불안에 떨던 것이 거짓말처럼 된 것은 신비를 갈구하는 그녀의 타고난 기질 때문이리라.

"우선 복습으로 내가 살던 세계에 존재하는 마술이 무엇인지, 그것을 행사하는 데 필요한 동작이 무엇인지 말해볼래? 자세하지 않아도 돼."

"네. 스이메이 님이 살던 세계의 마술은 말하자면 현상이에요. 천둥이나 폭풍이 기후 조건이 충족되면 발생하는 것처럼, 마술도 마술사가 만들어낸 조건을 충족시킴으로써 발생하는 천둥이나 폭풍인 거죠."

"그렇지."

"그리고 마술 행사, 즉 마술사가 만들어낸 현상을 발생시키는 데 필요한 것은 술식 구축, 필요 마력 주입, 몸짓과 손짓, 마법진 구축, 주문 영창, 아티팩트(마술품), 그리고 현계 및 발동이에요. 그 모든 동작을, 사용할 마술에 따라 조합하면 마술은 발동해요."

마지막까지 자신 있게 대답한 페르메니아에게 스이메이는 고개를 끄덕인다.

천둥을 일으키는 마술을 미리 만들었다고 하자. 그리고 그 마술을 발생시키기 위해 필요한 것이 주문 영창과 마법진이라고 하자. 여기서 말하는 마법진이 뇌운 발생이며, 주문 영창이 방전 트리거에 해당하는 것이다. 그 안에 사상 조작과 개찬(改竄)이 포함된다.

스이메이가 끄덕인 대로 페르메니아의 대답은 맞다. 그러나.

“그 외에 필요한 게 있는데, 그건 뭐지?”

“네. 하나의 마술로 그들 행위를 정해진 수순대로 정해진 시간 안에 마쳐야 해요.”

“맞았어. ……마술 행사에 대해서는 걱정 안 해도 되겠어.”

만족한 듯 끄덕인 스이메이는 잠시 생각에 잠긴 듯한 자세를 취한다.

“그리고…… 언급해둘 점이라면, 그 마술 행사는 보통 상식에서 벗어난 것으로 여겨져.”

“네? 마술 행사가 상식에서 벗어난 거예요?”

“그래. 이 세계 사람들은 이해하지 못하겠지만, 그렇게 알아둬.”

“네…….”

스이메이의 말에 페르메니아는 눈썹을 찌푸린 채로 대답한다. 스이메이가 살던 세계에서는 지극히 상식적인 말이지만 그녀가 납득하지 못하는 것도 무리는 아니다.

이 세계 사람은 아직 지식 수준이 낮기 때문에 물리 법칙과 마술 법칙을 확실히 구분 짓지 못한다. 그러므로 저쪽 세계의 상식인『만류인력의 법칙』과 영창을 통해 구현되는 마법도 이 세계에서는 똑같은 범주에 존재하는 상식인 것이다.

그러니 지금부터 할 이야기에서는 그것을 확실히 구분해서 생각해야 한다.

"——자, 슬슬 은비학적 엔트로피에 대해서 얘기해볼까. 여기서는 엔트로피라고 간단히 말했지만, 엔트로피란 일정 장소의 『신비적 법칙을 확립시키려는 요소』와 『과학적 법칙을 확립시키려는 요소』가 섞여서 어지럽게 뒤섞인 상태의 척도라고 보면 돼. 마술 개론의 표준이 되는 정의지."

"에, 네."

페르메니아는 잘 모르겠다는 듯한 반응. 그러나 스이메이는 설명을 계속한다.

"우선 첫 번째로, 『과학적 법칙을 확립시키려는 요소』에 대해서 알아볼게. 과학을 모르는 메니아가 알기 쉽게 설명하자면 이건 『마술로 발생하는 현상』 이외의 현상을 일으키려는, 눈에 보이지 않는 존재야."

"눈에 보이지 않는 존재요?"

"그래. 이 세계에서 말하는 엘리멘트를 상상하면 좋을지도. 그리고 또 하나인 『신비적 법칙을 확립시키려는 요소』는 말 그대로야. 아까 설명한 것과는 반대로, 마술을 포함한 신비적 현상을 일으키려 하는, 눈에 보이지 않는 존재지."

"아! 그래서 엘리먼트라고! 그러니까 마술이나 그 이외의 현상을 발생시키는 데 도움을 주는 거군요?"

"조금 다르지만…… 아주 틀린 것도 아니야……."

스이메이의 난처하단 듯한 말투에 페르메니아는 고개를 갸웃거린다. 그러나 스이메이는 계속한다.

"세계라는 건, 예외적 공간을 제외하고『과학적 법칙을 확립시키려는 요소』로 채워져 있어. 그래서 신비적 현상은 아주 드물고 그 대신…… 굉장히 극단적인 예를 들자면, 물건이 땅에 떨어지거나 물건과 물건을 서로 비비면 열이 발생하는 현상 따위가 쉽게 일어나지."

"세계가 그런 요소로 채워져 있다면『신비적 법칙을 확립시키려는 요소』는 도대체 어디에 있는 거예요?"

"그건 일부 지역, 그러니까 물리 법칙으로 해명할 수 없는 현상이 일어나는『신비적 장소』에 존재하는데, 이건 마술사가 신비적 동작을 행할 때도 발생해. 결론은, 마술을 사용하면『과학적 법칙을 확립시키려는 요소』로 가득 찬 공간에『신비적 법칙을 확립시키려는 요소』가 생겨난다는 거야."

"그렇군요."

"그래서 마술을 사용할 때마다 공간에는『신비적 법칙을 확립시키려는 요소』가 증가하고, 당연히 하나의 공간에 두 개의 요소가 존재하게 되는 거지. 그런데 이『신비적 법칙을 확립시키려는 요소』는『과학적 법칙을 확립시키려는 요소』를 엄청 싫어해서, 생겨나자마자 싸움을 걸어버려."

"요소끼리 싸움을요……?"

"상상하기 어려우면, 그 두 요소를 눈에 보이지 않는 소인이라고 생각해봐. 그 둘이 난전을 벌이는 거야. 그게 아까 말한 어지럽게 뒤섞인 상태야."

"소인…… 그렇게 생각하니 쉽네요. ……하지만 그 소인끼리 싸우면 어떻게 되는 거예요?"

"그 두 요소가 싸우기 시작하면, 쉽게 말해 마술 이외의 현상이 제대로 일어나지 않게 돼."

"물건이 떨어지거나 하는 현상이 일어나기 어려워진다는 거예요?"

"일어나기 어려워진다기보다 다른 결과가 일어나기 쉬워진다고 하는 게 맞아. 대개 그건 실패라는 형태로 나타나."

"그럼 물건이 떨어지지 않거나 엉뚱한 방향으로 날아가는 일도 일어날 수 있다는 거예요?"

"극단적으로 말하면 그렇다는 거야. 실제로는 어지간한 경우가 아니라면 단순한 법칙에는 영향이 없어. 좀 더 고도의 물리 법칙에서부터 영향이 나타나는데……."

스이메이는 거기서 말끝을 흐린다. 과학에 대한 이해가 없는 페르메니아에게 고도의 물리 법칙을 설명하는 것은 수고로운 일이며, 지금 여기서는 그다지 관계가 없다.

"알 것 같아요. 간단히 말해 마술을 사용하는 것만으로 결과에 혼란이 발생한다는 거죠?"

"맞아. 그리고 그 싸움이 크면 클수록 엔트로피가 크다는 거야. 싸움 규모의 지표인 거지."

스이메이는 페르메니아의 말을 긍정한다. 그러나 페르메니아는 금세 미간에 주름을 잡고 고개를 크게 갸웃거렸다.

"하지만 그렇게 되면 언제까지나 혼란스러운 결과가 계속 되는 거잖아요? 소인은 싸움을 멈추나요?"

"아니, 그럴 일은 없어. 은비학적 엔트로피는 비가역이기 때문에 요소(소인)는 화해하지 않아. 하지만 그 주위에는 아직 많은『과학적 법칙을 확립시키려는 요소』의 소인이 존재하고 있으니까――늦게나마 원군이 오지. 그렇게 되면『과학적 법칙을 확립시키려는 요소』의 비율이 커져서 결과(물리 법칙)는 안정돼."

스이메이는 거기서 한 번 말을 끊고, 다시 설명하기 시작한다.

"마술을 사용하면 요소와 요소가 섞여서 공간의 엔트로피가 증가해. 결과가 큰 마술일수록 증가량은 커져. 결과가 크면,『신비적 법칙을 확립시키려는 요소』를 많이 만들어내니까."

"결과가 큰 마술에 대해 자세히 설명해주세요."

"응. 마술로 일으킬 결과가 큰지 작은지는, 마술을 사용하지 않고 동일한 결과를 추구했을 때, 얼마나 일으키기 어려운가로 결정돼. 불을 일으키는 건 그다지 어려운 일이 아니지만, 큰 바위를 가루로 만드는 건 어려워. 그런 차이지."

"확실히, 어려운 마술일수록 절차가 많아요."

"맞아. 그래서 엔트로피가 증가하는 거야. 내가 사용하는 현대 마술 이론으로 만들어진 마술도 엔트로피를 크게 증대시키는 마술로 분류되어 있어."

“현대 마술 이론이요? 어째서요? 스이메이 님은 현대 마술 이론으로 만들어진 마술은 다른 체계의 마술보다 절차가 간단하다고 말씀하셨잖아요?”

“현대 마술 이론으로 만들어진 마술은 다른 마술로 같은 결과를 추구할 때보다 빨리 행사할 수 있고, 적은 절차로 위력을 향상시킬 수도 있어. 행사에서 발동까지의 시간이 다른 마술보다 적어. 시간이 한정되어 있다는 건 그만큼 난이도가 높다는 거겠지? 같은 결과를 빨리 일으킬 수 있으니까, 결과는 큰 거야.”

“아.”

납득하는 페르메니아에게 스이메이는 지금까지 했던 이야기를 정리하듯 말한다.

“세세하게 이야기했지만, 여기서는 방금 말한 대로 마술을 사용하면 엔트로피가 증가한다는 사실만 기억하면 돼. 자, 오늘 수업의 본제는 이제부터야――.”

제4장 악마

깊은 밤의 제도. 그 거리를 스이메이, 페르메니아, 리리아나 셋이 걷고 있었다.

스이메이의 옆에 바싹 붙은 페르메니아가 문득 주변을 두리번거리며 속삭인다.

"고요하네요."

"전투가 발생할 것을 알고 미리 퇴거 명령이라도 내린 거겠지."

거리의 분위기를 보며 스이메이는 나름대로 추측한다. 페르메니아가 말한 대로 거리는 지금 적막에 휩싸여 있다. 거리에 통행인이 없는 것은 밤늦게 쓸데없이 나돌아 다니는 행위가 금해진 이상 당연한 일이지만, 지금은 그 주변의 민가에서도 인기척이라고는 느껴지지 않는다. 차가운 밤공기와 자신들이 일으키는 소음이 더욱 크게 느껴졌다.

문득 리리아나가 손을 잡아당긴다.

"스이메이. 저기."

"빠르네. 벌써 납신 건가……."

리리아나가 가리킨 방향에는 수많은 그림자가. 남쪽 광장까지 이어지는 길 쪽에서 발소리와 함께 병사들이 모습을 드러낸다.

"……스이메이 님. 정말 리리아나와 둘이서 괜찮으시겠

어요?"

"문제없어. 소모한 아스트랄 보디도 충분히 회복했고. 나머지는 표적을 잡는 일뿐이야."

두 사람이 그런 대화를 주고받는 사이에, 병사들은 거리를 두고 멈춰 선다. 그 수는 상당하며, 무장도 삼엄하기 그지없다. 그 뒤에는 마법사 부대도 대기하고 있다. 이윽고 병사들의 대열을 가르며 그라체라와 엘리어트, 크리스터가 나타났다.

"이거 또 다 같이 보게 되네."

스이메이가 가볍게 인사하자, 그에 그라체라가 응답했다.

"오랜만이군. 스이메이 야카기. 그 후로 상태는 좀 어때?"

"덕분에 회복이 늦어져서 고생했어. 그건 그렇고, 오늘은 사람을 꽤 많이 달고 왔네."

"상대가 상대니까. 그에 걸맞은 준비를 했을 뿐이야."

"너무 높게 평가한 것 같은데."

"헛소리하는군."

스이메이의 시치미에 그라체라는 그렇게 내뱉는다. 그러자 이번에는 엘리어트가 입을 연다.

"……설마 네가 그 아이를 숨겨줬을 줄은 몰랐네."

"그래?"

"당연하지. 나와 범인 수색 경쟁을 벌이는 사람이 피의자를 숨겨줄 줄 누가 생각했겠어?"

"뭐, 그건 그러네."

과장되게 어깨를 움츠리는 스이메이를 엘리어트는 푸른 눈동자로 노려본다.

"왜 범인을 숨겼지?"

"얘기하자면 긴데. 하지만 그렇게 느긋하게 설명해줄 만큼 여유가 없어."

"무슨 뜻이야?"

"이제부터 이 혼수 사건의 배후를 잡으러 갈 거거든."

숨기지도 않고 대번에 말하자, 콧방귀를 뀌는 소리가 들린다. 그라체라가 불만을 표한 것일까. 곧이어 그라체라가 규탄하듯 소리쳤다.

"뻔뻔하군. 네놈도 공범 아닌가?"

"아니라고 말해도, 당신은 안 믿겠지?"

"지금 상황에선 안 믿는 게 당연해."

그라체라는 블랙 우드로 만든 곤틀릿을 낀 채 자세를 잡는다. 빨리 시작하자는 뜻일까. 전신에 투기가 넘쳤다.

"오늘 밤은 실력을 제대로 보여달라고. 지난번에는 그러지 못했으니까."

"유감이지만 안 되겠는데."

"뭐라고?"

거절하는 스이메이를 그라체라가 의아한 표정으로 바라보았을 때, 때를 엿보고 있었다는 듯이 옆 골목에서 사람 그림자가 나타난다.

"——아아. 이거 오래만이군요. 그라체라 황녀 전하."

건물 모퉁이를 돌아 모습을 드러낸 사람은 아스텔의 용사, 샤나 레이지였다.

의외 인물의 등장에 엘리어트가 놀란 표정을 짓는다.

"넌……."

"……흥, 용사 레이지. 제도에 있다는 말은 들었지만, 왜 이런 밤중에 돌아다니는 거지?"

"최근 낮에는 어딜 가나 사람들 때문에 숨이 막혀서 조용한 밤에 바람을 쐬러 나왔습니다. 그리고 혼자 나온 건 아니에요."

레이지가 그렇게 말하자, 그의 뒤에서 미즈키, 티타니아, 수행 기사들이 나온다.

"——티타니아, 어떻게 된 일이지?"

"그렇게 물으셔도…… 레이지 님이 바람을 쐬고 싶다기에 따라 나온 것뿐인걸요."

짐짓 시치미를 떼는 티타니아를 그라체라가 날카로운 눈빛으로 바라본다.

짠 듯한 전개에 고압적으로 추궁하는 그라체라.

"무슨 속셈이야?"

"속셈이라뇨, 그저 지나가던 길입니다. 그보다 황녀 전하야말로 이런 밤중에 무슨 일이시죠?"

"거기 있는 남자와 백염, 그리고 그 아이를 체포할 거야."

"체포라니, 살벌하네요. 저들이 무슨 잘못이라도 저질렀나요?"

"네놈도 제도에서 발생한 사건에 대해서는 들었겠지. 저 아이는 사건의 용의자로 의심받고 있고, 저 남자는 용의자의 은닉을 도운 혐의가 있어."

그러나 레이지는 들으란 듯이 큰 목소리로.

"그렇습니까? 나는 처음 듣는 얘기인데. 어떻게 생각해, 스이메이?"

"글쎄? 나도 잘 모르겠는데. 우리가 범인으로 몰릴 만한 짓을 한 기억은 없는데. ——아아! 혹시 그거? 별다른 성과를 못 내고 있으니까 그걸 만회하려고 우리에게 죄를 뒤집어씌우려는 건가?"

"아~ 그건 안 되지. 응, 그건 정말 안 될 일이야."

시치미를 떼는 스이메이에게 동조하는 레이지. 호흡이 척척 맞는 두 사람의 대화에 그라체라는 그들이 친구 사이인 것도, 뒤로 말을 맞춘 것도 눈치챈 것일까. 살벌한 눈빛으로 노려본다.

"네놈들……."

한편 엘리어트는 무엇이 재미있는지 웃음을 참는 모습이다. 두 사람에게 놀아나는 그라체라의 반응이 통쾌한 것일까.

문득 그 뒤에서 지금의 상황을 지켜보던 미즈키와 티타니아가 반쯤 얼빠진 표정으로 스이메이와 레이지를 바라본다.

"……어쩐지, 지금 이건 절친들의 상황극 같은 느낌인데."

"네, 둘 다 상당히 뻔뻔하네요……."

어이없어하는 것은 그녀들뿐만이 아니다. 페르메니아도 수행 기사들도 황당한 표정을 감추지 못하고 있다.

한바탕 삼류 연극이 막을 내리고, 레이지가 그 단정한 얼굴로 말한다.

"분명히 말씀드리겠습니다. 그라체라 황녀 전하. 그런 횡포는 용사로서 그냥 지나칠 수 없습니다."

"지나칠 수 없다니. 설마 우리와 싸우겠다는 건가?"

"물론, 그렇습니다."

레이지의 단언에 어찌된 영문이냐는 듯 그라체라가 티타니아를 바라본다. 그러나 티타니아는 아무것도 모른다는 얼굴. 상대할 생각이 없다는 듯이 시선조차 맞추지 않는다.

레이지가 오리할콘 검을 수평으로 뽑는다. 칼끝을 감싼 광택이 강렬한 빛을 뿜으며 마치 이명처럼 맑은 철금 소리를 냈다.

"——죄송하지만 저들이 배후를 잡을 때까지, 이곳을 통과할 수 없습니다. 정 통과하시겠다면."

"흥, 뚫고 지나가라? 그럼 네놈들이 나를 상대하는 건가?"

"아뇨, 그라체라 황녀 전하는 제가 상대해드리겠습니다."

레이지를 향한 물음에 페르메니아가 앞으로 나와 대답했다.

"백염이? 훗, 그것도 재밌을 것 같군. 지난번에는 귀공에게 한 방 먹었으니 말이야."

도발하는 듯한 미소가 페르메니아를 향한다. 페르메니아는 남몰래 끙끙대면서.

"으으……."

"괜찮아…… 메니아라면 할 수 있어."

"네……!"

스이메이의 말에 자신감을 되찾은 것일까. 페르메니아는 호박색 눈동자에 힘을 주고 가슴을 활짝 편다. 이윽고 티타니아와 미즈키, 기사들이 흩어진다. 그 뒤를 지나, 스이메이와 리리아나는 목적지로 통하는 골목 안으로 들어갔다.

페르메니아 일행과 헤어진 스이메이와 리리아나는 골목을 빠져나와 또 다른 골목을 달리는 중. 마술을 사용하여 보통 사람들은 상상도 못 할 엄청난 속도로 목적지로 향했다.

"스이메이. 정말 그 사람이에요?"

"응, 틀림없어."

옆에서 달리는 리리아나의 질문에 스이메이는 단언한다. 틀림없다. 스이메이는 그 대답에 자신이 있었다. 아니, 그렇게밖에 생각할 수 없다는 것이 맞다.

지금까지 일었던 일, **우연이라기엔 지나치게 절묘했던 상황**과 페르메니아가 수집한 정보에 입각하여 얻은 그 대답이——.

지금 향하는 제립 대도서관에 있다.

……밤공기를 뚫고 달리자, 머지않아 주위의 건물보다 높은 건물이 눈에 들어오기 시작한다.

제도의 상류 구획과 동일한 붉은 벽돌로 된 그 건물은 주변과 함께 이상한 정적에 휩싸여 있다. 밤의 어둠이 한층 깊은 듯한 착각을 불러일으킨다.

"이상하네요."

"졸음을 부르는 술이야. 이 주변에 들어온 사람은 졸음이 와서 되돌아가게 되어 있어."

"……혼미한 어둠을 엷게 퍼뜨려놓은 건가요."

리리아나의 말을 들으면서 스이메이는 입구에 도착했다. 도서관의 문을 열었다. 빨려들 듯한 어둠 속으로 한 발 내딛자 가지런하게 꽂힌 책들이 눈에 들어온다.

의지할 빛은 천장의 채광창에서 쏟아지는 달빛뿐. 내부는 쥐죽은 듯 고요하다. 마치 영이 깃든 존재가 야행하기 직전의 가장 고요한 시간대를 떠오르게 한다.

불안과 경계 때문인지 리리아나는 바싹 붙어서 걷는다. 스이메이는 그런 리리아나의 머리를 쓰다듬으며 주변을 두리번거렸다.

직원은 없다. 심야이니 당연한 것일까. ——아니, 한 명 있다.

인기척을 느꼈는지 도서관 안쪽의 어둠 속에서 흰 피부에

긴 귀를 가진, 안경을 쓴 인물이 나타났다.
"이용자분이신가요? 도서관은 이미 문을 닫았습니다만?"
나타난 것은 엘프 남성, 이 제립 대도서관의 사서인 로미온이었다.
로미온은 스이메이 일행을 알아보고 깜짝 놀란 표정을 짓는다.
"아니? 야카기 군과…… 잔다이크 경의 따님이 아닙니까. 이런 시간에 도서관에 오다니, 대체 무슨 일이지요?"
시간 외 방문의 이유를 물어 오는 로미온에게 스이메이는 숨기지 않고 목적을 알린다.
"혼수 사건의 범인을 잡으려고요."
"……? 혼수 사건의 범인……? 하지만 항간에는 야카기 군 옆에 있는 그 아이가 범인이라는 소문이 있던데요?"
"공식적으로는요. 하지만 실제로는 리리아나에게 마법을 걸어 조종한 배후가 있습니다."
"그럴 수가…… 하지만 여긴 도서관인데요?"
그렇게 말하며 주위를 두리번거리는 로미온. 넌지시 있을 리 없지 않겠냐고 말하는 그에게 스이메이는 여전히 확고한 자세로 말한다.
"네, 여기 있어요. 그 배후는."
"……여기라니, 도대체 그게 누구죠?"
스이메이의 말에 로미온은 한순간 어이없다는 듯한 표정

을 짓더니, 어설픈 농담이라도 들은 듯이 웃기 시작한다.

"설마, 그 범인이 나라는 건 아니겠죠?"

"유감이지만, 바로 그 설마야."

"농담이 지나치군요, 야카기 군. 내가 그런 말도 안 되는 짓을 할 리가 없잖아요?"

"범인이 그런 말을 하면 설득력이 없는데?"

스이메이의 도발적인 말투에 로미온은 난감하다는 듯한 미소를 띠더니 곧 입가를 긴장시킨다. 안경을 추어올려 위치를 바로잡는 로미온. 온화한 분위기는 여전했지만 조금 전까지의 우호적인 분위기는 사라졌다.

"흠…… 상당히 자신 있어 보이는데, 내가 범인이라는 근거는 뭐죠?"

"근거라면 있어."

"어디 들어볼까요?"

그 말에 스이메이는 대답에 이르기까지의 경위를 이야기하기 시작한다.

"먼저 걸렸던 건, 지난번에 나와 메니아가 여기에 왔을 때야."

"――설마 내가 암마법에 대해서 말했기 때문인가요? 그걸로 나를 범인 취급하는 건 섣부른 것 같은데요."

스이메이가 설명을 끝내기도 전에 다음 말을 눈치챘다는 듯이 끼어드는 로미온. 그러고는 크게 한숨을 내쉰다.

"암마법을 안다고 범인 취급하는 건 너무하지 않아요? 암마법의 존재를 아는 자는 전 세계에 얼마든지 있는데요?"
"아니. 나도 그런 걸로 범인 취급하진 않아. 분명 당신 말대로 암마법을 아는 사람은 이 세계 어디든 있으니까."
"그럼."
"하지만 당신은 그때 우리에게 다른 것도 얘기했었지?"
"다른 것?"
떠오르는 것이 없어 어리둥절한 표정을 짓는 로미온에게 스이메이는.
"암마법을 강화한다는 거 말이야."
"……그러고 보니, 기억나네요. 범인이 주문 뒤에 덧붙인 말은 만명이라고. 하지만 그게 어쨌다는 거죠? 설마 만명이라는 단어를 알아서 수상하다는 건가요?"
"그래. 리리아나는 그 단어를 배후가 가르쳐줬다고 했어."
"그래서 만명을 아는 내가 범인이다? 그건 방금 말한 암마법 얘기와 같은 논리지 않나요?"
로미온은 그렇게 말한 뒤 크게 한숨을 토한다.
"야카기 군, 이제 그만하시죠? 지금까지 당신이 한 말은 잊을 테니."
로미온의 목소리가 우호적인 것으로 되돌아온다. 다시 난처하다는 듯한 미소를 띠며 말하는 그 모습은 분명 위험한 인물처럼은 보이지 않는데.
"로미온 씨. 살짝 확인하고 싶어서 그러는데, 저번에 우리한테 어떤 식으로 설명했었지? 다시 한 번 알려줄 수 없을까?"

스이메이의 물음에 이번에는 초조한 듯 한숨을 쉰 뒤 대답하는 로미온.

"……만명은 이 세계에 오래전부터 전해오는 암마법을 강화하는 말이에요. 지금은 사라진 지 오래지만, 어둠의 힘을 증폭해서 강화한 암마법은 인체에 커다란 해를 끼치죠. 그게──."

"그거야. 그게 이상하다는 말이지."

"…………."

갑작스러운 스이메이의 지적에 로미온은 침묵한다. 그러나 금세 날카로운 시선으로 묻는다.

"나는 야카기 군이 무슨 말을 하는지 모르겠군요. 어째서 이상하다고 단정하죠? 설마 사라진 지 오래라는 말이──."

"우선 말해두지만, 나는 이 세계 사람이 아니야. 아스텔에서 소환된 용사와 함께 덤으로 딸려온 사람이지."

스이메이의 말에 로미온은 살짝 놀라더니 금세 짐작 가는 데가 있다는 듯한 표정을 짓는다.

"……그러고 보니 아스텔에서 용사를 소환했을 때, 사고가 있었다는 소문이 있었죠. 하지만 그건 지금 아무 상관없는 얘기 같은데요?"

"그게 그렇지 않아. 의외로 관계가 있거든."

"관계……."

"그래. 애초에 그 만명이라는 단어는 우리 세계에 존재하는 레토릭(신비 수사 기법) 중 하나야."

스이메이의 말을 듣고, 로미온의 얼굴에서 여유의 빛이 사라진다.

"무슨 근거로 단정 짓는지 모르지만, 그건 그쪽 세계에만 존재하는 것이 아닐지도 모르잖아요? 다른 세계에 같은 기술이 존재하는 것처럼, 이 만명이 다른 세계에서 탄생하기도 하는 거죠."

"맞아. 당신 말대로 그 개념이 이 세계에서 탄생했을 수도 있는 거겠지. 하지만 유감스럽게도 그게 그렇지도 않은 것 같아."

"어째서죠? 설마 당신은 이 세계의 만명의 기원이라도 알아봤다는 건가요?"

"아니, 그렇게까지 하지 않아도 알 수 있어."

스이메이가 말을 거듭할 때마다 로미온은 더욱 조바심이 나는지 당황하는 모습. 앞에 있는 의자 등받이를 손가락으로 탁탁 치면서 날카로운 투로 묻는다.

"어째서죠?"

그 물음에 스이메이는 뻔한 것을 묻는다는 듯이 웃음을 터뜨렸다. 그리고.

"——그야 당연하잖아. 당신은 아까부터 우리 세계의 언어인 라틴어로, nomina barbara nomina barbara(만명, 만명)라고 말하고 있으니까."

"________."

그 말에 로미온의 얼굴이 더욱 험악해진다. 금세 반론할 듯이 입을 열지만, 스이메이는 무시하고 계속 말한다.

"보통, 영걸 소환의 마법진을 통해 이세계에서 소환된 자들은 이 세계의 언어를 본인의 모국어로 변환해서 들어. 하지만 실제로 이 세계에 사는 당신들이『우리의 언어』를 쓰는 건 아니니까, 입모양은 이 세계의 언어를 따르지. 그런데 당신이 방금 말한 대로 만명이라는 개념이 이 세계에서 탄생한 것이라면, 내가 듣는 건 우리 세계의 언어라도, 당신 입모양은 내가 본 적 없는 것이어야 해. 이 세계의 언어에 따르니까 말이야. 그런데 당신 입모양은 이상하게도 본 적이 있어. 그렇다면, 대답은 하나겠지?"

"아── 그래서 그때 나에게 노미나 바바라(만명)라고 물었던 거네요."

리리아나도 이해했는지 깨달음의 탄성을 지른다. 그렇다, 그래서 배후에 대해서 들었을 때 스이메이는 리리아나에게 물은 것이다. 자신은 만명을 모국어로 발음했지만, 혹시 라틴어로 발음했을 때도 그 뜻이 통하는지 확인하기 위해서.

"맞아, 이 세계에 그런 단어는 존재하지 않아. 우리 세계의 언어라서 입모양이 낯설지 않은 거야. 그렇다면 **이 세계의 사람인 당신이 그걸 안다는 건** 아주 이상한 거잖아?"

스이메이의 지적에 그러나 로미온은 다시 허점을 지적한다.

"하지만 그것만으로 범인을 나라고 한정할 수는 없을 텐데요? 이 세계에는 옛날부터 많은 용사가 소환되었습니다. 당신의 세계에서 온 용사들이 만명이라는 말을 사용했고, 그것이 널리 퍼진 걸 수도 있잖아요?"

그 말에 스이메이는 피곤한 듯 뒤통수를 긁적이면서.

"응. 그럼 참고로 묻고 싶은 게 있는데, 마지막으로 용사가 소환된 건 언제쯤이지?"

"…………."

"아는지 모르는지 모르지만, 말하고 싶지 않다면 내가 대신 말해줄게. 나와 메니아가 조사한 게 맞다면, 마지막으로 용사가 소환된 건 백 년도 넘었어. 물론 영걸 소환에 관해서는 구세교회나 마법사 길드가 엄중히 관리하기 때문에 기록 이외의 소환은 없다고 봐야 해."

여전히 입을 꾹 다문 로미온에게 스이메이는 결정타를 날린다.

"그 만명이라는 개념이 세상에 출현한 건 크로울리가 살아 있던 시대. 지금으로부터 약 **100년 전**, 실제로 형태가 되어 쓰이기 시작한 건 케네스 그랜트가 그 개념을 확립한 50년 전 무렵이야. 즉 당신이 한 말은 완벽한 거짓말이 되는 셈이지."

거기서 스이메이는 또 다른 의문이 떠올랐다는 듯 어깨를 움츠리며.

“그렇다면 어째서 이 세계에 만명이 존재하냐는 건데……
그건 좋아. 지금 중요한 건 이 세계에 존재할 리 없는 개념을 아는 사람이 나와 리리아나, 당신 외에 이 제도에 있냐는 거야.”

“………….”

고개를 숙이는 로미온. 안경 너머로 어떤 감정을 숨기고 있는 걸까. 얼굴이 보이지 않아 무슨 생각을 하는지 알 수 없다. 그러나 아직 체념하기에는 이르다고 판단하고 계속 몰아붙이는 스이메이.

“이제 연기 그만하시죠, 로미온 씨. 듣기로는 당신이 이 제도에 온 건, 혼수 사건이 시작된 무렵이라면서. 너무 절묘하지 않아?”

스이메이가 물어도 로미온은 대답하지 않는다.

“증거는 있습니까?”

“아니, 전혀. 결정타를 입수하기 전에 움직여야 할 상황이 되어버려서.”

그렇다, 스이메이는 결정적 단서가 없다는 것을 고백한다. 그러나 그런 것은 상관없다. 왜냐하면.

“나는 탐정이 아니니까. 논리 해명도 서툰 편이고, 지금은 억측하는 정도야. 구멍이 있다고 말하면 그냥 그걸로 끝이겠지. 하지만 나는 탐정은 아니지만 마술사야. 우리 세계에서는 말이야, 타인의 기억을 강제로 들추는 술이 있거든?

그리고.”

순식간에 전투 예복인 검은색 슈트 차림이 된 스이메이. 자신이 평범한 사람이 아님을 드러내는 진홍색 눈동자.

“——굳이 말하자면 이렇게 하는 편이 빠르고.”

그래, 증거는 없지만 지금까지의 정황상 범인은 이 엘프 남자가 틀림없다. 그렇다면 타인의 기억을 가지고 노는 일도 거리낄 필요는 없다.

이윽고 박수 소리가 들려온다. 고개를 숙인 로미온이 마치 학생을 칭찬하는 교사처럼 범인을 찾아낸 것을 칭찬하듯 박수를 쳤다.

그 행동의 의미를 깨달은 리리아나가 곤혹스러운 표정으로 로미온을 바라본다.

“로미온 씨. 당신이.”

“——이야, 설마 야카기 군이 소환된 사람이었다니. 정말 뜻밖인데요.”

“도서관에서 우리에게 만명에 대해 알려준 것도, 지난번에 충고하러 온 것도, 우리를 사건에서 멀어지게 하려고 했던 건가.”

“네, 맞아요. 당신은 리리아나의 강화된 암마법을 견디고, 중상을 입고도 그라체라 황녀 전하와 호각의 승부를 겨뤘습니다. 나도 일을 복잡하게 만들고 싶지는 않았어요. 그게 엉뚱한 결과를 낳을 줄은 생각도 못 했지만 말입니다.”
“내가 있는 곳을 길드 마법사들에게 가르쳐준 것도, 군에 흘린 것도.”
“네. 예상하는 대로, 납니다.”
리리아나는 두려움이 깃든 눈빛으로 로미온에게 묻는다.
“……왜, 날 이용한 거죠?”
“그건, 당신이 그랬던 것처럼 나 역시 귀족들이 눈엣가시였거든. 무엇보다 당신은 어둠의 힘을 가지고 있었으니까.”
로미온이 말하는 것과 동시에 외계에서 끌어낸 원한이 급속도로 팽창했다. 이 남자도 암마법을 사용하는 걸까. 이윽고 그의 등 뒤의 어둠이 거무죽죽한 흑색으로 물들고, 부분적으로 힘의 응어리가 형성되어간다.
“이래 봬도 옛날부터 어둠의 힘을 연구해왔습니다. 마침 최근 농밀한 어둠의 힘에 동조한 생물이 어떤 것이지를 알아보려던 참이었죠.”
로미온의 말을 듣고 깨달은 스이메이는 불쾌한 얼굴로 혀를 찬다.
“――그래서 만명이었나.”
“바로 그겁니다. 만명을 사용하면 어둠의 힘이 증폭되는 만큼 보통 암마법을 사용할 때보다 어둠의 힘의 영향을 많이 받게 됩니다. 특히 원래 어둠에 동조되어 있던 리리아나는 이런 나의 목적과 더불어 이 실험에 이상적인 피실험체였죠. 그래서 당신을 교사하고 조종해서 사건을 일으킬 하수인으로 이용했던 겁니다."
"그런……."
로미온의 지독한 고백은 리리아나에게 상상 이상으로 충격이었던 걸까. 떨리는 손으로 스이메이를 꼭 붙잡는다. 한편 스이메이는 모멸적인 눈빛으로.
"비열한 놈인 줄은 알았지만 이 정도일 줄은 몰랐네……."
"마법사라면 지식 탐구는 당연한 일. 당신 역시 똑같은 마법사죠. 내 마음을 이해할 텐데요?"
"웃기시네── 똑같이 취급하지 마, 악마 자식아. 정도를 벗어나면서까지 진리를 추구할 생각 없어."
"숨길 거 있나요? 당신 역시 어둠의 힘에 동조한 인간이 어떤 괴물로 변하는지 궁금하지 않습니까? 알고 싶잖아요? 생각만으로도 두근거리지 않습니까? 하하하하하!"
어둠의 힘이 더해져서 귀에 거슬리는 로미온의 웃음소리. 그 등 뒤에는 로미온이 만들어낸 것과는 또 다른 거무튀튀한 무언가가 어른거렸다.
……이 남자는 이미 죄 많은 형상을 현계시키는 집합체가 되어버린 것일까. 그것이 의도했던 바인지 아닌지는 모르지만.
스이메이는 마지막 질문이라는 듯이 로미온에게 묻는다.
"……결국 당신은 어둠의 힘을 연구해서 무엇을 하고 싶었던 거지?"
"뻔한 거 아닌가요? 암마법을 해명할 수 있다면 지금도 어둠의 힘으로 고통받는 많은 사람을 구할 수 있습니다! 그래서 나는 어둠의 힘이 일으키는 무엇인가를 알고 싶습니다! 추구하고 싶습니다! 그 힘을 손에 넣고 싶습니다!"

"아……."

로미온의 구차한 발언에 리리아나가 보인 것은 곤혹이었다.

고통받는 사람을 구하고 싶다. 어둠의 힘에 사로잡힌 광기 어린 웃음 속에 분명히 존재했던 그의 바람. 그것은 틀림없이 그가 신비를 통해 추구했던 정의지만, 지금 하고 있는 일은 그것과는 정반대다. 로미온은 잘못된 과정에 빠져 있다. 자신의 마력을 먹이로 어둠의 힘을 팽창시키는 로미온. 진즉 이성은 옅어졌고, 목적만을 위해 사는 망가진 인형이 되어버렸다. 그런 그를 스이메이는 문득 가련한 눈빛으로 바라본다.

"……그래. 당신은 굴복해버렸던 거야……."

마술사는 진리를 추구하고, 그 진리 안에서 자신의 이상을 추구하는 자다. 그러나 오랜 시간 자신의 이상을 좇다보면 무수한 신비와 마주치고, 그 영향으로 인해 점점 자신이 옅어지기도 한다. 특히 오래 사는 자들이 그렇게 될 경향이 짙다. 그리고 결국 그들은 예외 없이 목적과 수단을 혼동하게 된다. 엘프라는 장수 종족이기에 더욱 그러했으리라.

지금은 악의에 물든 이 남자에게도 언젠가는 그런 마음이 있었는지도 모른다.

"자! 두 사람 다, 여기서 죄를 뒤집어쓰고 죽으시죠!"

흥분한 목소리로 사형을 고한다. 사악한 신음이 되어 마력이 발산되는 소리.

바로 그때, 2층에 있는 책장 중 하나가 폭발하듯 튀어 올라 포물선을 그리며 아래층에 있는 로미온에게 떨어졌다.

그러나 들러붙어 있던 어둠에 막혀 큰 충격에도 중상은 면한 걸까. 책과 책장이 산산조각 나서 흩어지자 로미온은 그것들이 날아온 장소를 향해 외친다.

"누구야!"

목소리가 메아리친다. 그리고 2층의 그늘에서 나타난 것은——.

"……설마 그런 것일 줄은."

2층 난간을 발로 차며 나지막이 중얼거린 것은 로그 잔다이크였다.

도대체 언제부터 그곳에 있었던 것일까. 마술사인 스이메이도 그 존재를 깨닫지 못했다.

지금은 군장인 코트 차림으로 무위를 떨치고 있다. 다갈색 눈동자를 칼끝에 고정시킨 채.

"대좌님……?"

놀라서 눈이 휘둥그레진 리리아나와 여전히 기세등등한 로미온.

"아니, 잔다이크 경이 아니십니까. 경께서는 이런 시간에 또 어쩐 일이시지요?"

"두 사람을 쫓다보니 여기까지 왔다. ……얘기는 전부 들었어."

"그러셨습니까. 애석하게도 죽어줘야 할 인간이 또 한 명 늘었네요."

또 한 번 사형 선고를 하는 로미온. 한 사람도 살려서 돌려보낼 마음은 없는 듯하다.

불쾌한 미소를 발산하는 로미온을 흘끗 흘겨본 뒤, 로그는 2층에서 검을 빼들었다.

로그를 올려다보던 리리아나가 로그의 곁으로 달려가려고 한다.

"……리리아나, 너는 거기 있거라."

"대좌님!"

리리아나가 외쳤지만, 로그는 상대해주지 않았다. 1층으로 뛰어내린 그는 스이메이를 향해 말한다.

"스이메이 야카기, 돕지."

"……잘 부탁합니다."

스이메이가 로그에게 대답하자, 로미온이 어둠의 힘을 행사한다.

"한 두 사람 늘어난다고 뭐가 달라지겠습니까!"

부서진 의자와 테이블이 어둠의 파동과 함께 쇄도해 온다. 로그는 근처에 있던 책장 뒤에 몸을 숨기고, 스이메이도 리리아나를 데리고 로그와는 다른 방향으로 몸을 숨긴다.

"뭐죠?! 나를 잡으려던 게 아닙니까?!"

어둠의 힘을 과신하는 것인지 로미온의 움직임은 느긋하다. 그늘에 숨어 살짝 얼굴을 내민다. 느긋한 걸음으로 어느 쪽을 먼저 쓰러뜨릴지 사냥감을 고르는 듯하다.

그때 어디선가 목소리가 들려온다.

"……스이메이 야카기, 들리나?"

미풍에 실려 전해진 것은 로그의 목소리. 원거리 대화 마법일까. 스이메이도 마술을 써서 목소리를 전한다.

"들립니다. 왜 그러시죠?"

"질문이 있다. 저 엘프 남성이 쓰는 힘은 뭐지? 어둠의 속성이라기엔 너무 강해."

"아뇨, 같은 종류의 힘이에요. 하지만 그 힘이 너무 강력해서 특별히 사악한 존재를 불러들이고, 그 영향으로 암속성의 근원적인 힘이 그대로 드러나고 있어요."

"그럼 접촉하면 위험한가?"

"길지 않다면 문제되지 않겠지만, 결국은 원한의 덩어리예요. 주위에 머물러서 싸우는 건 반대예요."

"그럼 공격한 뒤 물러나기를 반복한다……."

"먼저 나갈게요."

스이메이가 그렇게 말하자 옆에서 듣고 있던 리리아나가.

"스이메이…… 엄청난 힘이에요."

"리리아나. 넌 아직 저 힘에 빨려들기 쉬워. 정신 바짝 차려."

리리아나에게 그런 말을 남긴 뒤 스이메이는 밖으로 뛰

쳐나간다. 그 모습을 눈에 담은 로미온은 곧바로 팔을 쳐들어 어둠의 힘을 퍼붓는다. 그러나 제대로 조준할 수 없는지 주변으로 빗나갈 뿐. 한편 스이메이는 지탄의 마술을 행사한다.

기분 좋은 소리가 잇따르고, 로미온의 주위가 폭발한다.

"속임수인가요——."

스이메이가 노린 것은 로미온이 말한 그대로다. 그에 응답하듯이 로그도 바람의 마법을 행사했다. 앞서 나간 바람의 마법은 막혔다. 그러나 공중에서 흩어진 수많은 책 뒤에 숨어 순식간에 거리를 좁히고 공격한다.

로미온의 얼굴을 스치는 칼날. 로그는 다시 참격을 가하지만, 로미온은 그것을 피하려 하지도 않고 어둠의 힘이 깃든 팔로 날려버린다.

"크윽——."

어둠의 힘에 직접 닿는 것은 위험하다. 그것을 깨달은 로그는 황급히 뒤로 뛰어 물러났다.

"——Et factus est invisibilis, Instar venti(나의 칼날은 보이지 않지만, 강철과 같은 예리함으로 나의 적을 피 웅덩이에 잠기게 하라)."

그 원호에 스이메이가 마술을 행사한다. 이어지는 것은 눈에 보이지 않는 무수한 참격. 로그를 추격하는 어둠의 힘은 스이메이의 마술에 의해 차단된다. 그 위력에 로미온도 뒤로 물러났다.

"……과연 칠검 중 한 명과 야카기 군이 상대라 불리하군요…… 하지만."

로미온이 주문을 외우기 시작한다. 그에 맞춰 스이메이도 주문 영창을 개시한다.

"——어둠이여. 그대 모든 것을 집어삼키는 처절한 칠흑을 감고. 그 부정한 형상은 형태를 갖추고, 죽음을, 피할 수 없는 죽음을 내 앞에! 오르고, 르큐라, 라구아, 세쿤트, 라비에랄, 베이바론!"

"——Flamma est lego vis wizard hex agon aestua sursum(불꽃이여 모여라. 마술사의 분노에 찬 절규와 같이. 그 단말마는 형태가 되어 불타오르리)! Eva, Zurdick, Rozeia, Deivikusd, Reianima(이바, 추어딕, 로제이아, 데이비크스드, 레이아니마)!"

스이메이와 로미온의 영창이 겹쳐진다. 한쪽은 암마법이며, 한쪽은 불꽃의 마술. 공통된 점은 무슨 의미인지 판단할 수 없는 어구가 주문 끝에 덧붙여졌다는 것.

"다크 엠브레이스!"

"Fiamma o ashurbanipal(빛나라! 아슈르바니팔의 눈부신 돌이여)!"

스이메이와 로미온이 동시에 건언을 외친다. 로미온의 등 뒤에 생성된 어둠이 모든 것을 삼킬 듯 파도처럼 퍼져나간다. 한편 스이메이가 손바닥 위의 불꽃을 꽉 쥐어 으스러뜨리자 거대한 불꽃이 그를 에워싸듯 솟구쳤다. 도서관은 굉음으로 가득 찼다. 이윽고 눈부신 불꽃이 어둠의 힘을 불태우고 그대로 로미온을 향해 날아간다.

로미온이 몸을 감싸 불꽃을 피하자, 강력한 불꽃이 도서관의 벽을 뚫었다.

스이메이의 추격을 피해 뚫린 벽 바깥으로 달아나는 로미온.

"크……! 어째서 어둠의 힘을 사용하지 않는 당신이 만명을 사용할 수 있는 거죠?!"

뒤따라 뚫린 벽 바깥으로 나가는 스이메이. 나가면서 손가락을 튕겨 로미온을 견제하고, 그를 더욱 뒤쪽의 공터까지 몰아붙인다.

그리고 느긋한 걸음으로 어두운 달빛 아래 모습을 드러냈다.

"——신의 이름은 그 자체에 강력한 힘이 깃들어 있다고 여겨져서 예로부터 많은 마술사들이 그 힘을 마술에 이용하려고 시도했어. 하지만 신이라는 차원이 다른 존재의 이름은 인간이 소리 내어 말할 수 있는 것이 아니었고, 설사 말할 수 있었다 해도 그 힘이 너무 강력해서 인간은 다룰 수 없었지. 만명. 이건 그 자체로 거대한 힘을 지닌 신의 이름을 격하시켜서 모든 마술의 효과를 높이는 야만적인 이름이야."

"무슨——?"

"만명은 암마법을 강화시키는 것만이 아니야. 이유는 몰라도 당신은 잘못 알고 있는 것 같네——."

그렇다, nomina barbara(만명)는 결코 암마법에만 효과를 발휘하는 것이 아니다. 신의 이름을 인간의 언어로 격하시킨 의미 불명의『짐승의 울부짖음』과 같은 힘을 지닌 언어이기에 모든 마술에 적용할 수 있다.

"그게 뭐 어쨌다는 거죠? 당신도 만명을 쓸 수 있다면, 더 강한 마법에 만명을 덧붙이면 그만 아닙니까!"

그렇게 외친 뒤 다시 마법 영창을 시작하는 로미온에게 스이메이는 질렸다는 듯이 말한다.

"……맞아, 만명을 이용하면 분명히 마술 효과는 향상돼. 하지만 그 반면 사용한 마술은 거칠어져서 제어가 잘 안 되는 단점이 있어. 그래서."

"——어둠이여. 그대는 여덟 속성의 그 어떤 힘보다 강한 것. 그대가 부르는 파괴는 절망을 생성하리! 오르고, 르큐라, 라구아, 세쿤트, 라비에랄, 베이바론! 루인 오브 블랙니스!"

"mysterium Vis distortion(신비여. 그 이치를 어서 비틀어라)."

건언에 맞춰 스이메이가 틈을 두지 않고 주문을 외자 로미온의 암마법이 급변한다. 로미온의 앞에서 거대한 구체를 이룬 어둠이 갑자기 형체를 잃고 그 자리에서 튀어 날아갔다.

"윽! ——제길! 대체 뭐가……."

튕겨 날아간 암마법을 직격으로 맞고 로미온이 비틀거렸다. 같은 종류의 힘을 지녔기에 피해는 심각하지 않지만, 만명에 연달아 받은 충격은 상당하다.

한편 그 모습을 스이메이의 뒤에서 지켜보던 리리아나는 그 정체를 깨달은 것일까. 놀란 표정으로 입을 연다.

"지금 이건 나의……"

"——페너미넌 믹서(사상 교반). 물리적 현상은 앞으로 일어날 과정과 결과를 내포하고 있어. 모든 물리적 현상은 확률적으로 가장 일어나기 쉬운 방향으로 흘러가서 그 결과를 낳지만, 거기에 『신비적 법칙을 확립시키려는 요소』가 더해지면, 결과가 불안정해져. 그 법칙은 지금처럼 신비적 법칙에도 사용할 수 있어. 거칠고 제어가 잘 안 되는 마술에는 특히나 말이야——."

그렇다, 마술 개론에서 요소와 요소가 대립한 결과 나타나는 불안정화다. 이전에 리리아나가 스이메이의 마술에 사용한 마법은 이 법칙이 이용되었다. 『신비적 법칙을 확립시키려는 요소』를 마술을 이용해서 동일한 요소와 대립시키고, 대상 마술의 상태를 불안정하게 만들어 더욱 유리한 결과를 이끌어내는 술이다.

"포기해, 로미온 씨. 만명을 쓸 수 없으면 위력 높은 마법을 행사할 수 없는 당신이 이길 승산은 없잖아?"

스이메이는 이미 승부는 갈렸다고 선언한다. 그러자 로미온은 체념한 듯 어깨를 떨어뜨렸다. 그러나 그것은 패배를 인정하는 것이 아니었다.

"……어쩔 수 없군요. 이 방법은 쓰고 싶지 않았는데."

중얼거리고서 다시 어둠의 힘을 팽창시키는 로미온. 그것은 조금 전보다 강력하고, 조금 전보다 자신을 돌보지 않는 것이었다. 지금까지 존재했던 그의 모습은 악의에 잠식당하고, 거무스름한 윤곽에 눈과 입만 붙은 괴물로 변해간다. 마치 죄 많은 형상── 아니, 그 원형인 아스트로소스(불길한 자)와 같이.

"이런 걸 보면 패턴이 참 일률적이란 말이야……."

그렇게 말한 뒤 스이메이는 기가 질린 듯 한숨을 내뱉었다.

입장이 불리해지면 큰 힘에 의지하는 것은 당연한 일이다. 간단하고 확실하니까.

인간이 아닌 존재로 변해가는 로미온을 보고, 리리아나가 경고한다.

"스이메이!"

"저게 어둠에 이용당한 자의 말로야. 잘 봐둬. 그리고 똑똑히 기억해둬."

스이메이가 리리아나에게 가르치듯 말하자.

"스이메이 야카기. 상당히 침착한데 녀석을 쓰러뜨릴 방법은 있는 건가?"

"어!……어디서 나왔어요?"

"똑같이 저 구멍으로 나왔을 뿐이다."

그렇게 대수롭지 않게 말하며 바로 옆에서 로미온을 바라보는 남자에게, 스이메이는 어쩐지 두려움을 느낀다. 언제 옆까지 온 것일까. 리리아나와 이야기하는 사이에 왔을 거라고 예상하지만, 확신은 없다. 어쩌면 스이메이가 밖에 나왔을 때부터 옆에 있었을 수도 있다.

그러나 지금은 로미온에게 집중해야 할 때다.

"……시간은 좀 걸리겠지만 쓰러뜨릴 수 있는 마술은 있어요."

"그렇군, 알았다. 그럼 내가 시간을 벌지."

나머지는 맡기겠다는 듯 등을 돌려 로미온을 향해 돌진하는 제국의 검객. 그 모습은 과연 그 명성에 걸맞다. 로미온이 내뿜는 어둠의 힘을 피하며 방해하듯 싸운다.

"에잇!"

귀에 거슬리는 초조한 목소리 뒤에 갑자기 로그의 모습이 **사라졌다**. 분명 그곳에서 싸우고 있지만 어찌된 일인지 그 모습이 희미하기만 하다. 때때로 강렬한 무위와 함께 불쑥 나타나는 모습은 마치 그가 자신의 그림자에서 나타나는 듯한 착각이 들게 했다.

칠검 중 한 명, 고독한 그림자라 불리는 로그의 기술이다. 자신의 존재를 흐릿하게 하는 묘기. 그러한 착각을 이용한 암살법이라고 리리아나가 중얼거리듯 말한다.

그의 전투는 믿음직하다. 그렇다면 마음 놓고 영창을 외칠 수 있다고 판단하고, 별이 뜬 하늘을 올려다본 스이메이는.

"Velam nox lacrima potestas. Olympus quod terra misceo misucui mixtum. Infestant militia. Dezzmoror pluviaincessanter. Vitia evellere. Bonitate fateor. Lux de caelo stella nocte(장막의 안. 밤에 흐르는 눈물의 무위. 그대는 천지의 증표를 비추고, 현실의 부조리에 눈부시게 쏟아져라. 그가 탄식하는 것은 악. 그가 노래하는 것은 선. 모든 것은 그 소란 끝에 존재하는 눈부신 별빛)."

주문을 외치는 순간 들려온 것은 로미온의 웃음소리. 그 무방비한 웃음소리가 그의 의식이 희미해진 것을 알려주었다. 뒤틀려라, 뒤틀려라, 모조리 다. 그렇게 웃으면서 자신의 승리를 확신하고, 그것을 조금도 의심하지 않고 있다.

……그러나 이 어리석은 남자도 머지않아 알게 될 것이다. 하늘을 덮은 거대한 마법진에서 눈부시게 쏟아지는 그 섬광이, 빛과 빛이 충돌하여 만들어내는 희망의 빛임을.

이윽고 로미온을 제외한 모든 것이 달빛 아래 침묵한다.

로그는 하늘을 뒤덮은 힘의 기운을 느끼고, 전방에서 물러났다. 뒤에 있던 리리아나는 이미 로미온은 안중에 없이 그저 멍하니 별이 뜬 하늘을 올려다보고 있다.

머지않아 하늘을 수놓는 혜성.

"Enth astrarle(별이여, 떨어져라)——."

스이메이가 외친 건언과 함께 별빛이 제도를 삼킨다. 아스트랄 라이트는 그곳에 존재했던 모든 악의를 압도적인 기세로 날려버렸다.

머지않아 빛이 잠잠해지고, 공터에는 여전히 검은 형상인 채로 오그라든 로미온이 있었다.

스이메이는 다가가 로미온이었던 형상을 집어 들어 머리에 손을 얹는다.

검을 넣고 다가오는 로그.

"죽은 건가?"

"살아는 있어요. 살아는……."

살아는 있다. 그러나 악의에 침식당하고, 아스트랄 라이트에 노출되었으니 죽은 것이나 다름없다. 심장은 뛰지만 더 이상 움직일 수도 생각할 수도 없다. 악의를 받아들인 그때부터 이러한 결말은 예견된 것이었지만.

스이메이의 마술 행사를 의아하게 생각한 리리아나가 물어 온다.

"뭘 하는 거예요?"

"응, 조금 알아볼 게 있어서."

조사가 끝나고, 스이메이는 로미온을 해방한다. 리리아나가 로그를 바라보았다.

"대좌님……."

불안으로 물든 왼쪽 눈동자와 아직 미련이 남은 듯한 간절한 목소리. 그에 로그는 등을 돌렸다. 그리고 여전히 쌀쌀맞은 목소리로 말한다.

"리리아나, 너는 그 남자와 함께 가는 게 좋겠다."

"대좌님, 그게 무슨……."

로그의 말에 당황한 리리아나에 이어 스이메이도 묻는다.

"이제 책임 같은 건 묻지 않는 겁니까?"

"리리아나는 녀석에게 조종당했다. 그렇다면 져야 할 책임 같은 건 없겠지."

엄격한 줄 알았던 로그의 그 말은 뜻밖이었다. 마치 중책에서 벗어나 해방된 듯한 목소리. 사실은 로그도 리리아나를 죽이고 싶지 않았던 것이리라.

"그럼 왜 함께 가라고 하는 거죠?"

"지금처럼 리리아나는 너에게 맡기겠다."

"하지만 리리아나는 당신의……."

말을 마치기도 전에 로그는 고개를 옆으로 저었다.

"아니. 나는 그 아이를 없애려고 했다. 내게 그 아이 곁에 있을 자격은 없어."

그 말에 리리아나가 다급히 외친다.

"대, 대좌님! 저는 괜찮……."

"리리아나, 그게 나의 책임이다. 너를 믿지 못하고 부모의 도리를 저버린. 다시 너를 곁에 둘 자격은 없다."

"────."

로그의 단호한 목소리에 리리아나는 할 말을 잃었다.

"염치없게 들리겠지만, 그 아이를 끝까지 지켜준 너에게라면 맡길 수 있을 것 같다."

그리고 로그는 등을 돌린다. 보이는 것은 군복을 입은 어쩐지 쓸쓸해 보이는 뒷모습. 그 등에 대고 스이메이가 묻는다.

"어디로 가십니까?"

"해야 할 일을 하러."

비장함이 느껴지는 결의에 스이메이는 침묵한다. 로그는 여전히 등을 돌린 채로.

"스이메이 야카기……. 더 이상 이럴 입장은 아니지만── 부디 그 아이를 잘 부탁하네."

스이메이는 로그를 붙잡을 수 없었다. 여기서 그를 다시 붙잡는 것은 그 결의를 무시하는 행동이 될 것이므로. 스이메이가 "알겠습니다"라고 분명히 말하자, 뒤돌아본 로그는 아주 희미하게 미소를 지어 보였다. 그리고 걸어가기 시작했다.

"대좌님!"

그 등에 어린 목소리가 달라붙는다. 그러나 그는 걸음을 멈추지 않았다. 소녀의 바람을 들어주는 일 없이 그저 자신의 책임을 다하기 위해 앞으로 나아갈 뿐이었다.

그러나 그럼에도 리리아나는 멈추지 않았다.

"대좌님! 잠깐, 잠깐만요……."

멈추지 않는 로그의 모습에 고개를 떨구는 리리아나. 로그의 마음을 알기에 매달리지 못하지만, 솟구치는 미련은 버리지 못하고 있었다.

리리아나는 얼굴을 들었다. 그리고 있는 힘껏 용기를 짜내어──.

"아……아버, 지…… 아버지!"

그를 아버지라 부른 것은 처음이었을까. 줄곧 입안에서만

맴돌았을 아버지와 딸을 이어주는 그 말에 로그가 발을 멈춘다. 리리아나의 목소리를 듣고 미련이 남은 것일까.

그러나 로그는 한 번도 뒤돌아보지 않고 가버렸다. 마치 그것이 자신이 받을 벌이라고 말하는 듯이.

★

길에서 충돌한 페르메니아 일원과 그라체라 일원은 현재 제도 북문 근처의 광장으로 전장을 옮겨, 교착 상태에 빠져 있었다.

전장은 현재 북측과 남측으로 나뉘어 마법 경합을 벌이고 있다. 전투의 포문을 연 페르메니아가 마법을 행사하고, 뒤이어 미즈키와 티타니아가 마법을 행사한 것도 요인이라 할 수 있다. 광장을 중심으로 보이지 않는 선을 긋고, 레이지와 엘리어트 둘 이외에는 적진으로 돌격하지 않고 싸웠다.

광장에 울려 퍼지는 영창과 굉음. 벽돌 바닥이 부서져 나뒹굴고 불꽃 마법 후의 타다 남은 불이 밤을 비춘다.

티타니아는 적에게 마법 공격을 하면서 기사들에게 지시를 내린다.

"모두 쉼 없이 마법 공격을 하세요! 루카는 방어 마법을! 로프리는 마법과 함께 전선을 압박하세요!"

날아오는 마법을 피하고 방어를 반복하면서 서서히 전진, 마법으로 상대 병사의 전선을 압박하는 티타니아. 그런 그녀에게 불꽃 마법 공격을 끝낸 미즈키가 다가온다.
"티아! 나도 방어로 전환하지 않아도 괜찮아?!"
"이쪽은 맡겨주세요! 미즈키는 지금처럼 불 속성 마법으로 적진을 흔들어주세요!"
"응!"
티타니아의 지시에 미즈키는 다시 병사들의 주변에 불꽃 마법을 날린다. 아무래도 직접 공격할 수는 없기에 견제만 하는 정도다.
한편 상대 병사와 마법사들 역시 티타니아의 존재가 부담스러운 듯 큰 마법은 쓰지 못하고, 칠검 중 한 명인 티타니아의 실력도 알기에 접근전에도 나서지 못한다. 티타니아의 주위는 수행 기사가 에워싸고 있어 방어도 견고하다.
불꽃 마법을 퍼붓는 미즈키에게 물 마법이 날아온다.
"으앗?!"
아쿠아 뷰렛(수탄)을 피하자마자 미즈키는 수탄이 날아온 방향을 본다. 엘리어트의 수행원인 크리스터가 그의 곁에서 떨어져 미즈키를 공격하고 있었다.
"——물이여! 그대 거친 수괴가 되어 공격하라. 아쿠아 뷰렛!"
"——바람이여! 그대는 나를 지키는 견고한 방패가 되어라! 그 가열한 소용돌이 앞에 모든 것을 튕겨내라! 보텍스 옵스터클!"
날아드는 수탄으로부터 몸을 지키기 위해 미즈키는 방어

주문을 왼다. 다방면에서 형성된 격렬한 기류가 소용돌이를 이룬다. 날아든 수탄은 소용돌이에 부딪치자마자 튕겨 나갔다.

그러나 아랑곳하지 않고 크리스터는 다시 영창을 외치고 수탄을 날린다.

"자, 잠깐, 쉬지도 않고 공격을?!"

"당연하죠! 나는 엘 메이데의 특급 마법 신관――응?"

빗발치는 수탄 공격에 우는소리를 내뱉은 미즈키에게 크리스터가 대답하는 도중이었다. 미즈키는 무영창으로 불꽃 마법을 행사, 수탄을 모두 증발시켰다. 벽돌 바닥에 떨어진 불꽃이 호쾌하게 폭발한다.

"미안! 강한 사람과 싸울 때는 힘 조절이 잘 안 되거든!"

"과연 구세의 용사와 함께 소환된 분, 제법이군요."

"응. 칭찬해줘서 고마워."

전장에서 우의를 다지는 적들처럼 칭찬과 감사 인사를 주고받는 둘. 그런 그녀들을 보고 티타니아는 마법 행사를 하다가 어이없다는 듯이 말한다.

"왜 갑자기 그런 분위기인 거예요……."

굳이 따지자면 그런 분위기를 만든 사람은 미즈키였지만.

한편 페르메니아와 그라체라의 싸움도 바로 결판이 나지 않고 일진일퇴의 공방이 이어졌다.

광장 남쪽에서 그라체라의 흙 마법이 날아온다. 그러나

페르메니아는 방어 마술로 반격했다. 페르메니아가 주문을 외치자 그녀의 발치에 마법진이 떠오르고 주위에 마력광의 벽이 구축되었다. 순간, 토사가 해일처럼 밀려와 페르메니아를 덮쳤다. 머지않아 잠잠해진 그곳에는 여전히 건재한 페르메니아가 있었다.

"——과연 백염 페르메니아. 이 정도 마법은 아무것도 아닌가 보군."

"당연해요. 이래 봬도 왕국을 대표하는 마법사이니까요."

그렇게 당당히 소리친 것은 자신을 북돋우기 위해서였을까.

지금 페르메니아와 그라체라의 전투는 그라체라의 마법을 페르메니아가 방어해서 앞으로 전진할 수 없도록 견제하는 데 그치고 있다.

격투술을 사용하는 그라체라도 무리하게 접근해 오지 않는다. 페르메니아가 견제와 방어에 힘을 쏟고 있다. 게다가 페르메니아는 티타니아가 언제라도 뛰어들 수 있는 거리에 있다. 섣불리 접근전으로 끌고 가면 칠검 중 한 명에게 등을 보이게 된다.

티타니아가 검을 쓸 생각이 없다고 해도, 그녀들이 그것을 알 리 없다.

게다가 주변에서는 레이지와 엘리어트가 난무하는 마법에도 아랑곳하지 않고 부근 일대를 종횡무진하며 싸우고 있다. 그들의 싸움에 섣불리 말려들면 위험해질 수 있다. 접근전이 이루어 지지 않는 것은 그러한 이유 때문일 것이다.

페르메니아가 짧은 영창과 함께 마술을 행사한다.

"——불꽃이여! 날아라."

"아까부터 어이없는 마법뿐이군——."

페르메니아가 행사한 견제 마술을 보고, 그라체라는 김빠진 듯한 목소리로 말한다. 줄곧 페르메니아가 소극적인 공격만 하는 탓에 싸운다는 기분이 들지 않는 것이리라.

그라체라는 전신에 마력을 가득 품은 상태에서 불꽃을 받는다. 불꽃은 적중했다. 그러나 방어 마법을 쓰지 않았음에도 불구하고 그녀의 옷에는 털끝만큼도 탄 자국이 남지 않았다.

"역시 이 정도 마술로는 그라체라 황녀 전하에게 타격을 줄 수 없는 걸까……"

페르메니아는 상황을 가늠했다. 어떻게 하면 그라체라가 진심으로 나올까. 역시 간단한 견제 정도라면 그라체라는 진심으로 나오지 않을 것이다.

"그렇다면 슬슬……."

숨겨둔 계획을 실행하기 위해 페르메니아는 레이지 쪽으로 시선을 돌린다. 그녀가 주시하는 것은 전투 상황이 아니라 엘리어트의 마술——.

★

울려 퍼지는 것은 쇠와 쇠가 부딪치는 거친 소리가 아니라 마치 철금(鐵琴)을 연주하는 듯한 맑은 울림. 검과 검이 부딪치고 있지만 들리는 것은 높은 이명과도 닮았으며, 그것은 파괴음이 난무하는 광장에서 가장 오래 여운이 남는 소리였다.

물론 이 전장에서 검을 쓰는 것은 레이지와 엘리어트 둘뿐.

이 둘은 광장 남측과 북측으로 나뉜 경계를 무시한 채 마법이 오가는 가운데 싸우고 있다. 레이지는 제복의 소매를 걷어 올렸고, 엘리어트는 이미 갑옷으로 무장하고 완전한 전투태세로 접어들었다.

불시에 엘리어트는 손에 든 방패를 버리고 양손으로 검을 써서 레이지의 검을 멈춘다. 그리고 투구에 가려 잘 들리지 않는 목소리로 말했다.

"설마 같이 불려 온 용사와 싸우게 될 줄은 몰랐어."

"나도 예상 못 했어."

검에 힘을 싣고 있는 탓에 다소 굳은 목소리로 대답했다. 그러나 어째서인지 검에 실린 힘이 느슨해졌다. 엘리어트는 투구 속에서 미소 짓고 있는 듯.

"검술은 초심자 수준이지만 역시 강해. 센스가 있어."

온화한 목소리로 말하는 엘리어트에게 레이지는 의아한 목소리로 묻는다.

"뭐하자는 거야?"

"아니, 너와는 대화할 기회가 별로 없었으니까. 살짝 말해보고 싶었던 것뿐이야."

"지금은 그럴 상황이 아닌 것 같은데?"

"그런가? 대화할 수 있을 때 해두지 않으면 후회가 남거든. 말이 통할 것 같은 상대와는 제대로 대화를 해두자는 게 내 신조야."

그렇게 말한 엘리어트는 "남자와 대화하는 건 인내가 필요하지만" 하고 진담인지 농담인지 모를 말을 덧붙였다.

"엘리어트. 너는 성청에서 소환된 용사라던데 왜 그라체라 황녀 전하의 명령에 따르는 거지? 용사에게 그럴 의무는 없어."

"그건 딱 이번만이야. 승부를 했고, 나는 그 승부에서 졌으니까. 약속은 지켜야지."

"――그런 것 치고는 너무 의욕이 없어 보이는데."

레이지가 그렇게 지적하자, 엘리어트는 무슨 소리냐는 듯, 그리고 조금 재미있다는 듯이 말한다.

"그래? 나는 그렇지 않은데?"

"거짓말."

레이지가 단호하게 말하자 엘리어트는 웃으면서 시치미를 뗀다.

"네가 그렇게 생각한다면 그럴지도. 나도 여자애를 괴롭히는 건 취미가 아니거든. 무의식적으로 대충 상대하고 있는 걸지도 모르지."

여자아이는 리리아나를 말하는 것일까. 휘파람이라도 부

는 듯한 말투. 문득 엘리어트가 힘을 빼고 있는 사이 옆을 본다. 그의 수행원인 마법사 소녀 크리스터도 어쩐지 미즈키에게 맞춰 싸워주는 듯했다. 그렇다는 것은.

"너 혹시 이번 일을 알고……."

"——아니, 진상은 몰라. 하지만 **그렇게 뜨거운 분노를 가진 남자**가 이유도 없이 악에 가담할 리가 없어. 여자애를 위해서 몸을 던질 줄 아는 남자 치고 나쁜 녀석은 없으니까."

엘리어트는 "그렇다고 그 남자를 높게 평가한다는 건 아니지만" 하고 덧붙인다.

"그렇다고 져줄 생각은 없어."

"당연히 그래야지. 그건 나도 기분 나쁘거든."

레이지와 엘리어트는 대화를 끝내고 서로에게서 떨어진다. 엘리어트의 움직임이 조금 둔해지고, 검에 깃든 빛이 약해지기 시작한다. 신체 강화 마술과 부여 마술의 효력이 다한 것이리라.

그것을 눈치챈 레이지가.

"선생님!"

"원호를 기대하는 거야? 하지만 그녀의 상대는 그라체라 황녀 전하인데?"

페르메니아에게 신호를 보내는 레이지에게 엘리어트가 넌지시 불가능하다고 알린다.

한편 페르메니아는 레이지의 목소리를 똑똑히 들었다. 그리고 지금이 적기라는 듯이 아직 거리를 두고 있는 그라체라를 향해 공격성 마술을 구축한다.

발치에 마법진을 현계시키고 인장을 만들어 리버스 펜타그램(역 오망성)을 그린 페르메니아는 그대로 주문 영창에 들어간다.

"——내가 바라는 것은 맹위의 폭풍 앞에 있으니. 바람이여 휘몰아쳐라. 절망의 절규를 외쳐라. 내 눈앞에 날뛰는 모든 것을 없애기 위해……."

여운을 남긴 영창 후, 마법진이 더욱 빛나고 리버스 펜타그램을 중심으로 주위에 돌풍이 휘몰아친다. 한순간 강력한 풍압에 떠밀릴 듯했지만 페르메니아는 꿋꿋하게 버티며 건언을 외친다.

"Glauneck air(마의 바람이여)!"

압축 공기가 강렬한 충격파와 함께 주위를 덮쳤다. 미즈키는 압력 탓에 몸을 젖히고, 불꽃 마법도 물의 마법도 병사들의 마법도 모두 벽돌과 함께 날아갔다.

그 충격을 고스란히 받은 그라체라는 그것을 견뎠다.

대미지를 입은 것 같지만 아직 여유 있다는 듯 행동하는 그라체라.

"——이런, 만만하게 본 것 같군. 백염. 이런 비장의 카드를 숨기고 있었다니."

"역시 견뎌내시는군요……."

신음하는 페르메니아에게 그라체라는 "물론" 하고 말하며 깔보는 시선을 던진다.

"백염. 슬슬 귀공도 힘들어질 때 아닌가?"

"그런가요. 하지만 전하도 저를 완전히 파악하지 못하신 듯하네요. 그런 작은 마법만으로는 평생 걸려도 저를 쓰러뜨릴 수 없을걸요?"

그 도발적인 말투에 그라체라는 희열의 미소를 띠었지만, 즐거운 것 같지는 않다.

"——흣. 박명 공주가 없었다면 귀공 따위 진즉에 쓰러뜨렸을 거라는 걸, 알고나 하는 말인가? 게다가 귀공도 봤을 텐데. 남쪽 광장에서의 전투 말이야."

"그러니까 그 정도로는 저를 쓰러뜨릴 수 없다니까요?"

"좋아. 그렇게까지 말한다면 제대로 보여주지."

페르메이나의 도발에 더는 참을 수 없어진 그라체라는 지금까지 아껴두었던 전이 마법에 호소한다.

"——나는 바라니. 저편에서 날아와 여기서 마주할 것을. 나의 외침은 세상의 도리를 멀어지게 하고, 어떠한 조건도 뛰어넘는 힘이 되어라—— 열려라! 데비기코넥티!"

건언과 함께 밤하늘의 경계가 뒤틀리 듯 모호해진다. 거대한 질량의 전이를 눈치챈 페르메니아가 먼저 외친다.

"공격입니다! 다들 안전권으로 물러나세요! 안전권에서 전력으로 마법 행사에 임해주세요!"

그 말에 티타니아와 수행 기사들, 크리스터와 마법전을 벌이던 미즈키, 그리고 레이지도 엘리어트에게서 물러났다.

그 직후 공중에 출현한 바위 덩어리. 남쪽 광장 때보다 크기는 약간 작은 듯하지만, 충분한 위력. 페르메니아는 전력으로 마술 행사를 감행한다.

"——널리 바람이 닿게 하여, 흔들림 속에 비친 그 불꽃을 곁으로! 나의 목소리여, 닿아라! 그대 하얗게 물든 아이심! 나의 목소리여, 닿아라! 그대 모든 재액을 떨치는 아이심! 백염치!"

페르메니아의 백염치가 바위 덩어리를 향해 날아간다. 스이메이가 변형시킨 연소 마술이 바위 덩어리를 모조리 불태웠다.

"지난번 그 마법인가! 한 번 막았다고 방어에 성공한 건 아니지!"

그라체라는 다시 전이 마법 영창을 왼 뒤 바위 덩어리를 공중에 출현시킨다. 연속 행사를 할 생각인지 영창을 멈추지 않는다.

한편 레이지와 엘리어트는——.

"레이지. 아무래도 제국의 공주님은 결판을 지을 모양인 것 같은데. 저쪽도 승부는 난 것 같고."

"그건 아직 몰라."

"그래——? 무슨 근거로 하는 말인지 모르겠지만, 계획이라도 있는 거야? 뭐, 됐어. 나하고는 상관없는 일이지. 나는 나대로 결판내면 그뿐이야."

엘리어트는 그렇게 말한 뒤 영걸 소환의 가호를 받은 신체를 더욱 강화하여 주문을 외친다.

"간다, 레이지. 내가 찬양하는 고귀한 지령(知靈)에게 비니. 천둥이여, 그 날카로움을 내게 보여다오. 블레이드 디스차지!"

건언의 울림이 사라진 직후, 엘리어트의 오리할콘 검이 빛을 내뿜고 칼끝에서 불꽃이 튄다.

그랬어야 했다.

"무슨——?"

"아니?!"

그런 당혹스러운 외침은 뜻밖에도 같은 진영에서 흘러나왔다.

그 목소리의 주인공은 엘리어트와 그라체라.

엘리어트는 방금 주문을 외쳤지만, 마술이 발동하지 않았다.

한편 그라체라 역시 페르메니아에게 마법 공격을 했지만, 어찌된 영문인지 마법이 발동하지 않아 당혹스러워 하고 있다.

절묘한 순간에 그라체라 진영에 착오가 발생했다.

그리고 그 마법 불발의 영향을 제일 먼저 받은 것이 엘리어트였다. 레이지와 접전을 벌이던 중 행사한 마술이었기에 금세 레이지가 거리를 좁힌다. 그러나.

"——쯧. 어림없다!"

외치는 엘리어트. 그렇다, 거리상으로는 아직 그가 유리했다. 곧바로 작전을 변경하여 레이지를 향해 검을 쳐든다.

그러나 레이지는 엘리어트를 향해 달려가며 벽돌 바닥을 찼다. 날아든 벽돌이 엘리어트의 검에 맞아 검의 궤도를 바꾸어놓았다. 그리고 달려든 레이지가.

"하압!"

"크앗——?!"

레이지가 손에 든 오리할콘 검의 자루가 엘리어트의 측두부를 정통으로 가격했다. 충격을 받은 엘리어트가 지면을 두세 번 굴렀다.

"엘리어트 님!"

레이지의 귀에 크리스터의 비명이 닿는다. 그러나 신경 쓰지 않고 레이지는 그라체라를 향해 곧장 다가간다. 그라체라는 **페르메니아의 책략으로**, 아직 마법은 쓸 수 없다. 황급히 주먹을 쥐고 자세를 잡아보지만, 검보다는 느리다.

"무례를 범하는 것을 미리 사과드립니다——."

먼저 사과를 한 뒤 그라체라의 주먹을 검으로 튕겨내고 그대로 다리를 걸어 쓰러뜨린다. 엉덩방아를 찧은 그라체라의 목덜미에 레이지는 칼을 겨누었다.

"우리가 이겼습니다."

"이런…… 이런 일이……."

그라체라의 반응은 레이지의 승리 선언보다 마법 행사 실패에 기인한 것일까. 아직도 곤혹스러움을 감추지 못하고 있다.

그리고 그 대답을 구하듯이 페르메니아 쪽으로 고개를 돌렸다.
"뭐야…… 왜 마법이 먹통인 거야?! 네놈들 대체 무슨 마법을 쓴 거지?!"
그러자 페르메니아는
"그런 마법은 쓰지 않았어요. 마법을 쓸 수 없게 된 건, 단순히 그라체라 황녀 전하가 마법을 너무 많이 써서 그런 것뿐이에요."
"너무 많이 썼다고…… 무슨, 나는 마력을 소진하지 않았어!"
"맞아요. 하지만 그라체라 황녀 전하가 쓰시는 마법은 영걸 소환술을 바탕으로 만들어진 마법으로, 엘리멘트를 이용한 마법이 아니에요. 그래서 황녀 전하의 마법은 엘리멘트의 개입 없이 장소의 은비학적 엔트로피를 대폭 증대시킨 결과 매직 멜트 현상이 일어난 거예요."
"은비학적…… 매직 멜…… 뭐라고?"
"은비학적 엔트로피는 일정 장소의『신비적 법칙을 확립시키려는 요소』와『과학적 요소를 확립시키려는 요소』가 어지럽게 뒤섞인 상태의 척도예요. 그게 지나치게 증대하면 술식 처리 능력이 떨어져서 매직 멜트 현상이 일어나죠. 그 결과 마법이 발동하지 않게 되는 거예요."
"하지만――."
"하지만『지금까지 그런 적은 없었겠죠?』. 조금 전처럼 거대 바위를 전이시키는 마법을 사용할 때, 엔트로피를 증대시키는 마법이 사용된 적이 없었으니까요——."

페르메니아는 그라체라에게 말하면서, 스이메이에게 이 현상에 관해 배웠을 때를 떠올린다.

★

"——은비학적 엔트로피 한계에 따른 매직 멜트 현상이요?"

고개를 갸웃하며 페르메니아가 묻자, 스이메이는 다시 설명을 시작한다.

"응, 장소의 엔트로피를 증가시키면 과학적인 결과가 불안정해진다고 말했었지. 그런데 일정 공간 속에서 일정 시간 내에 엔트로피를 과도하게 증대시키면 마술을 쓸 수 없게 돼."

"그런 게 있어요?"

"응. 이쪽 세계의 마법은 마술을 현계시키는 일련의 신비적 행위를 엘리멘트가 부담하고 있으니까. 『신비적 법칙을 확립시키려는 요소』가 억제되어 있어서 엔트로피가 크게 증대할 일은 없어. 그래서 모르고 있는 거겠지."

그렇게 말한 뒤 스이메이는 다시 설명으로 돌아간다.

"일정 공간에 엔트로피가 급격히 증가하면 소인들의 싸움이 치열해져서, 『과학적 법칙을 확립시키려는 요소』뿐만 아니라, 『신비적 법칙을 확립시키려는 요소』에도 부하가 걸리게 돼."

"하지만 마술을 사용하기 위한 신비적 행위를 하면, 그 『신비적 법칙을 확립시키려는 요소』가 늘어나니까 엔트로피를 증대시키는 마술은 더 사용하기 쉬워지는 거 아닌가요?"

"요소가 주변으로 퍼지기 전에 한꺼번에 대량으로 생성되면, 그 공간에서 옥신각신하다가 같은 종류의 소인끼리도 서로 간섭을 하게 돼. 다시 말해, 소인이 잘 움직일 수 없게 되서 마술을 일으킬 수 없게 되는 거야."

스이메이는 지금 말한 대로라고 덧붙이며 종이에 그림을 그려 설명한다.

"마술은 눈에 보이지 않는 요소인 소인의 힘으로 발동돼. 거기서 아주 미시적 관점에서 보자면, 소인이 『마술을 발동시키기 위한 작업 시간』이 발생하지. 장소의 엔트로피가 늘어나서 소인이 움직이기 힘들어질수록 그 작업 시간은 늘어나고, 이윽고 마술 행사에도 영향을 끼치게 되는 거야."

"마술 발동에 대기 시간이 생긴다는 건가요?"

"맞았어."

"하지만 그렇다고 마술을 사용할 수 없게 되는 건 왜죠? 대기 시간이라면, 시간은 걸리더라도 마술을 짜면 발동할 수는 있을 텐데요."

"의아하다면 마술을 일으키기 위한 기본을 떠올려보면 돼."

스이메이의 말에 페르메니아는 조금 전 자신이 했던 말을 입으로 소리 내면서 생각한다.

"기본이요……? 애초에 이 이야기는 성립한 마술을 전제로 하는 거니까, 못 쓴다는 건——아!"

"알았어?"

"시간인가요……?"

"맞았어. 마술은 신비적인 행위를 정해진 구성으로 정해진 수순을 거쳐서 정해진 시간 안에 행사해야 발동해. 보통은 그 행위를 하는 순간 마술이 발동해서 신경도 쓰지 않지만, 사실이 『발동까지의 시간』도 가미돼. 구성부터 발동까지 시간이 많이 걸리면 당연히 정해진 시간을 어기는 꼴이 되기 때문에 구성했다고 생각했던 술식이 녹아서 사라져버려."

해명을 마친 뒤 스이메이는 몹시 진지한 얼굴로 말한다.

"즉 그게 매직 멜트(마술 융해 현상)라는 거야."

……그렇다, 발동 조건을 충족시키지 못하면 당연히 마술은 발동하지 않는다. 물론 미리 행사한 마술을 계속 유지하는 데는 아무런 문제가 없다. 그러나 발동 전의 마술은 아무래도 제한을 받게 된다. 그 엔트로피의 압박 정도를 예측하고 마술 발동을 대기시키고 정해진 시간을 조정한다면 간단히 해결된다. 그러나 거기까지 생각이 미치지 못하는 자가 많다.

"조금 전에 말했다시피, 현대 마술 이론은 특히 일정 공간 내의 엔트로피 증가량이 커. 근본 이론인 대통일 이론에 따라 다양한 계통의 마술을 섞어서 통상의 마술보다 빠르고 효과가 큰 마술을 만들기 위해서 요소 증가를 가속시키거든. 현대 마술 이론을 사용한 마술을 생각 없이 쓰면, 이 현상이 발생해서 모두 마술을 쓸 수 없게 돼.”

“다시 말해 결과가 큰 마술은 그 효과도 큰 만큼 제한이 있다는 말이군요.”

“맞아.”

긍정한 스이메이는 이것이 핵심이라는 듯이 짐짓 점잔을 빼며 말한다.

“그래서 중요한 건데, 그 위험한 여자가 사용하는 마법도 엔트로피를 크게 증대시키는, 결과가 큰 마법이라는 거야.”

“분명…… 스이메이 님의 세계에서 말하는 전이 마술이었죠.”

“맞아. 잘 봐뒀지?”

“네. 절차가 간단하고 발동이 빨랐어요. 현대 마술 이론은 적용되지 않았지만 역시 그것도?”

“그래. 발동 절차는 간단하지만 실제로는 미리 코트 안에 마법진을 그려둔 것뿐이니까. 전이 마술이 물리적으로 일으키기 어려운 마술이라는 거야. 그러니까.”

“그러면 『신비적 법칙을 확립시키려는 요소』가 급격히 증가해서 엔트로피를 크게 증대시키는 거군요.”

페르메니아가 정답을 말하자, 스이메이는 장난꾸러기 같은 미소를 지어 보였다.

“맞아. 그럼 이번 수업의 목적도 알았겠지——.”

……그렇다, 지금까지 페르메니아가 사용한 마술은 스이메이에게 배운 현대 마술 이론을 이용한 마술이다. 벼락치기로 익힌 거라 큰 위력은 기대할 수 없다. 그러나 은비학적 엔트로피를 크게 증대시키는 마술이기에 매직 멜트 현상이 발생하기 쉽다.

더욱이 엔트로피를 증대시켜주는 대상은 그라체라뿐만이 아니다. 미약하지만 레이지와 미즈키, 티타니아, 기사들, 그리고 크리스터와 그라체라 진영의 마법사는 물론이고, 이 세계의 마법을 쓰지 않는 엘리어트는 그라체라 다음으로 큰 역할을 해주고 있다.

엘리어트의 마술은 엘리멘트의 개입이 없기 때문에 엔트로피를 증대시킨다.

따라서 매직 멜트 현상이 발생하기 쉽다. 때문에 스이메이는 이 방법을 택했다. 그리고 엘리어트에 대한 대책도 이것으로 마련했다.

——전에도 봤겠지만, 엘리어트가 마술과 검술을 동시에 사용했던 건 기억하지? 어느 한쪽을 쓸 수 없게 되면 틈이 생기기 마련이야. 그걸 노리는 거야.

스이메이의 말대로 엘리어트는 마술을 다중 행사하고, 신체 강화 마술과 부여 마술을 교대로 사용하기 때문에 마술을 여러 번 걸게 된다. 그때 레이지에게 신호를 보내게 해서 엘리어트의 틈을 노린 것이다.

그라체라는 눈치챘는지 페르메니아를 향해 분한 듯이 말한다.

"당신의 그 수상한 마법도, 마법을 못 쓰게 만든 것도 다 그자의 머리에서 나온 거란 말이군요……."

"——죄송하지만 그 질문에는 답해드릴 수 없어요."

그라체라의 질문을 페르메니아는 단호히 무시했다. 지금은 레이지 일행도 함께 있다. 섣부른 대답은 스이메이를 곤란하게 할 것이다.

레이지가 칼을 겨눈 채로 그라체라에게 패자의 책임을 요구한다.

"이걸로 끝났어요. 병사들을 물리고 당신도 돌아가세요."

그러나 그라체라는 콧방귀를 뀌면서.

"거절하지."

"어——?"

"설마 이걸로 이겼다고 생각하는 거야? 네놈은 나에게 칼을 겨누고 있는 것뿐이잖아? 설마 그 칼로 내 심장을 찌르기라도 하겠다는 건가?"

그라체라의 지적에 레이지는 초조함을 억누르며 말한다.

"당신이 계속 싸우겠다면."

"관둬. 네놈은 일국의 황녀를 죽이지 못해."

확실히 그건 허세다. 그것을 간파했는지 그라체라는 싸늘한 투로 말했다. 이런 상황에 익숙지 않은 레이지의 위협은 그라체라가 패배를 인정할 만큼 그럴듯하지는 않은 것일까.

머지않아 길 끝에서 여러 명의 발소리가 들려온다. 땅이 흔들릴 정도는 아니지만 꽤 많은 숫자임은 분명한데——.

"원군이 온 모양이군."

도발적인 미소를 띠는 그라체라에게 티타니아가 외친다.

"설마 후방 부대를 준비했던 거예요?!"

"물론. 상대의 역량에 따라서는 그 정도 준비는 당연하지 않겠어? 그쪽은 마무리가 약했던 것 같지만."

이마에 땀이 맺혔지만 불온하게 미소 짓는 그라체라. 그런 그녀에게 레이지는 다시 한 번 말한다.

"하지만 내 칼은 아직 당신 목을 겨누고 있는데요?"

"제국의 병사는 명령을 받으면 주저하지 않지. 게다가 백염도 더 이상의 계획은 없는 것 같군."

"윽……."

페르메니아가 이를 악문다. 그렇게 비웃는 것도 잠시 그라체라는 전 부하에게 명령을 내린다.

"모두 개의치 마라! 이자들을 포박하라!"

원군이 호응하고, 조금 전까지 전투를 벌였던 병사들이 움직이기 시작한다. 미즈키와 수행 기사들이 페르메니아가 있는 곳까지 몰려 포위당한 그때였다.

"——그라체라 필라스 라이젤드, 귀공도 여전하네. 약한 자만 괴롭히는 그 버릇, 고치라고 했을 텐데 벌써 잊은 거야?"

붉은 바람과 함께 그런 청량한 음성이 들려온 것은.

그 직후, 달려오던 원군의 선봉이 폭발에 휩싸인 듯 날아갔다.

"헉?!"

"무슨……."

레이지와 그라체라가 벌어진 입을 다물지 못한다.

옆 골목에서 원군을 향해 불어닥친 것은 붉은빛을 품은 바람이었다. 마법사와 병사로 구성된 선봉대가 날아가자, 그 영향으로 뒤따르던 후방 부대도 추풍의 낙엽처럼 쓰러졌다.

붉은 바람을 맞고 날아간 병사는 꿈쩍도 하지 않는다. 여기저기 널브러져 기절한 상태. 한편 그들을 추격했던 붉은 바람은 골목 입구는 물론, 그 주변과 건물 위까지 점령했다.

공중에 떠돌던 분진이 붉은 바람에 의해 흩어진다.

그리고 그곳에 있는 것은 원래의 모습으로 되돌아온 레피르 그라키스였다.

키를 훌쩍 넘는 대검을 어깨에 메고 눈앞의 병사들을 날카로운 눈빛으로 노려보는 레피르. 아직 스무 살도 안 된 소녀는 한순간에 병사들을 제압했다.

한편 그라체라는 그 모습을 목격하고, 아니, 레피르의 모습을 보고 경악을 금치 못한다.

"설마…… 노시어스의 무녀! 살아 있었다니……."

그 말에 뒤돌아본 레피르는 레이지 일행의 모습을 확인한 뒤 안도의 말을 내뱉는다.

"늦지 않게 온 것 같네."

그때 문득 레피르의 시선으로부터 벗어난 병사들이 서서히 움직이기 시작한다. 잘 훈련된 병사인지 순식간에 흩어진다. 병사는 전방에서 칼을 겨누고, 후방에 있던 마법사들이 레피르를 향해 일제히 마법을 개시했다.

"위험해!"

레이지는 그들에게 시선이 향한 채로 레피르에게 경고한다. 그러나 레피르는 느긋한 태도로 눈앞의 병사들을 바라본다. 그 직후 레피르를 향해 마법이 쇄도했지만, 그녀는 마치 산들바람을 맞은 듯이 태연히 그 자리에 있었다.

"말도 안 돼…… 마법이 통하지 않다니……."

병사 중 누군가가 그 장소에 있는 전원의 심정을 대변하듯 몸을 떨며 신음을 흘렸다.

그 모습을 지켜보던 그라체라도 입을 다물지 못하고 신음하듯 말한다.

"무녀의…… 정령의 힘. 설마 마법까지 무력화시키는 건가……."

마법사들이 일제히 그라체라를 바라본다. 그들에게도 그라체라의 말이 들린 것일까. 그런 그들에게 무정한 진실을 알리듯 레피르가 외친다.

"정령이 깃든 내 몸에 여신의 은혜를 입은 마법이 통할 줄 알았나!"

그것은 포효였다. 일찍이 전장을 휘저었던 여장부의 큰 호통이었다. 그 목소리는 듣는 이의 살갗을 저릿하게 만들 정도였다. 다시 검을 높이 쳐드는 레피르. 그 행위에 호응하듯 검을 중심으로 붉은 바람이 소용돌이를 이뤘다. 머지않아 검을 내리쳤다. 이미 전개해 있던 병사들뿐 아니라 뒤에 남은 병사의 **절반이 넘는 숫자**가 검이 일으킨 폭발적인 바람에 의해 건물 벽으로 길바닥으로 내동댕이쳐졌다.

——강렬한 한 수였다. 그 장소에 있던 모두가 말을 잃고 자신의 눈을 의심했다. 그만큼 붉은 바람을 지배한 소녀는 압도적이었다.

어디선가 다시 바람이 불어온다. 마치 그래야 한다는 듯이 제도의 곳곳에서 불어와 레피르가 있는 곳까지 도착해서 붉은빛을 띠기 시작했다.

당혹감이 만연한 가운데 병사 중 누군가가 깨달음의 탄성을 지른다.

"정령의 힘은 설마 이샤크토니의……."

그리고 확신한 것일까. 그 목소리는 전율로 떨리기 시작했다.

"아, 아르샤리아 성 신화에 나오는 붉은 바람, 적신……. 그 붉은 바람에 삼켜진 자는 예외 없이 무로 돌아간다는……."

"말도 안 돼!"

"하지만 저 아가씨, 방금 자기 입으로 정령이라고……."
"이, 이봐! 조금 전에 분명 그라체라 님도 저 아가씨를 무녀라고 했어!"
레피르가 대검으로 땅을 내리치자, 그 소리를 들은 병사들은 공포로 움츠러들었다.
"히익……."
그중 몇 명인가가 그 자리에서 엉덩방아를 찧었다. 레피르는 그 모습을 보고 다시 말한다.
"정령의 검에 죽고 싶지 않거든 길을 비켜라!!"
레피르의 일갈에 병사들은 허둥지둥 길가로 물러났다. 절체절명의 순간이다. 뒷일은 알 바 아니라는 듯 허둥지둥 달아나는 모습. 그중에는 머리를 땅에 박고 여신에게 기도하는 사람마저 있었다. 미처 달아나지 못한 자는 레피르가 일으킨 돌풍을 맞고 무자비하게 날아간다.
그 모습을 레피르가 흘끗 바라본다. 그녀가 왼쪽을 쳐다보면 왼쪽에 있던 병사들이 오그라들고, 그녀가 오른쪽을 쳐다보면 오른쪽에 있던 병사들이 몸을 떨었다.
"여신님…… 여신님……."
"살, 살려주세요! 부디, 부디 자비를……."
"명령이라서…… 어쩔 수 없이……."
이미 병사들은 완전히 붕괴되었다. 땅에 머리를 박고 여신과 레피르에게 자비를 구하는 형국이었다.
그 모습을 본 그라체라가.

“이런 일이…… 노시어스의 무녀까지 협력했다니…… 잘못 본 건가.”

“당연하지. 설마 스이메이가 마무리를 실수할 리 없잖아?”

생각지도 못한 결과 앞에 이를 악무는 그라체라. 그런 그녀에게 레피르는 제 식구를 자랑하듯 말한다. 그라체라에 대한 말투는 불손했지만, 물론 레피르는 그런 말투도 용인되는 입장에 있다.

“오랜만이네, 그라체라 황녀. 보는 건 2년 만인데, 그 성격은 여전하군.”

“이제 와서 뻔뻔하게 인사는…… 노시어스와 네페리아의 옛정을 새로이 하러 온 건 아닐 테고.”

“알고 있다니 점잔빼고 격식 차릴 필요는 없겠네. 오늘 나는——귀공을 이 손으로 패주려고 왔어.”

“뭐……?!”

“나의 적신이여…….”

청원하는 듯한 말과 함께 레피르의 오른팔에 붉은 바람이 모이기 시작한다. 그리고 목소리에 선명한 분노를 담아——.

“이건 스이메이를 다치게 한 대가야. 달게 받는 게 좋을 거야!!”

질풍과 같은 강렬한 주먹이 그라체라의 복부에 꽂힌다.

“크억?!”

마치 고무공처럼 튕겨져 날아가는 그라체라. 가까스로 몸을 일으키지만 제대로 몸을 가누지 못한다.

그런 그녀를 흘끗 본 레피르는 이번에는 레이지 일행 쪽을 바라본다. 그들의 얼굴을 죽 둘러보고 희미하게 미소를 짓는다.

"다들 무사했구나."

레피르는 아는 체를 하지만 당연히 레이지 일행은 레피르를 알아보지 못한다.

모두가 당황한 가운데 대표로 레이지가 묻는다.

"죄송하지만 어디서 만난 적이 있는 듯한 말투인데, 누구시죠?"

"……섭섭한데? 줄곧 같이 지냈잖아."

그 말과 외관상의 특징과 그녀의 말투로 눈치챘을까. 레이지는 경악한 표정으로.

"호, 혹시 레피르?!"

"막상 알아보니 좀 쑥스럽네, 레이지."

레이지에 이어 미즈키도 비명을 내지른다.

"레, 레, 레, 레피르라면 그 작고 귀여운 여자애?!"

"조금 전까지는. 하지만 지금은 아니야. 이유가 있어서 그런 모습이었고, 이게 원래 내 모습."

"이유라니…… 도대체 무슨 이유길래 사람이 작아지는 거야……?"

"말하자면 길어. 스이메이 식으로 말하자면 **판타지**니까."

그 말을 듣고 티타니아도 어이없다는 듯 한숨을 내쉰다.

"스이메이 일도 그렇고 놀랄 일뿐이네요……."

레피르의 변화는 물론 페르메니아에게도 충격이었다.

"저, 정말 레피르예요……?"

"페르메니아에게는 전에 말했었잖아. 그 작은 몸은 내 진짜 모습이 아니라고. 스이메이도 말했을 텐데?"

"그그그그런 말을 믿을 리 없잖아요!! 몸이 작아지다니!! 나는 레피르가 스이메이 님과 짜고 하는 농담인 줄 알았단 말이에요!"

"그럼 너는 나랑 스이메이가 거짓말을 했다고 생각한 거야? 너무하네."

레피르는 황당하다는 듯이 어깨를 움츠린다. 그런 레피르에게 레이지는,

"그런데 어떻게 갑자기 원래 모습으로 돌아온 거야?"

"며칠 전부터 원래 모습으로 되돌아가기 위한 마법진을 준비했어. 조금 전에 이렇게 돌아왔고."

"그랬구나……."

그때 한편에서는 그라체라가 움직이기 시작한다.

"……모두 뭘 하는 거야! 네놈들이 그러고도 제국의 병사냐! 검을 들어라!"

그라체라는 아직 포기하지 않은 듯 여전히 떨고 있는 병사들에게 명령했다. 그에 티타니아가 새침한 얼굴로 말한다.

"이제 그만 단념하세요, 그라체라 황녀 전하. 일시적인 분

노에 사로잡혀 싸우는 건 지도자로서 해선 안 될 행위 아닌가요?"
"닥쳐라. 아무리 무녀와 용사가 있다 해도 우리 제국의 힘이면 네놈들 따위……."
그라체라는 끝까지 패배를 인정하지 않는다. 그때, 혼자서 하늘을 올려다보고 있던 레피르가 피식 웃음을 흘리면서 물었다.
"——호오, 그럼 귀공은 저걸 보고도 그런 말을 할 수 있을까?"
"저거라니……."
그 말에 그곳에 있던 전원이 하늘을 올려다본다. 올려다본 제국의 밤하늘에는 별이 총총한 하늘보다 더욱 짙은 군청색의 마력광이 거대한 마법진을 그리고 있었다.
그것을 본 미즈키가 동요한 기색을 숨기지 않고 외친다.
"저, 저저저저거! 저게 뭐야?! 하늘에 거대한 마법진이 떠 있어!"
"크다…… 어떻게 저런 규모의 마법진이, 더군다나 하늘에……."
레이지도 눈을 동그랗게 뜨고 멍하니 중얼거린다. 그라체라는 놀라서 소리도 나오지 않는 것일까.
한편 레이지의 공격에 나가떨어졌던 엘리어트가 크리스터의 부축을 받으며 걸어온다.
"쯧…… 내가 기절한 사이에 말도 안 되는 일이 벌어진 모양이네.”

“엘리어트 씨네.”

레피르가 말하자.

“이런이런, 어디서 많이 보던 여자애가 그새 많이 컸네.”

“이야기는 나중에. 온다.”

그 말과 동시에 마법진의 중심으로부터 마력파가 밀려온다. 그것이 한꺼번에 빠져나가자 반짝이는 반딧불이처럼 대지에서 금빛 입자가 피어올라 별하늘의 마법진으로 빨려 들어갔다.

그런 환상적인 광경이 펼쳐지는 가운데 거대한 마법진 안에 여러 개의 작은 마법진이 형성된다. 작다고 해도 거대한 마법진과 비교해 작다는 것이지만. 머지않아 소규모의 진동이 일어나고, 하늘에서 쏟아진 빛이 제도를 가득 메운다. 별빛은 모든 장소에 흘러넘치고, 레이지 일행 역시 그 빛에 감싸였다.

이 광경을 이해하는 사람은 오직 페르메니아뿐이었다. 카멜리아 왕궁에서 스이메이와 싸웠을 때 그가 사용한 마술, 엔스 아스트레일(유성락)이다.

……이윽고 빛이 잠잠해진다. 그 자리에 있던 사람들에게는 당연히 아무 일도 없다.

레이지가 사정을 아는 듯 행동했던 레피르에게 묻는다.

“레피르…… 이건?”

“이거? 이건 페르메니아가 손을 쓴 결과.”

"와?! 그런 거예요? 선생님?!"

"네? 아…… 네! 미리 마법을 걸어둬서…… 그게…… 쿨럭."

레이지의 물음에 페르메니아는 대충 얼버무리며 어색한 헛기침을 한다. 그리고 그라체라를 바라본다.

"그라체라 황녀 전하. 전하도 방금 마법의 위력을 보셨죠? 저 거대한 힘을 보고도 여전히 싸우겠다고 말씀하실 건가요? 전하의 병사들은 또 어떻구요?"

병사들을 손가락으로 가리킨다. 레피르를 보고 전의를 상실한 그들은 그 빛의 오라가 신의 분노라도 된다는 듯 땅에 머리를 박고 여신께 기도를 드릴 뿐이었다. 무리도 아니다. 고작 한 인간이 저런 현상을 일으키는 것은 상상할 수도 없는 일이므로.

"젠장…… 하지만."

그라체라는 아직 포기하지 않은 것일까. 욕을 하며 반항한다. 그러나 그라체라를 단념시킬 사람은 생각지도 못한 장소에서 나타났다.

공포에 떠는 병사들 너머에서 기마병들이 나타난다. 머지않아 그들은 질서정연하게 대열을 갖추고 멈추어 섰다. 그리고 그들 사이로 나온 것은.

"――라이라, 거기까지다."

"오, 오라버니……."

그 인물의 등장에 할 말을 잃은 그라체라. 기마병 사이로

그 모습을 나타낸 것은 역시 말 위에 탄 네페리아 제국 제1황자 레나트 필라스 라이젤드였다.

그라체라와 같은 금발, 단안경을 끼고 호화로운 차림을 한 레나트. 그는 먼저 그라체라가 아닌 레이지 일행 쪽을 바라본다.

“말을 탄 채로 미안합니다. 엘리어트 씨, 노시어스의 무녀, 티타니아 왕녀 전하, 그리고 귀공이 아스텔에서 소환된 용사, 레이지 씨입니까.”

“네.”

레이지가 짧게 대답한다. 레나트가 누구인지 모르는 레이지가 경계를 하자, 뒤에 있던 티타니아가 제국의 제1황자라는 사실을 귀띔해준다.

그때 그라체라가 레나트를 향해 외쳤다.

“오라버니! 거기까지라니 무슨 말이세요?!”

“……말 그대로다. 더 이상 나서지 마라.”

“하지만!”

“라이라. 너는 일을 너무 크게 만들었어. 게다가 용사끼리 싸우게 하다니, 성청 사람의 귀에 들어가면 큰일이다.”

“분명 그건 그렇지만…….”

그라체라도 이 제국에서 황제 다음의 권력을 가진 오빠가 그렇게 말하면 따를 수밖에 없는 것일까. 분한 듯이 주먹을 꼭 쥘 뿐이었다.

“오랜만에 뵙습니다. 레나트 황자 전하.”

"오랜만입니다. 티타니아 공주. 여전히 씩씩하군요. 역시 귀공은 전장에 핀 꽃입니다."

"그런 인사치레는 생략하셔도 됩니다, 전하. 그런데 조금 전에 하신 말씀은……."

"아, 우리는 물러나겠습니다. 하지만 범인에 대해서는……."

하고 레나트가 말한 그때였다.

"오~, 여긴 또 여기대로 굉장한 상황이네."

통로의 한 골목에서 스이메이가 영락한 로미온을 질질 끌면서, 리리아나를 데리고 나타났다. 그 모습을 본 레이지와 미즈키가 기쁨의 환성을 질렀다.

"스이메이!"

"스이메이! 리리아나!"

"후…… 그쪽은 끝났나 보군요?"

확인차 물어 온 티타니아에게 스이메이는 임무를 끝내고 온 듯한 태도로 대답한다.

"응, 그럭저럭."

로그와 작별한 뒤 리리아나를 데리고 바로 돌아오는 길이었다. 레이지 일행이 스이메이에게로 달려갔다. 기운이 없는 리리아나를 눈치챈 미즈키가 웅크리고 앉아 말을 건다.

"리리아나?"

"……네."

"미즈키, 잠시 리리아나를 부탁해."

스이메이는 리리아나를 미즈키에게 맡기고 레나트와 그라체라가 있는 곳으로 걸음을 옮긴다. 레나트의 옷차림을 보고 그의 신분을 예상한 뒤.

"고급 옷을 입었는데, 거기 위험한 여자와는 아는 사이?"

불손하게 턱짓으로 묻자 기마병이 술렁이기 시작한다. 당장에라도 나서려는 그들을 레나트가 손으로 저지했다.

"레나트 필라스 라이젤드다. 당신은?"

"스이메이 야카기. 저기 있는 용사랑 같이 덤으로 불려 온 사람."

"아…… 이세계에서 온 손님인가."

과연 용사와 함께 소환된 사람에게는 강하게 대하지 못하는 것일까. 그런 레나트에게 스이메이는 로미온을 건넨다.

"여기, 이자가 이번 사건의 진범이야. 가져가도…… 이미 취조할 수 있는 상태는 아니지만."

새카맣게 변해 엘프로서의 모습을 찾아볼 수 없는 로미온을 보며, 레나트가 의아한 듯 눈썹을 찌푸린다.

"이게 범인이라고?"

"그래, 암마법을 이용하려다가 역으로 이용당한 자의 말로가, 이거. 이번 사건은 전부 이 녀석이 꾸민 일이야."

"흠…… 그 말을 믿으라고?"

"달리 증언할 수 있는 사람이 없으니까. 하지만 원만히 사건을 마무리하려면 믿는 게 좋지 않겠어? 이 녀석이 진범이라고 밝히면 적어도 더 이상 시끄러울 일은 없잖아?"

스이메이의 말에 레나트는 한동안 침묵한다. 더 이상 일을 만드는 것과 조용히 로미온을 데리고 가는 것 중 무엇이 좋을지 생각하는 것이리라.

"그리고 리리아나는 우리가 데려갈게."

"네놈, 그 말이 통할 것 같아?"

스이메이의 말에 그라체라는 분노를 드러내며 저항했지만, 레나트는 고개를 끄덕였다.

"……좋아. 그 범인을 넘기고 그 아이는 좋을 대로 해."

"오라버니?!"

"라이라, 여기는 무녀와 용사가 있어. 게다가 조금 전 제도를 뒤덮은 빛의 마법은……."

"──그럼, 그렇게 하는 걸로."

레이지 일행에게 들릴지도 모른다. 스이메이는 부랴부랴 이야기를 매듭지었다.

"이 자식……."

납득할 수 없는 대화의 연속에 그라체라는 스이메이를 분하다는 듯이 노려보았다. 그런 그라체라에게 스이메이는 어깨를 움츠리며.

"흠. 아무래도 그 모습을 보니 당신은 악마를 만들어내지는 못한 모양이네."

"……뭐?"

"악마가 이 세상에 존재하는 걸 증명했다면, 엔트로피가 감소했을 테니까. 그럼 마법을 못 쓰게 될 일은 없었을 텐데."
단편적인 해명이었기에 그라체라는 이해하지 못한 듯했지만, 이번 일을 누가 꾸몄는지는 안 듯했다.
"……이 빚은 반드시 갚아주지."
"당연하지. 다음번에는 제대로 상대해줄 테니까."
그렇게 말한 뒤 스이메이는 그라체라 일행을 뒤로 한다.
가장 먼저 스이메이를 맞아준 것은 페르메니아였다. 작지만 흥분한 목소리로 승리의 기쁨을 전한다.
"스이메이 님! 해냈어요! 계획대로 다 됐어요!"
"성공했구나. 역시 페르메니아야."
"헤에……."
스이메이가 페르메니아의 어깨에 손을 얹자, 그녀는 칠칠치 못하게 웃었다. 그 웃음을 승리의 기쁨으로만 이해한 것은 스이메이답다면 스이메이다운 일이다.
어느새 레이지 일행은 리리아나를 데리고 레피르의 주변에서 떠들고 있었다. 원래 모습으로 돌아온 레피르에게 여러 가지 질문공세를 펼치고 있는 것이리라. 레피르의 모습을 본 리리아나가 "어떻게 된 거예요!", "이건 사기야!" 하고 소리쳤다.
한바탕 담소를 끝낸 레피르가 다가온다. 키가 비슷해진 레피르를 보며 스이메이가 유쾌하게 웃었다.
"무사히 돌아온 모양이네."
"응. 덕분에."

레피르는 감사의 말을 전한 후, 갑자기 스이메이를 덥석 끌어안았다. 그리고.

"스이메이. 고마워."

"어, 응? 으응?!"

"이렇게 원래대로 돌아올 수 있었던 건 다 네 덕분이야. 아스텔에서의 일도 그렇고. 아무리 고맙다고 해도 모자라다고 생각해."

깜짝 놀란 스이메이에게 레피르는 거듭 고마움을 전한다. 분명 그녀의 말이 맞지만, 갑작스러운 포옹은 스이메이를 혼란스럽게 했다. 그리고 당황하는 또 한 사람이 있었다.

뒤늦게 페르메니아가 소리친다.

"레, 레피르, 지금 뭐하는 거예욧?!"

"아, 아니, 갑자기 울컥하는 바람에…… 그러니까……."

레피르는 홍당무가 된 얼굴로 우물쭈물. 늘 씩씩했던 모습은 온데간데없이 부끄러움에 불타고 있다.

이윽고 스이메이 일행 곁으로 엘리어트와 크리스터가 다가온다.

"설마 너도 소환된 사람인 줄은 몰랐네……."

"이크, 듣고 있었어? 뭐, 그래봐야 덤이야, 덤."

"네가 할 말은 아닌 것 같은데. 그리고 저번에 레피르는 작아서 싸울 수 없으니 데리고 가지 말라고 했지? 어딜 봐서 싸울 수 없다는 거야?"

화가 난 말투로 말하는 엘리어트에게 스이메이는 슬쩍 능

치듯 대답한다.

"그때는 진짜 못 싸울 때였고~."

"쳇……."

"딱히 거짓말한 건 아니잖아?"

스이메이가 사람을 깔보는 듯한 미소를 짓자, 엘리어트는 분한 표정으로 말한다.

"나는 역시 네가 싫어."

"싫어해도 상관없어. 근데——."

"그래, 알아. 이번 일에서 깨끗하게 물러날게. ……어쩐지 계속 지기만 하네."

"응? 져준 거 아니었어?"

"그런 말이 더 굴욕적인 것 같은데."

"그래. 이번에는 고맙다고 말할게. 고마워."

스이메이가 솔직하게 고마움을 전하자 엘리어트는 입을 삐죽 내밀었지만 얼굴을 빨갛게 물들였다. 그런 엘리어트에게 레피르가.

"엘리어트 씨. 귀공은 이번 일이 황당할지도 몰라. 하지만 나와 스이메이를 만나게 해준 것도 여신의 계시 때문이었어."

"그래? 거참, 무슨 일인지."

하고 투덜대는 엘리어트. 역시 그 뒤에 「여신에 대한 푸념」은 할 수 없는 것일까. 고개를 가로저을 뿐 더는 말하지 않았다.

"엘리어트 님."

"아, 그래. 그럼 우리도 가볼게."

크리스터의 재촉에 엘리어트는 등을 돌린다. 그들은 구세 교회의 숙사(宿舍)가 있는 쪽으로 발길을 돌렸다. 그라체라와 레나트도 부하들을 모아 돌아가는 듯했다.

미즈키 일행과 함께 다가오는 레이지. 레이지에게 스이메이가 말한다.

"이번에는 신세졌어."

"안 해도 될 말을 하네."

주먹과 주먹을 맞부딪치는 스이메이와 레이지. 제도를 떠들썩하게 했던 혼수 사건과 한밤의 전투는 이렇게 끝이 났다.

깊은 밤, 제도에 자리한 교회에서 앙상하게 마른 엘프 남성이 사람을 기다리며 따분함을 견디고 있었다.

그가 이곳에 온 이유는 이른바 정시 보고를 하기 위해서다. 만나기로 한 사람에게 입수한 정보를 건넨다. 단지 그것뿐인 일이다.

그러나 이날은 아무리 기다려도 약속한 인물은 나타나지 않았다.

이 비썩 마른 엘프는 신경질적인 성미로, 약속 장소에는 언제나 조금 일찍 도착한다. 정시보다 일찍 도착해서 추가로 기다리는 시간을 합하면 그것은 상당한 것. 따분함이 절정에 달하여 급기야 의자를 걷어차려던 그때——.

"누구신가요?"

"——?!"

갑작스러운 목소리에 엘프 남성은 움찔 놀란다.

예배당 안쪽, 여신을 본뜬 조각상 쪽에서 흘러나온 것은 그런 부드러운 목소리. 돌아보자 그곳에는 천장에서 새어드는 달빛 아래 수인 수도녀가 서 있었다.

교회 안의 서늘한 공기 탓인지 긴 스톨로 몸을 감싼 채 걸어온다. 설마 이 시간까지 교회에 사람이 있을 거라고는 생각지도 못한 엘프 남성. 일어서서 그대로 얼어붙는다.

수인인 수녀는 마치 고양이 울음소리처럼 달콤한 목소리로 물어 온다.

"이런 늦은 시간에 저희 교회에는 무슨 일로 오셨나요?"

"아…… 만나기로 한 사람이 있어서요……."

"어머, 그러시군요."

숨기지 않고 사실대로 말하자 수녀는 온화하게 미소 지었다. 멋대로 들어왔다고 비난할 줄 알았지만 그럴 마음은 없는 듯하다.

그러나 구세교회에서 당직을 선다는 소리는 들은 적이 없는데——.

"그런데 수녀님은 왜 이 시간까지 교회에 남아 있습니까?"

"실은 저도 여기서 약속이 있거든요."

부드럽고 우아한 말씨다. 고양잇과 수인 특유의 목구멍을 울리는 듯한 소리도 들린다. 그러나 문득 그녀의 밝은 미소에 어두운 그늘이 비치는 듯했다. 그런 사소한 변화에 남자는 오싹함을 느낀다.

"……기묘한 우연이군요."

"네, 그러게요."

수녀의 사랑스러운 웃음소리가 실내에 울려 퍼진다. 그 목소리에 엘프 남자는 조금 전의 예감은 착각이었다고 생각을 고친다. 그리고 마치 공범자를 대하듯 천박함이 섞인 미소를 띠며 말을 건다.

"저기, 수녀님."

"네?"

"그런데 그 약속한 사람이 누군지 물어봐도 되겠습니까? 수녀님이 이런 야심한 밤에 꼭 만나야 할 사람이라니, 살짝 궁금하네요."

"그, 그건 말씀드리기가 조금 곤란해요."

"혹시 애인이라도?"

직접 캐내어 핵심에 다가서려는 엘프 남성. 평소라면 하지 않을 속된 말이지만 지금은 무료함이 절정에 이른 때. 무엇이든 좋으니 심심풀이 삼아 즐기고 싶었다.

수녀가 사람들의 시선을 피해 깊은 밤 교회에서 기다리는 사람. 밀회의 상대임이 분명하다.

"그게 부끄럽지만……."

역시 그 추측이 맞았는지 수녀는 볼을 빨갛게 물들이며.

"——당신을 기다리고 있었어요."

엘프 남성이 당황하여 "네——?" 하고 물었을 때는 이미 수녀의 오른손이 그의 가슴을 관통한 뒤였다.

팔이 빠지는 것과 동시에 엄청난 탈력감이 전신을 덮쳤다. 털썩, 바닥에 떨어지는 심장. 물컹, 붉은 액체가 흘러넘친다. 몸은 녹이 슨 양철 인형이라도 된 것처럼 뜻대로 움직이지 않고, 맥없이 고꾸라진다.

마치 나락으로 빨려드는 듯한 감각 속에서 스톨을 한 팔에 걸친 채로 빨갛게 물든 팔을 툭 털어내는 수녀의 모습이 보였다. 그녀가 그 손을 요염하게 핥는 장면을 끝으로 그의 의식은 끊어졌다.

"후——엘프들은 언제나 그 피의 고귀함을 노래하지만, 그 맛은 의외로 최악이네요."

수인인 수녀, 크라리사의 못마땅한 목소리가 교회 안에 울려 퍼진다. 이미 시체로 전락한 엘프 남성을 내려다보며 그렇게 내뱉는다. 그리고 이내 흥미를 잃었다는 듯 뒤돌아섰다.

그런 그녀의 뒤에 작은 그림자가 나타난다.

"……그 기분 나쁜 살인은 여전하네."

"어머, 질. 오셨군요?"

작은 그림자의 정체는 드워프 여성, 질베르트 그리거였다.

구세학교의 저학년 정도로 보이지만 나이는 스물이 넘었고, 그 작은 체구에서는 상상도 못할 굉장한 힘을 가지고 있다.

그것을 증명하듯 푸른 머리카락의 질베르트는 거대한 도끼창을 깃펜을 다루듯 가볍게 손끝으로 빙빙 돌렸다. 창은 그녀보다 대략 세 배는 컸다. 그런 부조화에도 불구하고 그녀는 마치 무게를 느끼지 못하는 사람처럼 평온한 모습이다. 이윽고 질베르트는 그 창을 적당히 세워두고, 자리에 걸터앉았다.

크라리사가 묻는다.

"어땠어요?"

"힘들었어…… 뭐, 모든 일이 다 힘들긴 했지만. 동쪽 변두리까지 보내 그런 일을 시키다니, 그분은 정말 사람을 힘들게 해."

어깨를 두드리며 한숨을 내쉬는 질베르트. 그 푸념은 이곳에 없는 누군가를 향한 것일까. 그러나 그런 감상도 감시, 질베르트는 엘프의 시체로 눈을 돌린다.

"그런데, 괜찮겠어? 저 녀석은 로미온의 종이잖아."

"조금 전, 로미온과 함께 처리하라는 명령이 떨어졌어요."

"헤에…… 진짜냐."

질베르트의 눈에 사나운 빛이 깃든다. 마치 애타게 기다리던 사냥감을 발견한 짐승처럼.

돌연 야수의 얼굴을 드러낸 질베르트에게 크라리사가 대답한다.

"네. 지나쳤다고, 배반의 조짐이 있었대요……."

"응? 배반은 알겠는데, 지나쳤다는 건 무슨 뜻이야?"

"질. 당초 그분이 어둠을 영입할 계획이었던 건, 알고 계시죠?"

"응. 그 애라면 힘이 되어줄 거라고 말했었어. 그래서 먼저 로미온을 접촉시킨 거잖아?"

"맞아요. 마침 그녀의 바람도 들어주는 일이라 그런 건데, 그는 독단적으로 어둠을 자신을 위해 이용하기 시작했대요."

그 말을 들은 질베르트는 크게 한숨을 내뱉었다.

"하~, 역시…… 결국 이렇게 되고 마네. 그래서 내가 제일 먼저 반대했잖아? 로미온 그 자식은 구린 냄새가 나니까 끌어들이지 말자고."

"네, 역시 당신이 예리했어요."

"그럼 이제 그 녀석을 죽이러 가는 건가?"

"——아니, 아무래도 그럴 필요는 없을 것 같아."

크라리사와 질베르트가 로미온의 처벌 계획 짜던 그때, 한 남성의 목소리가 끼어들었다.

익숙한 그 음성에 크라리사와 질베르트가 얼굴을 돌린다. 그곳에는 귀 위에 은색 뿔을 달고 일본식 옷차림을 한 드래고뉴트 남성이 있었다.

"이봐, 늦었잖아. 드래고뉴트가 지각한다는 소리는 들어본 적도 없거든?"
"오랜만에 제도에 왔더니 정신이 하나도 없지 뭐야."
질책하는 목소리에 드래고뉴트가 농담조로 대답하자, 질베르트는 욕을 퍼붓는다. 한편 크라리사는 친구를 맞이하듯 밝은 목소리로.
"인르, 오랜만이에요. 그런데 방금 그건 무슨 말이에요?"
"조금 전까지 충만했던 녀석의 기운이 약해졌어. 그리고 엄청난 일이 일어질 조짐이야."
"……어딘데?"
"녀석의 근거지, 제국 대도서관이 있는 쪽. ──온다."
인르가 이변을 예고한 그 직후였다. 엄청난 마력의 기운과 함께 세계가 흔들렸다. 그리고 하늘에서 빛의 기둥이 쏟아지기 시작했다.
그 이변은 한동안 계속되었지만 머지않아 밤은 원래의 정적을 되찾았다.
"죽었겠네── 아니, 간당간당 하고 있으려나……. 아예 흔적도 없이 사라져버려라."
"……이봐 용인, 이건 누구 작품이냐?"
"그걸 내가 어떻게 알아. 이런 힘을 가진 자가 대체 누군지 내가 묻고 싶다. ……후, 설마 하룻밤 사이에 제도의 지오 마리피엑스를 뛰어넘는 실력자가 용사 이외에 둘씩이나 나타날 줄이야."

"뭐? 둘이라고? 무슨 말이야?"

"말 그대로야. 지금 제도에는 강력한 힘을 보유한 자가 다섯 있어. 한 명은 방금 이자, 다른 한 명은 북문 부근…… 분명 용사들과 지오 마리피엑스가 있는 곳이야."

"호—."

질베르트의 심드렁한 반응 뒤 실내를 가득 채운 것은 인르의 유쾌한 웃음소리.

"즐거우신가 봐요."

"응, 오랜만에 이런 자들이 나타났는데 당연히 흥분되지."

인르의 말에 질베르트가 질렸다는 듯이 "전투 귀신이 붙었나……" 하고 내뱉듯이 말한다. 한편 그 말을 들은 당사자는 오직 칭찬으로만 받아들인 듯 다시 떠들어댄다.

"——아 참. 그건 그렇고 크라리사, 적상(赤傷)은 어떻게 된 거야? 오늘은 그 남자도 나오기로 하지 않았어?"

"적상님은 아직 바쁘신지 오늘 모임은 불참하신다고 하셨어요."

"그분도 오는데? 너 못지않게 그분을 사모하는 사람이 안 오다니, 눈이 내릴——아니, 오늘을 별이 내렸지, 참. 하하하하하하."

인르가 갑자기 웃음을 터뜨리는 것은 늘 있던 일일까. 크라리사는 아무런 반응도 없다. 오히려 질베르트가 적상의 상황을 이야기하기 시작한다.

"아직 영내가 시끄러워. 마족들이 요란하게 밀어닥친 모양이라. 덕분에 오래 붙들려 있었지."

"마족인가. 하지만 용사가 토벌했잖아?"

"그게 아닌 모양이더라고."

"호오."

"그것보다…… 내가 시간을 쏟은 건 뒷수습 쪽이야. 적상은 그곳을 소중하게 생각하니까."

"역시. 얽매인 게 많은 사람은 피곤하겠어. 뭐——그래서 인간이라도 강한 거겠지만."

"진짜, 너는 오늘 그 얘기뿐이냐……."

다시 웃기 시작하는 인르와 이제는 한숨만 나오는 질베르트. 그 한숨에서 피곤의 기색이 더욱 짙게 느껴지는 것은 그로 인해 피해를 입은 적이 있기 때문일까.

그러나 이내 날카로운 눈빛으로 돌아온 질베르트가 크라리사에게 묻는다.

"크라라. 로미온의 후임은 어떻게 하지? 빠진 구멍은 메워야 해, 안 그러면 계획에 지장이 생겨."

"그 부분도 차질 없이 진행 중이에요."

"누군데?"

"저도 생각했던 분이 있어 말씀드렸지만, 미리 눈여겨보던 분을 영입하실 모양이에요."

"눈여겨보던……? 역시 어둠을 끌어들이는 거야?"

"아뇨. 어둠은 보류하고, 후일 다시 접촉한다고 하시네요."

여기서 인르가 그다운 질문을 던진다.

"그래서? 그 녀석은 우리와 어울릴 만한 실력자야?"
"실력은 문제없대요. 용무가 끝나면 직접 데리러 가신대요."
"그럼 우리는 이제 뭘 하면 되는데?"
"우리는 사디어스 연합으로 가길 원하세요."
"……뭐야. 다시 가라고 할 거면, 안 불러내도 되잖아……."
헛걸음하게 한 것을 인르가 푸념하자, 질베르트가 황당하다는 듯한 눈초리로.
"너, 조금 전까지 좋아하지 않았냐?"
"아, 그러고 보니."
다시 함부로 웃기 시작하는 인르와 머리를 흔드는 질베르트. 이 남자는 포기할 수밖에 없다는 듯, 시선을 돌리며 크라리사에게 묻는다.
"연합에는 왜 또?"
"이번에 아스텔에 마족이 침공한 것 때문에 계획에 차질이 생긴 모양이에요."
"차질이라……."
질베르트는 들어도 감이 잡히지 않는다. 아니, 그 차질이라는 게 무엇이며 앞으로 어떤 영향을 줄지에 대해서는 직접 지시를 받은 크라리사도, 인르도, 이곳에 없는 적상조차 모를 것이다. 모든 것은 그 남자의 머릿속에 있다.
더 이상 나눌 이야기는 없다고 판단한 질베르트가 자신의 무기를 챙겨 돌아갈 준비를 한다. 한편 인르는 이미 출입구

앞에. 조금 전까지 발치에 있었던 시체는 어느새 홀연히 사라졌다.

"그럼 준비가 되는 대로 각자 연합으로 가요."

크라리사의 목소리를 끝으로 교회는 다시 정적에 휩싸였다.

에필로그 | 웃는 얼굴이 있다면

"나 참. 이건 또 무슨 일이야……"

눈썹을 찌푸린 채 집으로 이어지는 골목 입구에서 나오는 스이메이. 그 말의 발단은 정찰을 나섰던 기사들이 허둥지둥하며 돌아온 것에서 기인한다.

지난밤, 사건의 흑막인 로미온을 쓰러뜨리고 리리아나의 혐의를 푼 스이메이 일행. 앞으로의 계획을 생각하느라 하룻밤을 꼴딱 지새우니, 기사들이 놀랄 만한 정보를 들고 돌아왔다.

첫 예배를 알리는 종이 울릴 무렵에는 남쪽 광장에 로미온의 시체가 말뚝에 묶인 채로 대중에 공개되었다.

그것까지는 좋다. 제국도 범인을 잡은 사실을 알리고, 사태 종식을 선언할 필요가 있기 때문이다. 대응이 성급했다고 해도 얼마든지 납득할 수 있는 일이다.

그리고 또 하나. 이번 사건의 전말을 주민들에게 알리는 팻말에 리리아나가 범인이었다는 정보는 잘못된 것이라고 적혀 있었다. 진범인 로미온을 잡기 위해 누명을 쓴 채로 동분서주하여 범인 체포에 도움을 주었다는 말도 함께였다.

그 역시 있을 수 있는 일이다. 제국 측도 한 번 범인으로 지목했던 사람을 잡지 않기로 했다면, 납득할 만한 이유를 내놓아야 하기 때문이다.

그러나 그런 공고가 하루도 지나기 전에 나붙고, 어느새 리리아나에 대한 주민들의 평판이 좋아져 있는 것은 아무래도 고개가 갸웃해지는 상황이다.

지금 제도는 스이메이 일행이 왔을 때보다 안정되어 있다. 제도 주민들의 말에는 리리아나에 대한 호감으로 가득 차 있다. 마치 이전까지 품었던 리리아나에 대한 악한 감정이 모두 사라져버린 듯이.

게다가 혼수 상태였던 귀족이 의식을 되찾았다는 소문까지 돌고 있으니 그야말로 어찌된 영문인가 싶다.

스이메이의 뒤에서 레피르가 모자챙을 쓱 올리며 경계하듯 눈을 가느스름하게 뜬다.

"아무래도 이상해. 이건 스이메이가 한 일이 아니잖아?"

"나는 못해. 로미온을 공개하는 것과 팻말 세우는 것 정도는 간단하지만, 주민들의 감정까지 바꾸어놓는 건 솔직히 말도 안 되는 일이잖아?"

사람의 감정을, 그것도 도시 전체 주민의 감정을 하루도 안 되는 사이에 바꾸는 것은 불가능하다. 유일하게 생각할 수 있는 방법이라면 팻말에 마술을 걸어 사람들에게 전염시키는 방법이지만—— 과연 그런 귀찮은 일을 할 이유가 제국 측에 있느냐는 것이다.

불가능한 것은 아니지만 그렇게 할 이유도 없고, 무엇보다 그런 기술이 이 세계에 존재할 것 같지도 않다. 물론 팻말에 마술을 건 흔적은 없었기에 그야말로 의문은 커져갈 뿐이다.

이렇게 일이 좋게 굴러가는 것은 솔직히 있을 수 없다.
그래서 세간의 관심이 수그러들 때까지 은밀히 제도를 떠나자고 한 것이었는데.
"스이메이. 생각해도 별수 없을 것 같아."
"납득은 안 되지만, 답을 내는 건 포기할 수밖에 없나……."
레피르와 함께 집 앞까지 도착하자, 레이지와 페르메니아가 밖에 나와 있었다.
"스이메이, 역시?"
"응."
기사들의 말이 맞았다는 것을 간단히 알리자, 레지이의 표정이 굳어졌다. 미간에 주름을 잡으며 신음하듯 말한다.
"……대체 어떻게 된 거야?"
"글쎄, 생각해도 모르겠어. 답을 내는 건 포기하기로 했어."
"……쯧, 그래도 괜찮아?"
"당연히 안 괜찮아. 안 괜찮은데 내가 할 수 있는 일이 없어."
"……저기, 혹시 그 사람은?"
"로그 씨……."
확실히 뒤에서 로그가 움직였을 가능성이 있다. 그러나 로그 혼자서 한 일이라고는 생각하기 힘들다. 무엇보다 로그는 이미 제국에는 없을 것이다.
"뭐, 잘됐잖아? 이제 사람들 눈치 안 보고 살아도 되고."
"스이메이, 어쩐지 적당히……."
레이지가 실망감에 어깨를 축 늘어뜨렸다. 그러나 스이메이 역시 마음속으로는 그 위화감의 정체를 밝히기 위해 애를 썼다. 이로써 리리아나의 문제는 해결되었지만, 여전히 납득되지 않는 부분이 남아 있다. 로미온이 어째서 만명에 대해 아는지도 알아내지 못했다.

보이지 않는 곳에서 무언가가 움직인다는 느낌은 있다. 그러나 그것이 좋은 것인지 나쁜 것인지조차 모르고 있다——.

"그리고 너희들. 갑자기 미안하지만 2, 3일 뒤에는 여기서 나가줘야겠어."

갑작스러운 퇴거 요청에 미즈키가 깜짝 놀라 묻는다.

"자, 잠깐만 스이메이. 너무 갑작스럽잖아! 게다가 리리아나 문제도 해결됐으니 스이메이는 계속 제도에 있어도 되는 거 아니야?"

"맞아. 하지만 조만간 우리는 사디어스 연합으로 가니까, 그때까지 머물 곳을 알아보라는 거야."

"연합? 자치주가 아닌 쪽? 왜?"

미즈키의 의문에는 짐작 가는 바가 있는 듯한 레이지가 대답했다.

"혹시 원래 세계로 돌아갈 방법을 찾으러?"

"그래. 저번에 메니아가 가져온 책에 그럴 듯한 게 적혀 있었어."

그것을 가까이에서 듣고 있던 티타니아가 비난 섞인 시선을 보내왔다.

"스이메이. 돌아갈 방법이라고 했는데, 설마 그 방법을 찾았을 때 리리아나를 두고 가겠다는 건 아니겠죠?"

티타니아의 눈빛은 전에 없이 날카로웠다. 그것도 당연한 일이다. 리리아나를 돌보겠다고 하면서 원래 세계로 돌아가고 싶다고 하는 것은 옆에서 들으면 모순이다.

그러나 스이메이도 그것에 대해서는 생각해두었다.

"당연히 아니야. 돌아갈 수 있게 되면 리리아나도 함께 데리고 갈 거야. 독립할 때까지 돌보는 게 도리니까."

"다, 당연해요. 스이메이 혼자 가버리면 곤란해요!"

"걱정 마."

"정말, 약속하는 거죠?"

걱정 말라는 스이메이에게 매달리듯 외치는 리리아나. 그 옆에서 다시 공격할 거리를 발견했다는 듯이 미즈키가 히죽거리면서.

"정말 잘 따른다니까~."

"너는 하나하나……."

평소의 복수인지 짓궂은 말을 하는 미즈키에게 스이메이가 질린다는 듯 말하자, 갑자기 페르메니아가 앞으로 나선다.

"스, 스이메이 님."

그리고 무언가를 호소하는 듯한 눈빛으로 바라보는 페르메니아. 자신도 제자라고 호소하는 것일까. 눈동자는 살짝 불안한 듯 떨리고 있다. 그렇다는 것은.

"메니아도 가려고?"

"네! 물론이에요! 오고갈 수 있다면 꼭이요!"

스이메이가 묻자 페르메니아는 세상을 다 가진 듯한 표정으로 대답한다.

그리고 스이메이는 뒤에 있는 레피르를 바라보며.

"레피는 어떻게 할래?"

확인차 묻자 레피르는 어쩐지 심통이 난 듯 볼을 부풀린다.

"당연히 가야지. 섭섭하게."

"그래."

레피르에게는 가족이 없다. 이 세계에 의지할 곳이 없다면, 저쪽 세계로 데리고 가는 것도 좋을지 모른다.

그런 대화가 오간 뒤, 스이메이는 혼자 현관 쪽으로 걸어갔다. 그러자 페르메니아가 강아지처럼 쫄래쫄래 그 뒤를 따라왔다.

스이메이가 현관 앞에서 돌아보자, 페르메니아가 입을 연다.

"스이메이 님. 물어볼 게 있어요."

"뭔데?"

"어제 말씀해주신 은비학적 엔트로피에 대해서요."

"아, 그거. 어려운 이야기지. 질문이 있으면 언제든 환영이야."

스이메이는 집 안으로 들어가려고 문손잡이를 잡는다. 그 뒤에서 페르메니아는 아무리 생각해도 모르겠다는 듯이 고개를 갸웃한다.

"엔트로피가 증대하더라도 공간이 연속되어 있기 때문에 『신비적 법칙을 확립시키려는 요소』와 『과학적 법칙을 확립시키려는 요소』의 비율은 원래대로 돌아가는 거죠?"

"맞아. 어제도 그렇게 말했는데, 그게 왜?"

"——하지만 스이메이 님. 그럼 결국 마술을 계속 사용하면 세계에 존재하는 모든 과학적 법칙이 어지러워질 수도 있는 거네요?"

페르메니아가 그렇게 물었지만, 스이메이는 등을 돌린 채 돌아보지 않았다. 문손잡이를 잡은 채로 굳어버린——아니, 시간이 멈춰버렸다는 듯이 미동도 하지 않는다.

"…………."

"스이메이 님?"

대체 무슨 일일까. 스이메이라면 바로 대답해줄 거라고 생각했던 페르메니아는 갑작스러운 그의 이변에 의아해한다.

혹시 스이메이도 모르는 걸까, 하고 페르메니아가 생각한 그때였다.

"알아서 뭐하게?"

"뭐, 뭘 어쩌겠다는 게 아니라…… 물어보면 안 되는 거예요?"

"아니, 그런 건 아니야…… 이건 내가 사는 세계의 이야기니까 별로 상관없지 않나 해서.”

“……이 세계와도 관계있는 거 아닌가요?”

“그건 단정할 수 없어. 뭐, 인간이 존재하는 시점에서 십중팔구는 그럴 거라고 생각하지만…….”

“……?”

스이메이가 한 말이 무슨 뜻인지 이해할 수 없는 페르메니아. 그녀가 눈썹을 찌푸리자 스이메이는 조금 전의 질문에 답하기 시작한다.

“……메니아가 방금 말한 것처럼 『신비적 법칙을 확립시키려는 요소』와 『과학적 법칙을 확립시키려는 요소』가 서로 섞여도, 주위의 공간에 많은 『과학적 법칙을 확립시키려는 요소』가 있어서, 법칙은 물리법칙에 따라서 안정돼. 하지만 결국 이 요소들이 섞이는 것은 불가역적 현상이라서 섞여버린 요소가 원래 상태로 되돌아가는 건 아니야.”

“네. 그럼 역시 마술을 계속 사용하면 언젠가 세계는 어지러운 법칙으로 가득 차는 거 아닌가요?”

“그렇지. 아무리 원래의 상태처럼 돌아간다고 해도, 인간이 존재하는 장소라는 건 닫힌 세계야. 법칙의 혼돈이 과학법칙을, 자연법칙을, 그것들이 일으키는 현상을, 인간이 가진 상식을 위협하는 순간이 반드시 올 거야. 그때까지 인류가 도망칠 방법을 생각해내거나 우주의 신비를 해명할 수 있다면 또 이야기는 달라지겠지만…….”

“우주의 신비요……?”

그러나 스이메이는 그 질문에는 대답하지 않고 계속 말을 이어간다.

"과학적 법칙을 『영구적이며 보편적인 원리』로 삼고 있는 세계에서 그 법칙이 흐트러지면 아무리 그것들을 근본으로 한 이론에서 탄생한 실험을 시행해도 정확한 결과를 얻지 못해. 그건 즉, 그 다음 인류의 과학적 발전을 저해하는 일이야. 그리고 과학의 발전이 멈추면 그 밖의 학문에 기여할 수 있는 이로운 점들이 사라지고, 그것들의 발전도 멈춰. 결과적으로 세상에 존재하는 지식을 바탕으로 만들어진 마술도 발전을 멈추게 돼."

강한 어조로 해명을 이어가는 스이메이. 건드려선 안 될 부분을 건드린 듯한 마음에 페르메니아는 긴장으로 표정을 굳혔다.

그러나 스이메이는 계속 말한다.

"지식이 발전하지 않으면 인류는 새로운 지식을 획득하지 못하고 새로운 것이 생겨나지 않게 돼. 그런 세계는 죽은 거나 마찬가지야. 세계에 시간이라는 개념이 계속 존재하는 한 인간은 그 흐름에서 벗어날 수 없어. 시시각각으로 닥쳐오는 환경 밸런스의 붕괴에 대항할 수 있는 새로운 무언가를 만들어낼 수 없다면 당연히 조용히 죽음을 맞이해야 해. 그런 세계는 **썩은 세계**야. 즉, 그런 궁극 지점이야말로 은비학적 엔트로피의 범람이야."

문득 페르메니아의 등에 오한이 스친다. 스이메이는 이

세계와는 관계없는 이야기라고 말했지만, 어째서인지 등골이 서늘해졌다.

"……그럼 마술은 있어선 안 되는 것 아닌가요?"

"아니, 그렇진 않아. 마술이 있든 없든, 신비도 학문도 같은 밸런스를 유지하면 되니까."

"그게 가능한가요?"

"불가능해."

스이메이가 그 기대를 완전히 무너뜨리자 페르메니아는 불안한 눈동자로 스이메이를 쳐다보았다.

"나는 이 세계에 트와일라이트 신드롬(종말 사상)이 나타났을 때 말했어. 끝은 정해져 있다고 말이야. 마술이 발전하면 인류는 발전을 멈추고, 과학이 발전하면 언젠가 그것을 지탱하는 자원이 고갈되어서 종언을 맞게 돼. 물론 인간이 늘어나면 그 물량에 의해 세계라는 그릇이 터져버릴 수도 있고, 이전에 말한 것처럼 가득 쌓인 원한이 세계의 열화를 가속시킬 수도 있어. 자원 사용이나 지식 탐구, 인구를 억제한 디스토피아(세계)도 결국은 발전 없는 세계나 다름없어. 어느 쪽이든 이 세상에 태어난 존재는 언젠가 사라지게 될 운명인 거야."

희망은 없다. 그것을 깨달은 페르메니아는 아무 말도 할 수 없었다. 스이메이가 하는 말이 맞다면 비록 먼 미래의 일일지라도 그들 세계에 존재하는 모든 것은 언젠가 무로 돌아가는 날이 오는 것이므로.

“인간이 지적 생명체인 이상, 분명 이 세계도 저쪽과 마찬가지로 『영구적이며 보편적인 원리』를 척도로 한 세계라고 생각해. 그렇다면.”

“우리 세계도 언젠가 사라질 거라는 말씀이세요?”

페르메니아의 표정이 심각해진다. 스이메이가 그런 그녀를 뒤돌아보며 마치 당황한 학생을 바라보는 교사가 지을 법한 다정한 미소를 짓는다.

“그렇게 비관할 필요는 없어. 물론 끝이 정해진 세계라니, 시원찮은 것도 사실이야. 하지만 말이야――.”

그렇게 말하며 스이메이는 레이지 일원에게 둘러싸여 있던 리리아나를 손짓으로 부른다.

그것을 본 리리아나가 그곳을 빠져나와 스이메이의 곁으로 다가왔다.

“스이메이, 무슨 일이에요?”

“아니, 원래 세계로 돌아갈 방법도 그렇지만, 역시 로그 씨도 찾아야 할 것 같아서. 이대로 헤어지는 건 너도 싫지?”

“네……!”

스이메이가 머리를 쓰다듬자 리리아나는 수줍음으로 얼굴을 붉혔다. 그 광경을 떨어진 곳에서 레이지 일원이 흐뭇한 미소를 지으며 지켜보았다.

“아――.”

스이메이의 마음을 눈치챘는지 깨달음의 탄성을 지르는 페르메니아. 그런 그녀를 보며 스이메이가 부드러운 미소를 지었다.

"비록 이 세계가 아무리 시원찮은 곳이라고 해도, 모두가 웃을 수 있는 곳이 조금이라도 있다면 그건 좋은 거 아닐까?"

에필로그 II 신기루의 남자

밤의 제도를 달리면서, 로그 잔다이크는 문득 리리아나와 처음 만났을 때를 떠올렸다.

그 소녀를 발견한 것은 작은 마을에서 발생한 어느 사건을 진압하러 갔을 때였다.

당시는 정보부가 발족하기 전이었다. 아직 일개 군인에 불과했던 로그는 제국 북쪽의 집락에서 수상한 의식을 치른다는 이야기를 듣고, 부하와 함께 그 집락을 찾았다.

그 의식의 내용이 무엇인지는 정확히 몰랐다. 그러나 의식이 끝난 뒤에는 기분 나쁜 생물이 주변에 나타나고, 많은 아이의 시체가 나온다고 했다.

근처 마을에서 알아본 결과, 그것은 그 지방에서 오래전부터 전해지는 인습이었다. 사신 제카라이아와는 다른 악의를 잠재우기 위해 수년에 한 번 태어나는 저주받은 아이를 산 제물로 바치는 것이 그것이다.

그 집락에 도착한 것은 의식이 거행되기 직전이었다.

집락에는 여기저기 피로 그린 마법진이 있었고, 의식의 일부인지 집락의 모든 사람들이 끊임없이 저주의 말을 뱉어내고 있었다. 그리고 그 모든 저주는 단 한 사람을 향해 있었다.

그 단 한 사람이 아직 어렸던 리리아나였다. 그녀의 친부모조차 그녀를 괴물처럼 대했다.

의식을 치르는 사당에서 리리아나는 작게 웅크리고 떨고 있었다. 오직 그 눈동자만이 짐승처럼 빛나던 것을 기억한다.

의식을 멈추려 하자 사람들이 덤벼들기 시작했다. 의식을 치르지 않으면 그 악의가 마을을 덮칠 거라고 하면서.

정신이 들었을 때는 어느새 집락 사람들은 기절해 있었다. 그것이 리리아나가 가진 어둠의 힘의 영향 때문이었는지, 정체불명의 존재에 대한 집락 사람들의 광기의 말로였는지는 알 수 없었다.

다만 그래서는 안 된다는 것만은 확실히 알았다. 어린아이를 제물로 바쳐 얻은 행복이 버젓이 존재해서는 안 된다는 것은. 결코 인간이 그런 짓을 해서는 안 된다는 것은.

집락 사람들의 폭주를 진압할 때, 그 중심에 있던 기도사가 죽기 직전에 남긴 말이 있다.

"——그 아이는 저주를 품고 태어난 아이오. 언젠가 모든 인간에게 해를 끼칠 것이외다."

지금 생각하면 그 기도사의 말은 리리아나를 데리고 간 자신을 향한 저주였는지도 모른다. 이 말을 줄곧 잊지 못한 탓에 자신은 마음속 어딘가에서 리리아나를 저주받은 아이라고 생각했던 것이리라.

그 저주를 극복하지 못한 자신에게 그 아이와 함께 살 자격은 없다. 그 아이를 더 이상 볼 수 없다고 생각하면 미련이 남지만, 마지막까지 그 아이를 믿어준 그 소년에게 맡긴다면 분명 그 아이는 행복하게 살아갈 수 있을 것이다.

그 소년은 말했다. 비록 피가 섞이지는 않았어도 그 아이의 아버지가 되기로 결심했다면 마지막까지 그래야 한다고.

가족을 끝까지 믿어달라는 충고였을 것이다.

그러나 자신은 믿을 수가 없었다. 오직 일어난 일에만 사로잡혀 제 손으로 구한 소녀를 외면했다.

"…………."

문득 조금 전까지 있었던 곳을 뒤돌아보니, 언젠가 들었던 리리아나의 목소리가 머릿속에 울려 퍼진다.

——대좌님. 대좌님은 왜 항상 힘든 일만 하셔야 하나요?

생각해보면, 리리아나는 늘 자신을 걱정했었는지도 모른다.

——대좌님. 제가 군인이 되면 대좌님께 힘이 될 수 있을까요?

생각해보면, 리리아나는 자신을 돕고 싶다는 마음 하나였는지도 모른다.

——대좌님. 왜 귀족들은 대좌님을 싫어하나요?

그렇다. 생각해보면 리리아나가 했던 질문은 모두 자신을 걱정해서 했던 것이다.

귀족에게 배척당하는 양아버지를 보며 예전의 자신의 모습을 떠올린 것이리라. 리리아나는 똑똑한 아이이다. 그래서 이번에는 자신이 도와야 한다고 생각했던 것이다.

웃기는 이야기다. 이제 와서 그 아이의 마음을 이해한다는 것은. 아니, 그래서 더더욱 자신에게는 그 아이와 함께할 자격이 없는 것이다.

이제 더 이상 그 아이를 책망하지 않는다. 그날 밤 쏟아지던 빛과 함께 모든 것이 씻겨 내려간 것이리라.

그러나 아직 끝이 아니다. 자신에게는 아직 해야 할 일이 남아 있다. 리리아나의 평온한 삶에 귀족들의 존재는 화근으로 남을 것이다. 그리고 그 처리는 리리아나의 폭주의 원인인 자신이 해야만 한다.

그렇게 다짐하며 조용히 하늘을 올려다보았다.

"생각처럼 쉽진 않겠지……."

이 세상은 어째서 약한 자에게만 엄격한 것일까. 올바르게 살아가려는 사람들에게만 고통을 주고 행복을 빼앗는 것일까. 오랫동안 가져온 의문이지만 그 해답을 얻는 것은 어렵기만 하다.

"——칠검 중 한 명, 제국군 정보부 통신 대좌, 로그 잔다이크 씨."

그런 목소리가 들려 정면을 바라보자 어디서 나타났는지 한 남자가 눈앞에 서 있었다. 연자줏빛 머리를 길게 기른, 세상과 동떨어진 분위기를 풍기는 남자. 처음 보는 인물로, 왠지 모를 기품이 느껴진다. 얼굴은 갸름하다. 옷차림은 어느 지방의 귀족과도 닮지 않았으며, 그 옷 아래 단단한 육체를 보유하고 있을 듯하다.

로그가 경계의 눈빛으로 그 남자를 바라보자, 그는 대뜸 물어왔다.

"귀공은 이 세계를 어떻게 생각하지요?"

느닷없이 던져진 질문은 대체 무엇을 의도하는 것일까. 로그는 남자에게 되묻는다.

"어떻게, 라니?"

"귀공도 이 세계가 부조리하다고 생각하지 않소?"

"………….."

속마음을 들켜버린 듯한 기분에 한순간 몸이 굳어졌다. 그러나 금세 냉정을 되찾고 남자의 말을 실없는 농담으로 흘려버린다.

"아르주나 여신이 만든 세계에 불만이 있을 리가."

"그건 거짓말입니다."

"왜 그렇게 생각하는 거요?"

다 안다는 듯이 말하는 남자에게 묻자, 그는 역시나 같은 표정으로 말한다.

"그렇지 않습니까. 그게 거짓이 아니라면 딸을 생각해서 매일 하루도 거르지 않고 여신에게 기도를 드리러 가는 귀공 자신의 그 행동이 거짓이라는 얘기가 될 테니."

"그걸 어떻게……."

정곡을 찔려 남자의 말을 인정하고 만다. 그렇다, 남자가 말한 대로다. 여신에게 몸이 망가져가는 리리아나의 회복을 빌고, 매일 아침이면 반드시 구세교회에 갔다. 아무리 빌어도 결국 그 바람은 이루어지지 않았지만.

"귀공이 이 세계를 어떻게 생각하는지는 외람되지만 알고 있습니다."

남자는 그렇게 말하며 그 차가운 잿빛 눈동자를 향해 왔다.

"여신이 만든 모형 정원은 부조리로 가득 차 있습니다. 그건 마족이 존재하기 때문이 아닙니다. 여신이라는 존재 자체가 부조리기 때문이지요."

여신 숭배를 선으로 여기는 이 세계에서 거침없이 여신의 존재를 부정하는 남자. 누군가가 들었다면 틀림없이 의심받을 텐데도 불구하고, 그렇게 큰 소리로 말할 수 있는 것은 어떤 이유가 있어서일까.

"잔다이크 씨. 귀공의 힘을 우리에게 빌려주시지요."

"내 힘을 빌려서 어쩌겠다는 거요."

"이미 아실 텐데. 여신의 부조리를 타파하고 이 세상을 바꾸려는 것뿐입니다."

남자의 입에서 나온 것은 놀랍게도 여신을 그 자리에서 끌어내리자는 선언이었다. 듣는다면 모두가 기절할 소리. 그것은 로그도 마찬가지였기에 어느새 목소리에는 당혹감이 어렸다.

"세상에. 여신을 거역하겠다는 거요? 그건 쉽지 않다라는 차원의 이야기가 아닐 텐데?"

"압니다. 그래서 그 뜻을 이루기 위해 귀공의 조력을 얻고 싶습니다."

로그는 남자를 찬찬히 뜯어본다. 갑자기 나타나 여신을 부정하고 조력을 구하는 남자. 그 모습은 바위처럼 단단하고 두터운 존재로 느껴졌다.

이 세상을 바꾼다. 이 세상의 부조리를 바로잡는다. 사기꾼의 허언으로 치부할 수 없는 무언가가 있었다.

지금의 자신에게는 갈 곳도 기다리는 사람도 없다. 해야 할 일을 끝낸 뒤의 일도 생각하지 않았다. 그러나 이 남자가 제시하는 길이 자신의 한을 풀어준다면 받아들여도 나쁘지 않을 것이다.

남자의 제안을 수락하기로 하고 로그는 천천히 입을 연다.

"그럼 한 가지 부탁이 있소."

"말해보시죠."

"내 딸아이 일입니다. 아직 그 아이에게는 위협이 남아 있습니다. 그 위협을 되도록 빨리 제거해주면 좋겠소. 그래 준다면 내 검을 귀공에게 맡기지요."

그것이 조건. 무리한 요구라는 것은 안다. 그러나 여신을 한 방 먹일 작정이라면 이런 부탁은 식은 죽 먹기일 것이다. 그렇지 않다면 조금 전의 그 말은 모두 헛소리에 불과하다.

시험하듯 던진 말에 남자는 아무런 망설임 없이 끄덕였다.

"알겠습니다. 내일 아침이면 리리아나 잔다이크를 위협하는 자들은 이 제도에 없을 겁니다."

단언이었다. 그런 자신감의 배경이 과연 무엇인지는 모르지만—— 그것은 아침이면 알게 될 것이다.

그렇게 생각하자 아직 물어봐야 할 것이 남은 것을 깨달았다.

"마지막으로 한 가지 더."

"뭐지요."

"내 검을 맡길 사람의 이름을 아직 듣지 않았소."

그 물음에 남자는 문득 입가에 미소를 띠었다. 그것은 희열일까 그저 단순한 기쁨일까. 그 의미는 알 수 없지만, 남자는 나지막이 말한다.

"내 이름은 고트프리트. 귀공도 그렇게 부르면 됩니다."

남자——고트프리트는 그렇게 말한 뒤, 뒤돌아섰다.

후기

——만약 이 세계가 '영구적이며 보편적인 원리'로 해명할 수 없는 세계라면 도대체 어떻게 되는 걸까요?

"그렇게 말해도 결국 지구는 아무 문제없이 돌겠지! 바보!" 하고 스스로에게 태클을 걸며, 여러분 오래간만입니다. 히츠지 가메이입니다. 3권이 발매된 지도 벌써 4개월, 글을 쓴다는 것이 얼마나 어려운 일인지 새삼 절실히 깨달았습니다. 토할 것 같습니다.

이번 4권은 3권의 속편으로 제국편의 사건 해결에 관한 이야기입니다. 사라진 리리아나는 어떻게 되었는지, 만신창이가 된 스이메이는 어떻게 되었는지, 그리고 사건의 결말은?! 이런 느낌입니다.

그리고 3권에 비해 허들이 많습니다! 슬슬 서비스 신이 나왔으면 하셨던 분들께는 죄송합니다. 하지만 전투 신을 쓰고 싶었습니다. 용서해주세요. 뜨거운 전개가 가득한 점, 용서해주세요.

그라체라, 엘리어트, 스이메이, 페르메니아, 레피르, 그리고 이번 권에서는 그녀도 싸웁니다! 왈가닥 그녀입니다!

그리고 빠뜨릴 수 없는 리리아나! 이번 권에서도 귀엽습니다!

그리고 이야기 중에 나왔던 은비학적 엔트로피. 정말 무슨 말인지 모를 이론입니다. 당연합니다, 그런 법칙은 존재하지 않으니까요.

이것에 관해서는 작가가 가진 중학생 무렵 발병한 희귀병이 공사가 다망한 와중에 악화되었다고 생각해주세요.

원래 엔트로피는 '난잡함의 척도'라기보다는 원래 상태로 돌아가기 힘들다든가, 무엇이 되고 무엇이 안 된다 같은 이야기였을 겁니다…… 아마도요. 뭐. 은비학적 엔트로피도 그런 부분을 포함하고 있기 때문에, 이번에는 페르메니아에게 설명하기 위해서 이용했다고 생각해주시면 좋을 것 같습니다…….

다시 처음으로 되돌아가서, 이 세계에는 '영구적이며 보편적인 원리'인 물리법칙이 존재합니다만, 그 법칙으로는 해명할 수 없는 일들이 존재하기에 스이메이 같은 마술사들은 신비법칙이라는 별개의 접근법으로 세계를 해명하려 합니다.

이 세계에는 지금도 물리법칙으로는 해명할 수 없는 일들이 존재합니다. 천둥의 발생 메커니즘, 우주의 팽창, 아포칼립틱 사운드가 그렇습니다.

그렇다면 우리가 믿는 이 물리법칙이라는 것은 실은 모든 사상이나 현상을 해명하는 데 필요한 '올바른 기준'이 아닌 게 아닐까. 그저 일어난 결과가 물리법칙으로 이끌어낸 이론과 부합하는 경우가 많은 것일 뿐 실은 또 다른, 좀 더 올바른 이론이 어딘가에 존재하지 않을까. 그리고 인간이 그 이론에 도달하지 못한 것뿐이 아닐까.
……라는 생각에서 마술사는 신비적인 법칙을 발견하고, 새롭게 창조합니다. 그 법칙을 이용해서 다루는 기술이 마술인 것이죠.
마술사들이 목표로 하는 삼라만상(森羅萬象)을 해명하는 데 필요한 '진리에 도달하기 위한 보편적인 열쇠'가 그 올바른 법칙이며, 그것을 손에 넣으면 만능이 된다. 그것이 적힌 것이 마도서이고…….
점점 옆길로 새는 것 같으니 복잡한 이야기는 이쯤에서 끝내겠습니다.

그것보다 드라마 CD입니다! 드라마 CD! 정말 기분 최고! 엔도르핀이 팍팍! 성우분들이 녹음하는 장면을 몇 번인가 구경할 기회가 있었습니다만, 내내 "대단해……" 같은 말을 한 것 같습니다.
대단히 죄송했던 점은 주문 영창입니다……. "제가 생각해낸 최강의 마법 영창"을 싫은 내색 하나 없이 해주셨는데, 여기서 끊으면 안 된다고 리테이크를 부탁드려서 정말 죄송했습니다.
드라마 CD에는 4권에 나온 주문 영창도 나오니, 4권도 함께 구입하신 분은 입꼬리가 씰룩 올라가실지도 모르겠습니다. 어쨌든 그런 재미도 포함되어 있습니다.
이렇게 다시 여러분에게 한 권의 책을 소개할 수 있는 사실에 깊이 감사하며, 이번 드라마 CD 제작에 참여해준 브레이브하트, 츠쿠루노모리, 시나리오 제작에 협력해주신 토키타 샤케 씨 정말 감사합니다.

그리고 4권의 일러스트를 그려준 himesuz 씨, 디자이너 호리에 히데아키 씨, 담당 편집자 S 씨, 교정 회사 오라이도 정말 감사합니다.

히츠지 가메이

이세계 마법은 뒤떨어졌다 4

2016년 4월 1일 1판 1쇄 발행
2019년 4월 30일 1판 4쇄 발행

저　　자 히츠지 가메이
일러스트 himesuz
옮 긴 이 김보미
발 행 인 유재옥
본 부 장 조병권
편집 1팀 정영길 김민지 이성호 조찬희
편집 2팀 김다솜
편집 3팀 박상섭 김효연
라이츠담당 박선희 오유진
디 지 털 최민성 박지혜
발 행 처 ㈜소미미디어
인쇄제작처 코리아피앤피
등　　록 제2015-000008호
주　　소 서울시 마포구 토정로 222, 403호 (신수동, 한국출판콘텐츠센터)
판　　매 ㈜소미미디어
마 케 팅 한민지 한주원
물　　류 허석용 최태욱
전　　화 편집부 (070)4164-3962, 3963 기획실 (02)567-3388
판매 및 마케팅 (02)567-3388, Fax (02)322-7665

ISBN 979-11-5710-335-5 04830
ISBN 979-11-5710-085-9 (세트)